革命と反動の図像学

一八四八年、メディアと風景

小倉孝誠

白水社

革命と反動の図像学——一八四八年、メディアと風景

革命と反動の図像学＊目次

II　風景と音の表象　91

装幀＝小林剛　組版＝鈴木さゆみ

序章　愚かな世紀？

その書物は、次のような一節から始まっている。

十九世紀最後の三十年間を生き、父親が有名だったせいで、その時代の政治的、科学的、文学的な傾向の誤った勝利に関わった私は長いあいだ、およそ二十歳までその誤りに加担していた。その頃、さまざまな影響の下で、とりわけ体制の騒々しい醜聞と、ユダヤ人をめぐる大事件〔ドレフュス事件のこと〕と、その後の思索の衝撃を受けて、私の目を覆っていたヴェールが引き裂かれた。私は認めた、われわれの周囲で一般に受容されていた思想が危険なものであり、国民を弱体化と死滅へと向かわせるものであり、第一帝政下の死屍累々たる戦場から生まれたこの思想が、もっとひどい戦場で消滅するかもしれないことを。本書で展開される解釈は、証明というより事実確認にほかならない。(1)

十九世紀半ばを過ぎてからこの世に生を享けた著者は、同時代の政治、科学、文学の潮流に無知ではなかったが、二十歳の頃にそれらの潮流が誤謬であると思うにいたった。しかもその潮流は単なる誤りであるどころか、フランス国家を存亡の瀬戸際に追いこみかねない由々しき錯誤だという。それまで父親とその周囲の集団が保証してくれていた庇護的な空間が、いっきにその正当性を失い、二十歳の青年は精神的な危機を体験したにちがいない。「私の目を覆っていたヴェールが引き裂かれた」という表現は、青年の知的覚醒とそれに続く第二の誕生を告げると同時に、その覚醒の体験が辛い痛みを伴なうものだったことを示唆している。

『愚かな十九世紀』

引用文は、第一次世界大戦が終結してから四年後の一九二二年に出版されて物議を醸した『愚かな十九世紀』という、いかにも挑発的な表題を冠した書物の冒頭を飾る一節である。著者はレオン・ドーデ（一八六七—一九四二）。わが国では『月曜物語』や『風車小屋便り』の作家として知られるアルフォンス・ドーデの息子にあたる。

レオンは少年時代から父親の交友関係をつうじて、フロベールやゾラやモーパッサンといった作家、ルナンやテーヌなどの哲学者や批評家、ガンベッタらの政治家、シャルコーをはじめとする医学者らの知遇を得るという、知的、文化的にはきわめて恵まれた環境で育った。ほぼ同世代に属するモーリス・バレスやプルーストとも交流をもったことがあるから、文壇の歴史という観点からすれば無視しえない名前ということになる。一時期は医学を志したこともあるが、やがてジャーナリストとして頭角を現し、その過程で国粋的な思想家シャルル・モーラスと出会い、一九〇八年には彼と共同で右翼王党派の新聞『アクシオン・フランセーズ』を創刊して、戦闘的な論客かつ政治家として活躍した。二十世紀初頭の政治空間では、それなりの存在感を示した人物である。

生前のレオンは少なからぬ小説、エッセー、旅行記を著わしたが、今日でも読み継がれているのは『文学的回想』と『愚かな十九世紀』だけである。それにしても、なぜ十九世紀は愚かだと言うのか。

この本は、第一次世界大戦という歴史的惨事を直接の契機として書かれた。結果的には戦勝国の一員として、ヴェルサイユ条約の締結にまで漕ぎつけたフランスだったが、そしてマルヌ会戦はフランス陸軍の栄えある勝利として軍事史に記載されはしたが、数百万人にのぼる国民が犠牲になったという事実は消しがたかった。その衝撃と後遺症は、たとえばヴァレリーのような知識人に、「われわれは今や、文明もまた死すべき運命にあることを知っている」という、有名な一文を書き綴らせることになったほどである。ヴァレリーと同年代のレオンもまた彼なりの方法で、フランスを滅びの危機に晒した出来事がなぜ、どのようにして引き起こされたのかを考察したのだった。

レオン・ドーデによれば、十九世紀のフランスは知的に衰退し、政治的に失墜し、道徳的に頽廃した時代であり、そうした衰退と失墜と頽廃をもたらしたのはフランス革命の精神であり、その芸術的な表現であるロマン主義にほかならない。十九世紀は科学と、進歩と、民主主義の世紀と言われているが、それは紋切り型の妄言にすぎない。過剰な自己満足と矜持、進歩にたいする無邪気なまでの信仰が、フランス人に謙虚さという伝統的な美徳を忘却させた。そうした精神的変質を助長し、有害な思想を普及させたのがこの時代に発展したジャーナリズムであり、教育制度だとレオンはきびしく糾弾する。(2) 後者について言えば、彼が念頭においているのが、第三共和政下の一八八〇年代にジュール・フェリーによって確立された、「義務化」、「無償」、「非宗教的」を三原則とする公教育であるのは、疑いの余地がない。レオンにとって共和国こそが、革命精神とロマン主義の政治的な帰結だったからである。

他方で、十九世紀は性急な時代だったとレオンは述べる。性急さとは、あらゆる領域で真実と美に接近するために必要な人間固有の内面的リズムを喪失することであり、さまざまな現象にかんして全体的な観点を欠いて、個別的な細部にしか目が向かないことを意味する。社会史の観点からすれば、科学とその適用である産業革命は確かに速度の文明をもたらし、それが人間観や世界観に無視しがたい変革を迫った。(3) どちらかと言えば十九世紀の肯定面として捉えられてきたこの社会の加速化現象を、レオンは負の次元と認識している。

こうした基本認識に立脚して、彼は十九世紀の政治と文化を牽引した(レオンに言わせれば「堕落させた」)精神を矯激な言葉で断罪していく。政治理念としての自由主義と共和主義が、国家を解体の危機に晒したという責任を負わされ、作家のユゴー、フロベール、ゾラ、歴史家のティエリーやミシュレ、哲学者のコントやルナン、科学者のベルトロ、精神医学者のシャルコー、政治家のガンベッタらが次々と批判の対象になる。その論争的な文体は強烈な皮肉と逆説的なレトリックを具えており、ある種のすがすがしさを覚えさせるほどである。敵を容赦しないその舌鋒の鋭さは天性のものだろう。

読者の立場にもよることだが、王党派であるレオンが祖国と、王政と、家族と、カトリシズムの名において、十九世紀を特徴づける近代的な価値体系を否定するのは理解できるとはいえ、その議論は現代のわれわれから見てかならずしも説得力に富むものではない。しかし同時に、それがまったく反動的で、取り合うにも値しないような虚妄とも思われない。革命思想や自由主義にたいする評価と判断、ジャーナリズムの功罪、教育の役割、家族と国家のあり方などは、十九世紀フランスに特有の問題だったのではなく、現代社会に突きつけられた課題でもあることは、あらためて強調するまでもないだろう。

レオン・ドーデという、今ではあまり繙かれることのない作家の著作に少し拘泥したのは、何もこの忘れられた作家を復権させようとか、王党派の反動思想家にもそれなりに功績があると認めさせたいからではない。百年近くも前に刊行された書物、しかも特定の状況下で、当時のフランス人読者を相手に書かれた論争的な書物だから、古色蒼然とした側面もある。同時代の精神的風土に深く根ざした論争的な書物ほど、その風土が消滅すれば論争のアクチュアリティが風化してしまうものであり、『愚かな十九世紀』もまた例外ではない。

このいかにも反時代的な著作を註釈したのは、論争的な次元や、ほとんど個人攻撃に近いページを捨象したうえで、それが十九世紀フランスという特定の時代と社会にまなざしを向けることの意義を、逆照射してくれるように思われたからである。ドーデが愚かと形容した十九世紀は、革命後のフランスを国民国家として成立させ、近代性へと導いた時代である。彼がフランスの知的、政治的衰退の原因と見なした革命思想とその流布、ロマン主義の文学的位相、大衆新聞とその影響、そして彼が失われつつあると嘆いたフランスという祖国とその風景は、おそらく近代フランス人にみずからの文化的アイデンティティを自覚させた契機である。

そしてまさしく、これらの事象が本書の主題となる。それはボードレール的な意味での現代性《モデルニテ》を構成するものであり、近代フランスの思想と感性の輪郭を浮かび上がらせるのに役立つはずだ。もちろん、ドーデと同じ視座に立ってこれらの主題を読み解こうというのではなく、現代のわれわれがそれらをどのように解釈できるのかが問題となる。

本書ではまた、記述の濃淡に差があるもののミシュレ、ユゴー、フロベール、ルナン、ゾラなど、ドーデが批判的に言及した歴史家、作家、哲学者の名前が召喚される。いずれも近代フランスの歴史学や、文学や、哲学を問いかけるに際して逸することのできない著者たちである。彼らの書物を手に取り、そこで展開される時代と社会にかんする思索を読み解き、特定の現象とテーマをめぐる文学表現を解釈することは、とりもなおさず近代フランスの自己表象を問いかけることにほかならない。

新聞メディアの時代

本書では近代フランスという主題をめぐって、三つの変奏が用意されている。

第I部「メディアと大衆」を構成する三章は、十九世紀のメディア、とりわけ新聞というメディアと文学場の関係を論じている。現代のように多様なメディアが競合し、人々が関心と状況によってメディアを使い分けているのと異なり、十九世紀は活字メディアが最大かつ主要なメディアであり、新聞はその活字メディアを代表するかたちにほかならない。七月王政期(一八三〇―四八)には、公教育の普及とそれに伴なう識字率の上昇によって一般市民の知識欲が高まり、輪転機の登場に示されるように、印刷技術が飛躍的に発展した。そうした要因が、新しいタイプの新聞の創刊をうながし、各新聞の発行部数を伸ばすことに貢献したのだった。

十九世紀初頭まで、フランスの新聞は基本的に政論新聞であり、政治と社会をめぐる論説記事が中心だった。そこに大きな変革をもたらしたのが、ジラルダンが一八三六年に創刊した日刊新聞『プレス』である。商業広告を組織的に掲載することで、購読料を他紙の半分にまで下げることに成功したジラルダンが、読者の購読意欲を刺激して発行部数を伸ばすために用いた戦略が、新聞に小説を連載することだった。こうして一八四〇年代に入ると、アレクサンドル・デュマ、ウジェーヌ・シュー、フレデリック・スーリエといった人気作家の作品が新聞に掲載され、連載小説の人気度がたちまち新聞の発行部数に波及するようになった。その後十九世紀半ばから二十世紀初頭のベルエポック期にかけて、歴史小説、海洋小説、犯罪小説、冒険小説、家庭小説など新聞小説は多様なジャンルを創出して、文学場において重要な位置を占めた（第一章）。

とはいえ誤解してはならないが、新聞小説がすべて「大衆小説」だったわけではない。新聞連載という発表形式と、庶民という特定の階級に愛された大衆小説というジャンルの規定性を、不用意に結びつけるべきではない。連載小説は確かに数多くの読者に届けられるが、だからといってその主題や挿話が通俗的で、紋切り型だったということにはつながらないのだ。それどころか、少なくとも初期の連載小説はその政治性や反社会性ゆえに、当局から警戒の目を向けられたほどである。新聞小説は思想やイデオロギーを欠落させた娯楽文学であるどころか、同時代の情勢に鋭く反応しながら、過剰なまでに思想とイデオロギーを内包していた（第二章）。

そのことは、シューの代表作『パリの秘密』が一八四二―四三年に『デバ』紙に連載された際、作家自身が多くの読者から受け取った手紙によく示されている。新聞小説の歴史において特筆されるべき成功作であり、シューの名を一躍巷間に知らしめたこの作品を読んだ同時代の読者たちは、そこに当時のパリ社会が直面していた、しかしそれ以前誰も文学的な表象の対象にすえなかった労働、貧困、女性、家族、法制度、懲罰制度などが、あざやかに物語化されているのを見てとったのである。読者の手紙は、新聞小説によって新たな公共性の圏域が形成されたことをよく示している（第三章）。

音と風景

新聞というメディアが、近代フランス人が生きた環境の一部だとすれば、広い意味での風景もまた人間を取り巻く環境の重要な一面である。新聞は知の獲得と流通にかかわる環境であり、風景は人々の感覚世界を構成する環境である。第Ⅱ部「風景と音の表象」では、この風景がとりわけ文学のなかでどのように表象されてきたかを、文化史的な背景を考慮しながら探る。

まず山、庭園、都市（特にパリ）という目に見える視覚的な風景を対象にすえて、文学がどのようにして風景を構築するかを問いかけた。十八世紀末から十九世紀にかけて、ルソーやセナンクールはアルプスの山岳美を発見し、ゾラは豊饒な庭を聖書的な楽園のイメージと重ね合わせたり、あるいはブルジョワ風の庭園を家庭の平和の寓意として造型したりした。さらに十九世紀の作家たちは、首都パリを近代性の力学とエネルギーを凝縮する濃密な空間として表象した（第四章）。

風景というものを、たんに目に見える光景という意味に限定するのではなく、より広く人間を取り巻く感覚的な環境、あるいは『風景と人間』の著者アラン・コルバンにならって、空間にたいする評価システムと表象体系の全体と定義するならば、[4] さまざまな音を風景と見なすことに支障はない。実際、「サウンドスケープ（音の風景）」という用語も存在する。視覚と同じく、聴覚もまた歴史的、社会的に規定され、その役割は変貌してきた。現代では知識と情報の九割以上は視覚をつうじて獲得されるが、近代のある時期まで、耳から得られる知識と情報は無視しがたいものだった。人々の感覚世界において聴覚が占める位置は、現代のわれわれには想像しがたいほど大きかったのである。その音の風景がもつ豊かさと複雑さ、それが人々の情動システムに作用するさまを文化史的に跡づけてみた（第五章）。

続いて、音の風景のありさまを文学作品のなかに探る。一般に文学と音ということになれば、音楽や音楽家のテーマと結びつけて論じられることが多い。しかし、音の風景は音楽に限定されるわけではなく、日常生活の空間に響くさまざまな音もまた、聴覚的世界を構成している。そのような音の風景は、どのように描かれているのだろうか。デュ・カンは蒸気機関車の騒音を、ゾラは公共洗濯場を揺るがす轟音を、そしてアポリネールは工場地帯のけたたましいサイレンの音を、近代性の活力を表わす音として喚起してみせる。他方ラマルチーヌとプルーストは、田舎町の空に鳴り響く教会の鐘の音が、少年時代への郷愁へと語り手を誘《いざな》うさまを語ってみせた（第六章）。

革命とイデオロギー

知の環境としての新聞、感覚的な環境としての音の風景は変化していくが、その変化は漸進的なものであり、突然変異のように、あるいは大掛かりな地殻変動のように社会を短期間に激変させるわけではない。それに対して、革命、暴動、内乱、戦争といった出来事は政治体制をいっきに変え、社会構造と日常生活に根本的な変化を強いることになる。メディアとしての新聞と、音の風景が緩慢で比較的静かな文化空間だとすれば、歴史的事件は文字どおり亀裂と流血をともなう事件である。第Ⅲ部「革命と反動――一七八九年から一八四八年へ」では、ミシュレとフロベールの作品を中心にして、歴史的事件を語る際のレトリックと、そこに露呈するイデオロギーを分析する。

実際、十八世紀末のフランス革命以降、二十世紀の二度にわたる世界大戦まで、近代フランスはこの種の出来事を繰り返し経験した。十九世紀はとりわけ度重なる社会変動に見舞われた時代である。ナポレオンの帝政、復古王政、七月革命とその後に成立した七月王政、それを倒した二月革命と、それに続いて誕生し、わずか三年で終焉した第二共和政、クーデタによって政権を奪取したナポレオン三世の第二帝政、普仏戦争とパリ・コミューン、その後数年して確立した第三共和政――こうして列挙するだけでも、その変化のめまぐるしさはほとんど眩暈を起こさせるほどだ。哲学ではドイツ観念論を、経済学ではイギリス古典派経済学を参照したあのマルクスが、政治的、社会的変動の方向性を見きわめるためにフランスの歴史を準拠枠にしたのは、偶然ではない。

フランス革命の記憶と、それをめぐる解釈は、十九世紀をつうじて厖大な量にのぼる書物を生みだした。十九世紀は革命をいかに意味づけ、馴致し、それを未来への展望とどのように連結するかに腐心した時代にほかならない。それは過去の出来事ではなく、絶えず現在を規定し、現在を説明する起源の出来事として位置づけられた。当然、数多くの「フランス革命史」が書かれることになったが、そのなかでもジュール・ミシュレの『フランス革命史』(一八四七―五三) は傑出している。国家と国民の歴史を樹立するというロマン主義時代の歴史学の野心を継承しつつ、ミシュレは民衆と女性の役割をあざやかに照射してみせた(第七章)。

フランス革命に劣らず、同時代人の関心を惹き、多様な解釈を生みだし、イデオロギーの対立を先鋭化させたのが一八四八年に勃発した二月革命である。トクヴィルのような自由主義者、プルードンのような社会主義者、リトレのような哲学者、さらにはヴィニー、ユゴー、メリメなどの作家が理論的書物や、回想録や、手記や、書簡において二月革命をめぐる思索を展開した。そうした言説のなかで、フロベールの小説『感情教育』（一八六九）は綿密な文献調査に依拠した歴史小説という枠組みを借用しながら、フランス革命と比較しての二月革命の位相、社会主義にかんする評価、そして歴史の舞台に登場した民衆の表象という三つの次元で、この出来事を文学的に、つまり直接的な註釈の言葉によってではなく、具体的な肖像や、場面や、出来事をつうじて見事に描いてみせた（第八章）。

文献調査の密度がとりわけ高いのは、二月革命の思想的背景だった社会主義をめぐってである。実際フロベールは、サン＝シモン、フーリエ、プルードン、ラムネなど、十九世紀の社会主義理論（マルクスが後に「空想的社会主義」と呼ぶことになる理論）を代表する著者たちの書物を繙いた。その読書ノートに記された引用、覚え書、註釈は、いわば作品の前段階を構成するわけだが、それが練り直され、変形されて、物語の要請に合致するようなかたちで作品の内部に組みこまれていった。資料的な知が形成され、それが物語の言説へと変貌するプロセスに、作家フロベール自身のイデオロギーが露呈するのである（第九章）。

メディアとしての新聞と文学の関係、新聞小説の文化的意義、文学による風景（視覚的な風景と音の風景）の表象、そしてフランス革命と二月革命をめぐる歴史書と小説の言説――論じられる主題は多様で、ときには雑多な印象をあたえるかもしれない。そこに貫いているのは、近代フランスを特徴づけるさまざまな文化の装置、感性の装置、そして政治の装置がどのように機能し、それがどのような表象を生みだしたのかを探ろうとする意図である。文化と感性と政治は、それぞれがまったく独立して展開するのではなく、相互に結びついてひとつの時代の集合心性、あるいは社会的想像力を形成するのだから。

I
メディアと大衆

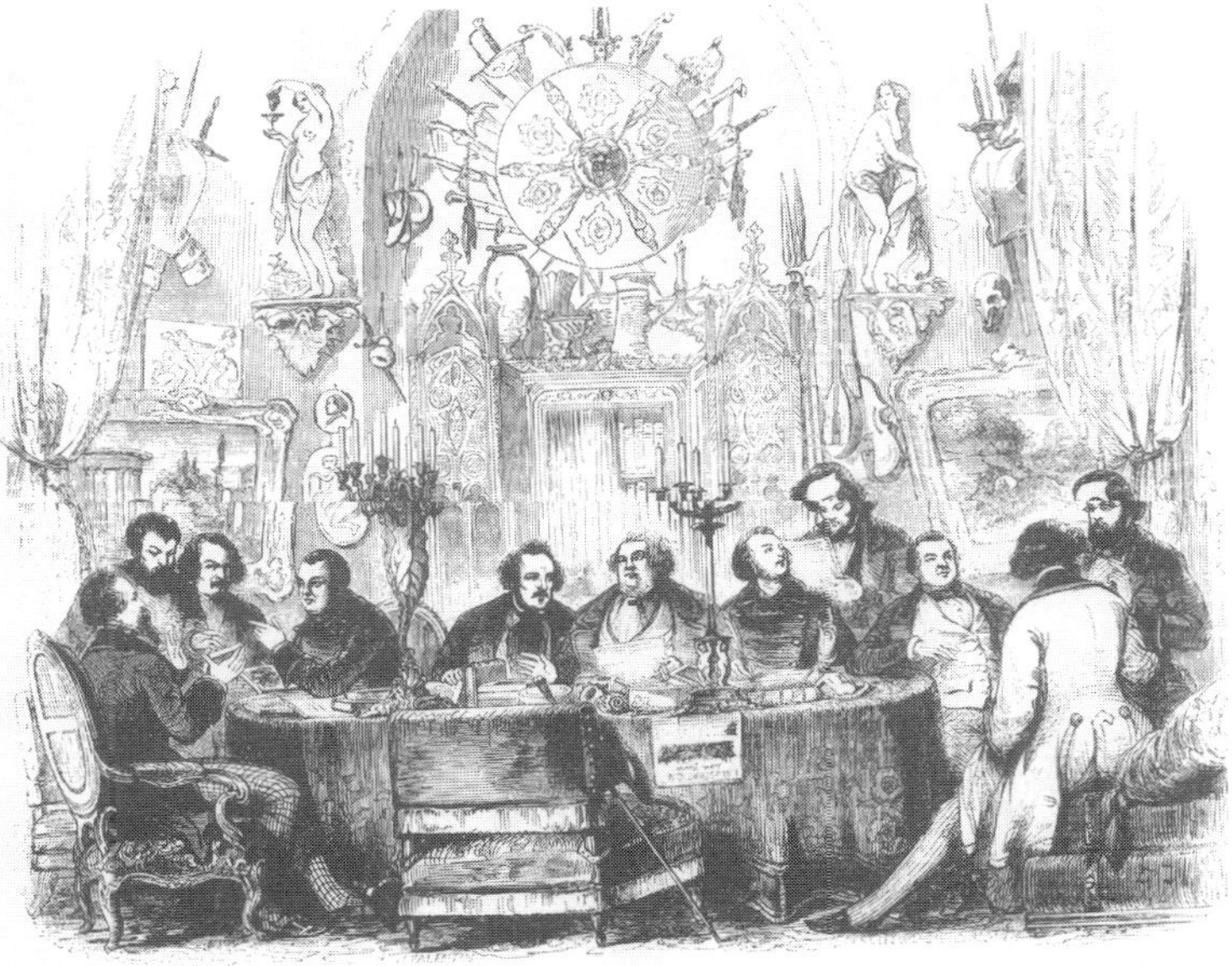

19 世紀フランスを代表する新聞の一つ『イリュストラシオン』紙の編集部（1844 年）

第一章　メディアと十九世紀フランス

活字メディアの時代

文学は広い意味でのメディアを構成する。メディアの一部であり、そのかぎりでメディア全体の力学に規定されると同時に、メディアのあり方に変更を迫る力をもっている。マクルーハンの『メディア論』(一九六四)によれば、メディアは単なるコミュニケーションの手段ではなく、人間の感覚や機能の拡張であり、その拡張をつうじて人間の存在様式を変えていく。さらにメディアはそのような個人の拡張を促すことによって社会関係や世界観にまで影響を及ぼす。そうした変化の全体をマクルーハンはメッセージと呼び、「メディアはメッセージである」という有名な命題を提出した。(1)

確かに文学作品は究極的には個人(あるいは少数の集団)によって創りだされるものだが、それが創りだされた時代や社会の思考と感性を反映する以上、社会性をおびていることは否定できない。その社会性の大きな部分を占めているのがメディアであり、メディアの作用形態を分析することは、文学の本質をめぐる問いかけにつながっていくだろう。文学作品を社会構造や、生産様式や、宗教意識に還元してしまうのは貧しい読み方だが、個人の卓越した天才や想像力の神秘性だけで説明しようとするのは蒙昧な態度である。

メディアの種類と規模は時代によって異なる。十九世紀フランスは活字メディアの時代であった。現代では日常的な映画、ラジオ、テレビ、インターネットはもちろんまだなく、文学をとりまくメディアとしては書物、新聞、雑誌など活字で印刷された出版物が主流だった。口承文学の伝統は一部の地域に残っていたが、活字文化の支配は押しとどめがたい趨勢だったのである。それまで長いあいだ手書きによる写本しかなかったところに、十五世紀のグーテンベルクが活版印刷術を発明し、それが後の西欧文化のさまざまな領域に決定的なインパクトをもたらしていった過程は、やはりマクルーハンが『グーテンベルクの銀河系』（一九六二）で強調しているところで、あらためて指摘するまでもない。しかも、十九世紀前半から中葉にかけてのフランスは産業革命の時代にあたり、それが印刷・出版の世界に技術革新をもたらし、その結果として活字文化のあり方を大きく変えることになった。他の製品と同じように、文学作品もまた生産、流通、消費という経済メカニズムから完全に自由ではありえない、ということがはっきり自覚された時代であった。

そのことを鮮やかに示してくれる象徴的な作品が、バルザックの『幻滅』（一八三七―四五）である。王政復古期（一八一四―三〇）のパリを舞台にする第二部では、文学的栄光を夢みる青年リュシアンが作家、出版社、印刷業者、書籍商、新聞の経営者などから構成される首都の文壇に入りこもうと奮闘する。その文壇は、真実や美や革新を犠牲にしてまでも作品をひとつの商品に変え、能力を金儲けの手段にしようとする世界である。友人ダルテスのように真の才能に恵まれた者は、沈黙を強いられて孤高のなかに逃避し、リュシアン自身は闘いに敗れてパリを後にする。初版の序文（一八三九）のなかで、バルザックは次のように書き記している。

「新聞界」の風俗は一冊の書物や、一篇の序文だけでは片づかない巨大なテーマのひとつである。この作品で筆者は、今やすっかり進行してしまった病の初期症状を描いた。一八二一年の「新聞界」は一八三九年の状態に比べれば、まだ無垢の衣をまとっていた。筆者はこの災厄をすべての面で語ることはできなかったかもしれないが、少なくとも怖れることなく直視したつもりである。(2)

同じ序文のなかで作家がさらに「癌」と名づけもする新聞界。十九世紀フランスで、それは文学や作家とも密接な繋がりをもつ空間であった。『幻滅』は、みずから作家、ジャーナリストであり、同時に挫折した不幸な印刷業者でもあったバルザックによる、業界の裏事情を物語る暴露小説としての側面が強い。『人間喜劇』に特有の誇張があることは否定できないにしても、作家自身の体験を映しだしているだけに濃密な臨場感がただよう。

しかしもちろん、フランス十九世紀のメディアがすべて病んでいたわけではない。この時代に形成されたメディアと文学の関係は、現代のそれを予告していた。バルザックがきびしく糾弾した世界のありさまを、われわれとしてはもう少し正確に再構成してみる必要があるだろう。

印刷・出版・流通のテクノロジー

出版界に変化をもたらした大きな要因は、急速で広範囲におよぶ技術革新であった。

十九世紀初頭にフランスに導入されたスタンホープ印刷機は、すべて金属で造られた最初の印刷機

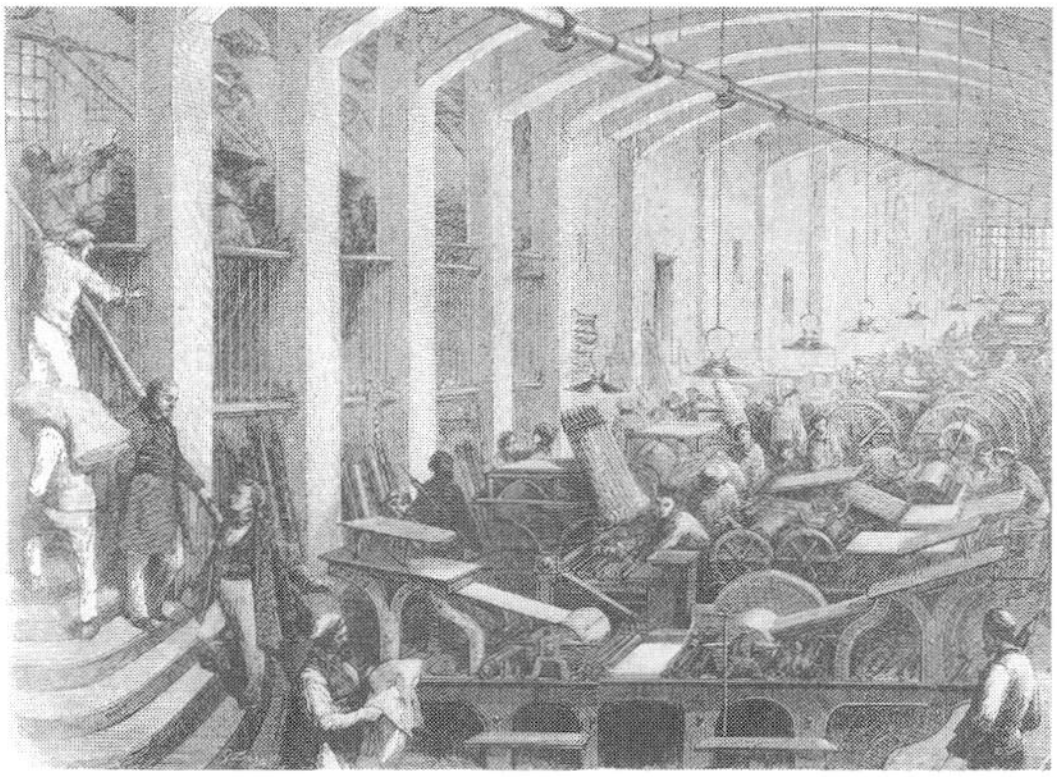

19 世紀の印刷所

で、フォリオ判をいっきに印刷できるくらい広い作業盤を備えていた。これは大判の新聞や雑誌を印刷するためには、きわめて有利な条件であった。十九世紀前半のパリを代表する印刷＝出版業者フィルマン・ディドは、この印刷機を一台ロンドンで購入し、その後フランスの製造会社が同種のものを生産するようになる。一八一一年には蒸気で作動し、一時間に千部印刷できるという当時としては革命的なシリンダー式印刷機が発明された。さらに一八四〇年代には輪転機（一時間に三万部の印刷が可能）が、一八七〇年代に入るとマリノーニ式印刷機が採りいれられて、新聞の印刷部数はめざましい伸びを示す。また、それまでは麻、木綿などの布切れから上質紙を製造していたのに対し、木材パルプだけから紙が作れるようになって、より安価な用紙が大量に供給されるようになった。それは結果として、書物と定期刊行物の値段を引き下げるのに貢献する。(3)

　こうした新たな技術の発展によって、しだいに増大する読者大衆の欲求を満たすことが可能になっていった。ただ新型の印刷機は高価だったから、その導入はゆっくり進んだにすぎない。しかも首都パリだけの現象で、地方の印刷業者にとって技術革新は無縁のことだったのである。そのパリにしても一八三〇年頃には、大部分の印刷所が四十人以下の工員が働く零細企業であり、いまだに手動の機械を用いる伝統的な作業場の様相を呈していた。王政復古期まで、印刷技術の機械化は大きな発行部数を誇るパリのいくつかの新聞だけが享受できる恵まれた特権にほかならなかった。技術革新、経済情況、法的環境が整って、ジャーナリズムと出版の飛躍的な発展が実現されたのは七月王政の時代（一八三〇―四八）である。

アンシャン・レジーム期から十九世紀初頭の王政復古期にいたるまで、書物の出版、流通、販売の仕事はまだ分業化されておらず、「書籍商 libraire」と呼ばれる者がそれを一手に引き受けていた。「出版社 éditeur」と書店の役割分担が明確になってくるのは、一八三〇年代後半を迎えてからのことであり、印刷技術の進歩による挿絵入り本の流行がその流れを促進した。多額の初期投資を必要とする挿絵入り本の出版はリスクが大きく、小さな書籍商はためらう者が多かったのである。それに対して、同時代のフランス人の習俗を網羅的に描く記念碑的な『フランス人の自画像』全九巻（一八四〇―四二）を刊行したキュルメール社は、挿絵入り本で成功した七月王政期を代表する出版社のひとつとして、出版史にその名を残している。

経済発展、教育の普及、文学の大衆化は、メディアの世界における出版社の役割をますます重要なものにしていく。こうして第二帝政期（一八五二―七〇）には、現代にいたるまでフランスを代表する出版社のいくつかが発展の基盤を固めるわけだが、その発展は読者の増大とともに、特定分野への方向づけに支えられている。アシェット社はパリの大学人と密接な繋がりを維持しつつ、教育関係の出版で支配的な地位を築いた。ラルース社は文法書や教育雑誌で成功を収めた後、その名を今日まで知らしめる百科事典の刊行に着手した。エッツェル社は一八六〇年代に入ってから、青少年向けの本とジュール・ヴェルヌの小説で財をなした。プーレ＝マラシ社はボードレールや高踏派の詩人たちを、ミシェル・レヴィ社はフロベールやルナンを、そしてシャルパンティエ社はゾラをはじめとする自然主義作家たちを出版したということで、それぞれ文学史において特筆に値する。

しかしより多く、より安く生産できるというだけでは充分とはいえず、書物や新聞という商品を迅速に、より広い地域と多くの読者に届けなければならない。つまり商品を運ぶための輸送手段、販売網の整備、宣伝・広告などが問題になってくる。

十九世紀前半には、新聞・雑誌と文学が密接につながっていた。新聞の経営者はジャーナリストであると同時に、しばしば文学者であったし、作家はほとんどつねに新聞に寄稿し、そこから得る収入を生活の重要な糧にしていたからである。そして、両者の結びつきを端的に示すのが新聞の連載小説にほかならない。文学史家マックス・ミルネールが指摘するように、(4) 一八三〇年頃に成人に達した世代こそ、みずからのペンだけで生活するようになった、つまり国家が支給する年金やパトロンの庇護に頼らずに生活するようになった、フランス文学史上最初の世代である。少数の例外を除いて、作家が単行本の印税だけで食べてゆくことなど不可能で、だからこそ彼らは皆ジャーナリズムに手を染めたのだった。後のフロベールが新聞を軽蔑し、自分の本の売れ行きや印税にほとんど無関心でいられたのは、彼が父親の遺産で安穏に暮らすことができたからにほかならない。

フランス革命以前、たとえば古典期の作家たちは国家が支給する年金や、王侯貴族の庇護によって暮らしていた。本を書いて得た収入で生活するというのは、十九世紀以前にはありえなかった生活様式なのだ。後年エミール・ゾラは「文学における金銭」（一八八〇）と題された論考のなかで、十九世紀の文学者の地位を特徴づける要素としてこの変化を、強調することになる。

古典期の文学とは、サロンとアカデミーを中心とする少数のエリート集団によって生みだされ、消費されていた。そこに世論や、大衆としての読者は存在しない。フランス革命とその後の民主化、教育の普及、読者大衆の成立によって文学の民主化が可能になった。新聞や書物が大量に流通したおかげで、作家はペンで生活できるようになった。王侯貴族の保護は不要になり、権力者への寄生がなくなり、作家は自分の仕事によって生計をたてる人間になった。それを単なる商業主義と批判するのは当たらない。正当な成功がもたらす報酬は、作家の威厳と社会的地位を保証するものであり、権力や制度から作家を解放し、すべてを語ることのできる自由な個人にしてくれる。「金銭が作家を解放し、金銭が現代文学を創出したのである」(5)と高らかに、後ろめたさなしに宣言するゾラには、恵まれない家庭に育ち、若い頃に貧困を経験し、みずからのペンだけで地位を築いた男の強烈な矜持があっただろう。

当時の新聞・雑誌と書籍はほぼ同じような販売網をつうじて、予約購読という同じ方法で売られていた。当時の一般市民にとって新聞や本はかなり高価なものであり、したがって発行部数もおのずと限られていたのである(初版はせいぜい千部から二千部程度)。バルザックやスタンダールなど、現在は文学史で特筆されるような大作家でも、生前は新著を刊行しても、現代のわれわれの感覚からすればその部数はわずかであった。人気作家の作品が無数の書店で何十部も平積みされるというような現代日本の光景は、十九世紀のフランスではまったくありえない。

出版社と新聞経営者は宣伝パンフレットを作成し、それを地方の書店や「キャビネ・ド・レクチュール」と呼ばれる貸本屋に送る。また他紙や雑誌に広告を掲載して、新たな購読者の獲得を図るようにもなる。予約購読制には、出版人からみていくつかの利点があった。いわば市場調査の機能を果たしていたから、ある新聞や書物の購読を望むひとの数があまりに少なければ企画そのものを取りやめ、逆に充分な購読者があらかじめ確保できれば、どれだけの部数刷ればよいかというマーケティングをしたうえで、書物を市場に流通させることができた。購読者は一部ごとに代金を支払うから、シリーズ物の場合は刊行継続中に資金を回収することができる。しかも、このシステムによって書店を経由せずに、したがってそれだけ単価を抑えて直接読者に販売できた。

予約購読を推進するために、パリの出版社や新聞社は地方に出張販売員を送りこんだ。地方都市にやって来た彼らはまず地元の書店や名士にカタログと趣意書を送り、それから個別に訪問して予約購読を勧めるという方法をとった。対象はおもにブルジョワ層である。バルザック作『名うてのゴディサール』(一八三二)は、有能な出張販売員ゴディサールがフランス中部トゥーレーヌ地方に赴いて、保険と新聞の勧誘をおこなう際の滑稽な顚末を語る小説だが、保険と新聞というまったく異質のものを売りこむという状況設定がいかにも時代の風潮を証言している。そして、そのゴディサールがかつては小間物や化粧品を売りさばいていたというのは示唆に富む細部であろう。新聞もまた他の商品と同じように、首都から地方に流通させられる消費財にほかならなかった。

行商本の盛衰

他方、地方の民衆層に活字文化を伝達するに際して大きな役割を演じたのが行商人である。(6) 彼らがフランスの奥まった田舎まで徒歩で売りさばいた印刷物は、十九世紀前半には毎年九百万部以上に達していた。その主要な部分を占めたのが、表紙の色にちなんで「青本叢書」と呼ばれる仮綴本シリーズである。起源が十六世紀にまで遡ぼる青本叢書の内容は多岐にわたるが、ロベール・マンドルーによれば、そのうちの四分の一は聖人伝、信心書、公教要理などの信仰書であった。(7) 続いて犯罪、愛、死をテーマとするおとぎ話や、騎士道物語や、笑劇などの文学、偉人の生涯と事績を語る歴史的神話、さらには暦、占星術、技術関連の実用書も含まれていた。

十九世紀に入ると行商本はかつてないほどの繁栄を迎え、それまでの印刷物のほかにナポレオンの戦功を讃える歴史読み物が増え、同時に思想的パンフレットや政治冊子も出回るようになる。しかしそのために、第二帝政期には民衆の政治化と騒乱を招きかねない危険な出版物として、きびしい検閲に晒されてしまった。版元と行商人はしばしば処罰されて廃業を余儀なくされ、十九世紀半ばには三千人以上いた行商人が一八七〇年頃には五百人にまで減少し、やがて世紀末には消滅する運命にあった。いずれにせよ、青本叢書をはじめとする行商本はフランスの農村地帯における重要なメディアであり、その歴史的意義は大きい。ミシュレ、ジョルジュ・サンド、ネルヴァルといった作家も、幼い頃に青本に熱中した体験を回想している。

しかし、行商本を終焉させたのは検閲だけではない。人の移動とものの流通を促進するテクノロジーが、前資本主義的な行商という制度を無用のものにした。産業革命の象徴ともいうべき鉄道はフランスでは一八三〇年代に開通するが、飛躍的な発展をみたのは第二帝政期のことである。一八五〇年に二千百キロだった鉄道の営業キロ数は、一八七〇年には一万八千キロまで延長され、パリの刊行物が

アシェット社が駅構内に設けた売店

より大量に、しかもより迅速に地方に行きわたることになった。さらに郵便事業が改善され（フランスで切手が導入されたのは一八四九年）、一八五〇年以降は新聞社が電信を利用できるようになり、情報の流通を加速させた。もはや、行商人が徒歩で地方を巡るような時代ではなかったのである。

当時すでにフランス最大の出版社のひとつに成長していたアシェット社は、鉄道の駅を書籍販売スポットにする着想をもった。一八五二年、まず北部鉄道の駅で営業権を獲得し、やがて他の鉄道会社の駅でも同じように販売し始めた。翌年には「鉄道文庫」と名づけられたシリーズまで売りだすほどの商才を示す。赤い表紙は旅行案内書、青い表紙は農業や工業関係の本、緑色の表紙は歴史書と旅行記、クリーム色の表紙はフランス文学、そして黄色い表紙は外国文学とさまざまなカテゴリーに分かれ、そのなかにはラマルチーヌ、ユゴー、サンドといった有名作家も名をつらねた。アシェットは、車中で無為を強いられる乗客の潜在的欲求に応えようとしたのである。

生産、流通に続いて活字メディアを構成する第三の要素は消費、すなわち読者である。活字メディアが普及し、広く受容されるためには人々が字を読めなければならないし、それは当然、教育制度の問題と結びつく。十九世紀をつうじてフランスの北部と東部が南部と西部よりも、中産階級が労働者や農民よりも、男が女よりも、そして都市部の方が農村部よりも識字率は高かった。それでも王政復古期の一八一九年の段階で、フランスの成人二千五百万人のうち四割しか読み書きができなかったと見積もられている。パリでさえ、初等教育を受ける子供は五人に一人しかいなかったし、あらゆる町村に小学校をひとつ設けるべしという一八一六年の政令にもかかわらず、この時代をつうじてその数はほとんど増えていない。しかも当時の反動的な政府は民主的な思想が普及することを怖れ、多くの中等学校やその他の教育機関を廃止に追いこんだ。

決定的な転機は七月王政期におとずれる。教育改革に関するギゾー法にもとづいて、一八三四年には新たに二千以上の学校と、教師を養成するための師範学校が十五校設立されたのである。改革は主として初等教育のレベルにとどまっていたとはいえ、それだけでも識字率の向上に大きく貢献したことは否定できない。それがまさに、ジャーナリズム発展の初期と符節を合しているのは偶然ではないだろう。七月王政末期に識字率がほぼ六割にまで上昇したことが、改革の成果を裏づけている。読む能力を得たことによって、より多くの人間が新聞や小説を手にとるようになったのであり、同時に、新聞や小説を読むために、あるいは読むことによってさらに読む能力を培ったのだ。その後、第三共和政初期の一八八一年に文部大臣ジュール・フェリーが初等公教育の無償・義務化・非宗教性（カトリックの教育ではないということ）を打ちだし、十九世紀末には読み書きできない人の割合は一割弱まで下がった。

七月王政期の革新

すでに指摘したように、七月王政期のフランスでは印刷技術の進歩、流通機構の整備、教育改革による読者層の拡大などが相乗的に作用して、活字メディアの発展と文学の大衆化をうながす条件がそろっていた。王政復古期に新聞・出版にたいして及ぼされていた強い監視のまなざしが緩和したことも、それに拍車をかけた。そうした状況をすばやく見抜き、そこに商業的な成功のチャンスを嗅ぎつけたのがエミール・ド・ジラルダン（一八〇六―八一）である。

一八三〇年代初頭から彼は、『実践知識新聞』や『小学校教員新聞』といった新聞を発行し、教育や啓蒙に関心を示していた。定期刊行物を庶民のための啓蒙活動の手段にするという発想は、当時としてきわめて斬新なものだった。これは期待したほどの成功を収めることができなかったが、それに落胆することもなくジラルダンは一八三六年に『プレス』という日刊新聞を創刊し、この新聞がフランスのジャーナリズムに革命を引き起こすことになる。

まず彼は、商業広告に紙面を大きく割いて収入源とすることにより、年間購読料を四十フランにした。他の新聞の年間購読料はおしなべて八十フランだったから、その半分である。しかも、当時の新聞は一般に硬派な政論新聞だったのに対し、ジラルダンは政治論争を慎重に避け、他方では、妻のデルフィーヌにパリの社交界や文壇をめぐる内幕記事を書かせて（それは「パリ便り」と題されたコラムとして、毎週木曜日にフロント・ページの下段を占領した）、娯楽的な傾向を強めた。啓蒙から娯楽へというジラルダンの方向転換はみごとに当たり、数カ月で一万人の予約購読者を確保し、一八四〇年代にはその数が二万人を超えた。これは当時の日刊紙としては、無視しがたい部数である。

『プレス』より少し遅れて一八四三年、やはり歴史的、文化的に大きな意義をもつ新聞が創刊された。『イリュストラシオン』である。ただしこちらは週一回、土曜日の発行だから、週刊新聞と呼ぶのがふさわしい。創刊者は、後にフランス最初の旅行案内書を発刊することになるアドルフ・ジョアンヌをはじめとする、四人のジャーナリスト。この新聞の特徴は、フランスで初めて木版画による挿絵を掲載したことである。木版画が使用されたのは、それが当時としてはもっとも一般的な複製技術だったからである。一九四四年の廃刊までちょうど一世紀続いたこの週刊新聞は、あわせて五二九三号を数え、総ページ数にしておよそ十万ページ、約四百万枚の木版画や写真とあいまって、十九世紀半ばから二十世紀半ばまでのフランスに関する比類ない資料になっている。

L'ILLUSTRATION,
JOURNAL UNIVERSEL.

『イリュストラシオン』創刊号（1843年3月4日）

挿図を加えた紙面構成を思いついたのは、それが読者の理解を助けると創刊者たちが考えたからにほかならない。三月四日付の創刊号の冒頭に置かれた「われわれの目的」というマニフェストは、ジャーナリズムの新たな形式を先導しようとする意図を表明している。

現代の読者が熱心に望み、何よりもまず求めているのは、世間で起こっていることをできるかぎりはっきり知りたいということである。諸新聞は、必然的に唯一の手段になっている不完全で短い報道記事だけを用いて、この欲求を満たすことができるだろうか。どうもそうは思われない。たいていの場合、新聞は物事を漠然と理解させることしかできないが、実際は、読者一人ひとりが物事を現実に見たと思えるほどによく理解させる必要があるのだ。この点で、新聞がその目的によりよく到達するために利用できる手段はないだろうか。いや、ひとつあるのだ。それは長いあいだ無視されてきたが、古くからある大胆な手段であり、われわれが利用しようとするのはまさにこの手段にほかならない。読者諸氏よ、すなわち木版画のことである。(8)

こうして新たな武器を携えて登場した『イリュストラシオン』は、大きな成功をかちえるまでに長い時間を要しなかった。丁寧な紙面作り、多岐にわたる良質な記事、グランヴィルやガヴァルニなど当時のすぐれた版画家たちが手がけた図版が成功に寄与したことは疑いない。政治、外交、軍事、海外情勢、植民地での出来事、農業、商工業、科学、美術、文学、演劇、モードなど、この新聞で取りあげられる話題は市民生活のあらゆる領域に及んだ。創刊から半年後の一八四三年九月一日号において、編集者の一人が「『イリュストラシオン』紙は諸国民の生活を映しだす鏡になった」と豪語したのも、けっして根拠のない自負ではなかったのである。

連載小説という文化装置

『プレス』によって創始され、文学の世界に決定的な衝撃をもたらしたのが新聞小説の連載である。

その最初の新聞小説『老嬢』を寄稿したのが、ほかならぬバルザック。連載小説の成功がただちに新聞の発行部数を左右するようになるのは一八四〇年代に入ってからで、どの新聞も競って人気作家の寄稿を求めるようになった。批評家サント゠ブーヴは『プレス』紙創刊から三年後、『両世界評論』誌一八三九年九月一日号に発表した「産業的文学について」という有名な論考のなかで、はっきり名指さないながらもジラルダンの『プレス』紙を露骨に揶揄し、安価な大衆新聞が文学を商業化させ、連載小説が文学の質を低下させつつあると警鐘を鳴らしていた。「四十フランの新聞」の登場によって、新聞は広告に依存するようになり、真実の探求をないがしろにし、道徳的節度を失いつつあるというのだ。

歯に衣着せずに言うならば、文学に関するかぎり、日刊新聞の現状は惨憺たるものだ。いかなる倫理的観念ももちこまれていないせいで、一連の具体的情況がしだいに思想を変質させ、その表現を歪めてしまった。(9)

サント゠ブーヴの警鐘も時代の趨勢を変えるにはいたらなかった。ただし、新聞だけが文学を大衆化させたわけではないし、大衆化がかならずしも文学の質を下げたわけではない。拡大する読者層の存在は、ペンで生活する作家たちが読者大衆の夢想や欲望を考慮するよう余儀なくさせた。彼らは卑俗な打算のみからそのように振舞ったのではなく、変化する文学市場の要請に冷淡をよそおうことができなかったのである。新聞に寄稿したのはいわゆる大衆作家だけではなく、今日では七月王政期を代表すると見なされる作家たち（ユゴー、ラマルチーヌ、バルザック、ジョルジュ・サンドなど）はいずれもそうだった。時代が下って第三共和政期に入っても、ゾラやモーパッサンの作品は多くが新聞に連載された後に単行本として出版されている。新聞小説という形式は、十九世紀フランスの文学者にとって避けがたい制度にほかならなかった。

十九世紀末になるまで、現代的な意味での「ジャーナリスト」や「新聞記者」はフランスに存在しない。ジャーナリストはしばしば文学作品を発表し、文学的な野心を隠さなかったし、他方で、作家や哲学者や政治家が新聞に寄稿して、ジャーナリストとして振舞うことが多かった。当時の新聞記事は、内容面でも文体面でもじつに文学的なのである。制度的に言えば、文学者は勃興するジャーナリズムに深く組みこまれていた。バルザック、サンド、デュマなどはいくつかの新聞の創刊にかかわったし、ゴーチエは文学雑誌『アルチスト』の編集主幹を務めたことがある。現代の日本でも、編集者が作家やエッセイストに転身するということは稀ではないが、ロマン主義時代のフランスでは、文学とジャーナリズムの境界はかなり浸透性が高い。

ところが両者の交流と対話、言説上の相互関係はあまり強調されてこなかった。みずから新聞・雑誌の世界で棲息しながら、多くの作家はジャーナリズムとの共生関係を隠蔽し、ときには否定してきたからである。ジャーナリズムを舞台にした十九世紀の小説が、新聞・雑誌の世界やジャーナリストにたいして例外なく辛辣な批判を向けたのは、その意味で示唆的である。バルザックの『幻滅』にはすでに言及した。十九世紀後半には、ゴンクール兄弟の『シャルル・ドゥマイー』（一八六〇）のなかで、才能ある作家がジャーナリズムの権謀術数に絡めとられて失墜するし、モーパッサンの『ベラミ』

（一八八五）では、無能なジャーナリストが計略と色仕掛けだけで成り上がっていくことにより、逆にその腐敗が象徴的に浮き彫りになる。小説のなかでは、ジャーナリズムが真の才能を抹殺する危険な空間として提示されているのだ。(10)

新聞・雑誌をとおして文学が商業システムのなかに組み入れられるというのは、作家どうしのあいだに価値のヒエラルキーを生みだすことにつながる。資本主義的な市場原理は差別化することをためらわないから、作家にいわば値段をつける。それまで作家の報酬は売上部数にしたがった印税方式ではなく、原稿にたいする一括払いが普通だった。ジラルダンが一八三五年（つまり『プレス』創刊の前年）に作成した一覧表によれば、彼らは四つのグループに分類される。(11)

19世紀半ばの書店

第一グループは、小説一作につき三千から四千フラン受け取る少数のエリート作家。ユゴーとポール・ド・コックがこのグループに属し、千五百部出れば多いと言われたこの時代に二千五百部以上が保証されていた作家たちである。第二グループは、一作につきおよそ千五百フランで、発行部数は千五百部。バルザック、フレデリック・スーリエ、そして初期のウジェーヌ・シューがこのカテゴリーに入る。第三グループは、一作につき五百から千フラン。六百部から千二百部出版されるアルフォンス・カール、ミュッセ、ゴーチエらがこのグループに属する。そして最後の第四グループは、駆け出しで、運が良ければ出版される無名作家から構成される最下層集団。三、四百フランが相場で、『幻滅』のなかで原稿をある出版社にもちこんだリュシアンに提示された額は四百フランである。

新聞小説の隆盛はこの作家のヒエラルキーに変化をもたらす。日々新聞に連載される小説は、読者の反応にきわめて過敏に反応する、いや反応せざるをえないジャンルだった。評判が良ければ、当初の予定を超えて連載期間は延びたし、逆に不評ならば、むりやり物語の筋を歪曲してまで連載を打ち切られるという事態を覚悟しなければならなかった。

『パリの秘密』(一八四二—四三)によって一躍スター作家となったシューは、さらに一八四四—四五年には『コンスティチュシオネル』紙に『さまよえるユダヤ人』を連載して洛陽の紙価を高めた。新聞の発行部数はそれまでの三千部から四万部に跳ねあがり、シューはこの作品によって十万フラン(現在の日本円にしておよそ一億)手にしたという。彼の名声と栄誉が頂点に達した年である。ほぼ時を同じくして、アレクサンドル・デュマが『三銃士』(一八四四)と『モンテ=クリスト伯』(一八四四—四六)を相次いで発表し、シューに比肩するほどの成功を収める。『プレス』のライヴァル紙『シエークル』は、一年に十万行書くことを条件にデュマに十五万フランの原稿料を支払った。

第二帝政と大衆ジャーナリズムの誕生

七月王政期がジャーナリズムの発展期だったにしても、行政側がメディアを統制するため、新聞・

雑誌の発行にさいしてさまざまな制約を課していたことを忘れてはならない。まず、新聞には一部につき六サンチームの検閲郵税が課され、それが新聞の価格にはねかえったから、発行部数もおのずと制限されていた。一八四〇年代後半、『プレス』など代表的な新聞でも発行部数は二万から三万のあいだである。もちろん、新聞を一家全員、作業場の全工員が回し読みしたり、貸本屋で読む人もいたから、実際の読者はその数倍になるだろうが。

発行地以外の町では、原則として新聞はすべて予約購読制であり、キヨスクなどでその日の都合と関心におうじて一部だけ買うということができなかった。新聞の多くはパリが発行地だったから、パリの住民は一部ずつ買うことができたが、地方の住民は年間購読料を払って郵送してもらわないかぎり、目にすることができなかったということになる。購読料はかなり高かったから、民衆や労働者が個人で年間購読の契約を結ぶことは不可能であり、予約購読者は主として都市のブルジョワ層であった。

ルイ・ボナパルトがナポレオン三世と名乗ることによって成立した第二帝政は、監視をいっそう強め、言論の自由をきびしく制限した時代として知られている。それはメディアにたいして執拗なまでの不信感を抱いた時代であった。とりわけ悪名高いのは一八五二年二月十七日に発布された政令で、それによれば、新聞を創刊する場合にはあらかじめ政府の認可を得ることが必要となり、議会の議事内容を報道する際には、政府の公式記録にもとづいてそうするよう定められた。権力側は、言論を統制するために「警告」という巧妙なやりかたを採用する。ある新聞が政府の気にいらなかった時、一回目の警告は自粛をうながす単なる通達にすぎないが、二回目になるとその新聞を一時的に発刊停止とし、三回目の警告によって新聞を廃刊に追いこむ。しかも、どのような基準にもとづいて「警告」が出されるかは明瞭でなく、あからさまに言えば権力側の恣意的な判断にゆだねられていた。

この制度はじつに有効に機能し、反政府系の新聞・雑誌は警告の危険があると感じただけで、批判の論調を弱めるということになってしまった。ジャーナリストたちは、いわば自己検閲せざるをえなかったのである。それでも一八五二年から一八六六年のあいだに、パリで発行されている新聞にたいして計一〇九回の警告が発せられ、六紙が廃刊の憂き目にあっている。

同じような状況は、当時の文学世界にも看取される。ボードレールが『悪の華』（一八五七）のために、フロベールが『ボヴァリー夫人』（一八五六）のために、公序良俗を壊乱したという汚名をまとわせられて起訴されたことからも分かるように、第二帝政は文学者の活動にたいしても監視のまなざしを向けた。一八五一年十二月ルイ・ボナパルトのクーデタの後、ユゴーやウジェーヌ・シューは亡命し、歴史家ミシュレとキネはコレージュ・ド・フランスの教職から追われ、ゴーチエは社会的現実に背を向けて象牙の塔に閉じこもった。フランスの作家たちが、制度的にこれほど社会から疎外されたことはおそらくかつてなかっただろう。そしてこの疎外が、文学の現代性が形成されていくにあたって無視しがたい意義をもったことは、サルトルのフロベール論『家の馬鹿息子』（一九七一—七二）の第三巻が主張し、またその二十年後には、このサルトルの書物との競合関係のなかで書かれたピエール・ブルデューの『芸術の規則』（一九九二）が、あらためて取りあげたテーマにほかならない。(12)

第二帝政が、ジャーナリズムや出版界にたいしてきびしい監視の視線を向けたことは事実であるにしても、しかし、その点だけを強調するのはあまりに一面的だろう。新聞の政治的な影響力をできるかぎり抑えようとし、したがって反対派の新聞には目を光らせたが、逆に政治的な問題に触れなければそれほど官憲を怖れる必要はなかったのである。政治や外交を論じないという要件を守れば、一部六サンチームという検閲郵税は免除されていた。また一八五六年の法律により、非政治的な新聞は発行地以外でも予約購読制なしに販売が可能になり、発行元は地方でも一号ずつ売りさばくことができるようになった。それは当然のことのように、価格を引き下げる効果をもつ。かくして一八六〇年代に入ると、それまでのジャーナリズムの常識では考えられないほど安価な大衆紙が生まれてくる。

そうした時代の趨勢のなかで生まれたのが『プチ・ジュルナル』である。

創刊者はユダヤ系資本家モイーズ・ミヨー、創刊号は一八六三年二月一日に出ている。政治色を排除し、したがって検閲郵税を免れたこの新聞は、版型が縦四十一センチ、横三十センチと他の新聞に較べて半分の大きさしかなく（「プチ」とは小さいという意味である）、一部五サンチーム（＝一スー）で売りだされた大衆紙である。そしてパリで発刊され、地方でも一号ずつ売りだされた最初の新聞ということになった。当時の新聞は一般に一部十五サンチームしたから、『プチ・ジュルナル』はその三分の一の価格だったわけで、そのことだけでもすでに衝撃的な事件だった。五サンチームという値段は、一九一四年まで据え置かれることになるだろう。比較のために付言するならば、当時の労働者の平均的な時給は二十サンチーム、パン一キロ（労働者が一日に消費する量）の値段はおよそ四十サンチームであった。パンに較べてはるかに安いということは、民衆のあいだにも『プチ・ジュルナル』を購読する欲求を刺激したはずである。

『プチ・ジュルナル』の紙面は三つの要素からなっていた。

まず論説主幹レオ・レスペス、そして彼が他紙にひき抜かれてからはトマ・グリムの執筆になる時評欄で、それが取りあげるさまざまなテーマは民衆の知恵をこころよく刺激し、科学上の発見を分かりやすく解説し、しばしば道徳的な教訓をまじえていた。要するに啓蒙的な配慮に満ちていたわけで、読者大衆の支持をたやすく得られた。

次に、この新聞は犯罪、事故、情痴事件といった三面記事的な話題を徹底的に活用した。政治や、国家や、国民全体の生活といかなる関係もないこのようなエピソードを、大衆が好んで消費するものだということを『プチ・ジュルナル』は鮮やかに示してくれたのである。大衆は天下国家の政治や制度だけに関心をもつわけではない。それよりも、単調でときには苛酷な日常性をうち破ってくれる異常な出来事や、センセーショナルな事件を好むだろう。実際この新聞の発行部数を一気に押しあげたのは、一八六九年パリ郊外のパンタンで起こった出来事の報道である。トロップマンという一見温和な青年が、カンク一家七人を殺めたという凄惨な大量殺人事件で、『プチ・ジュルナル』は事件発覚後ほとんどリアルタイムで報道し続け、衝撃的な図版も奏功してたちまち発行部数を増やす。三面記事がいかに売れるかということを如実に証明した事件だった。

そして第三に、次号をぜひとも読みたくなるような血湧き肉躍るような小説を連載して、読者の購買欲をそそった。『プチ・ジュルナル』は超人的なヒーローを登場させる冒険小説や、犯罪物語を中心とする新聞小説によって人気を高めた。そこには、現実の出来事を報道する三面記事との構造的な類似が見てとれるだろう。ポンソン・デュ・テラーユの「ロカンボール」シリーズのいくつかの作品や、長編推理小説の祖エミール・ガボリオによる、犯罪と謎解きを説話的な核とする『オルシヴァルの犯罪』や『ルコック探偵』は、いずれも一八六〇年代に『プチ・ジュルナル』に発表された。それは検閲のきびしい時代に権力との葛藤をあらかじめ聡明に避け、政治性を払拭した文学にほかならない。『プチ・ジュルナル』が標榜したのは知識と遊び、啓蒙と娯楽である。その後のフランスのみならずどこの国でも、それは大衆的なジャーナリズムの基本理念となって今日にいたる。商業性を追求したこの新聞は、短期間のうちに大きく発展していった。積極的な宣伝作戦と、パリのみならず地方にも販売拠点を確立することによって、庶民層の読者を掘りおこすことに成功したのである。こうして、当初はおよそ三万八千部だった発行部数（これでも当時の日刊新聞としてはかなり多い）は、翌年十月には一挙に十五万部に跳ねあがり、一八六七年には二十五万部にまで伸びる。

1892 年 7 月 2 日付『プチ・ジュルナル』紙のタイトルページ．センセーショナルな殺人事件の報道である．

この数字にどういう意味があるかというと、同時代の他紙に較べて、文字どおりケタ違いに多く、一八六七年の時点で、パリで発行されていたすべての政治的な日刊紙の発行部数を合計したのよりも大きな数字である。一八七〇年の普仏戦争とその後の混乱の時代にしばらく部数は落ちこむが、やがて手堅く復調し、一八九〇年代初めにはついに百万部に達する。数百万部の発行部数を誇る新聞がいくつもある現代の日本から見れば、驚くほどの数字ではないかもしれないが、現在のフランスに百万部も発行されている新聞がないことを考えるならば、これはやはり瞠目すべき数字なのである。

ゾラの慧眼

『プチ・ジュルナル』がジャーナリズムの世界にもたらした革新性をよく認識していたのが、みずからも長期にわたって新聞に政治記事や文学批評を発表したエミール・ゾラである。彼は一時期アシェット社に勤務し、若い頃から新聞や雑誌に同時代の政治、社会、風俗、芸術をめぐる記事を寄稿するジャーナリストであり、また、彼の多くの小説は初め新聞に連載されたものだったから、当時の出版界やジャーナリズムの舞台裏をよく知っていたはずだ。一八七七年に書かれた「フランスの新聞・雑誌」と題された論説のなかで『プチ・ジュルナル』に言及したゾラは、この新聞の成功は「近年においてもっとも特徴的な事件のひとつ」であると評価する。確かに記事の文体は凡庸であり、新聞の紙質は劣悪で、印刷はときに不鮮明だが、読者はそのようなことに頓着しなかった。本質的なのは、読者が著者と同じ地平に立っているという意識を共有できるということだったのである。

実際、『プチ・ジュルナル』はひとつの欲求に応えるものだったし、この新聞が大成功を収めたのはそのためだ。すでに述べたように、新聞というのは一定の読者層に向けられないかぎり成功しない。『プチ・ジュルナル』がねらいをつけたのはまさしく、それまで自分たちの新聞をもっていなかった貧しく無学な人々の大集団であった。この新聞が新しい読者階級を生みだしたと言われるのも、故なしとしない。ひどく軽蔑されたこの新聞は、その点で確かな貢献をしたのである。人々に読むことを教え、読書への興味を生じさせたのだから。もちろん、提供された糧はかならずしも高級ではなかったが、それでも精神的な糧であったことに変わりはない。もっとも辺鄙な地方の片隅で、羊飼いたちが『プチ・ジュルナル』を読みながら羊の群れを見張るというさまを、ひとは目にすることができた。農民がほとんどものを読まないフランスにおいて、これはきわめて特徴的なことである。(13)

それまで新聞どころか、およそ活字を読むという行為に無縁であったひとたちに、読むことの快楽を教えた新聞。初歩的なものであったにしろ、情報と知識をさずけることによって民衆を啓蒙しようと努めた新聞。刺激的な連載小説によって読者の文学嗜好を満たそうとした新聞。『プチ・ジュルナル』の文化史的な意義はけっして小さくない。

知識と遊び、啓蒙と娯楽という『プチ・ジュルナル』によって確立された大衆ジャーナリズムの基本理念は、十九世紀末から二十世紀初めのベル・エポック期に未曾有の規模で開花することになった。一八七〇年代は『プチ・ジュルナル』が大衆ジャーナリズムの市場を席巻したが、やがて『プチ・パリジャン』(一八七六年創刊)、『マタン』(一八八四年創刊)、『ジュルナル』(一八九二年創刊)がそこに加わり、この四紙の発行部数を合計すると二十世紀初頭には四百五十万部に達した。これはパリで発行されていた全新聞の七十五パーセント、フランス全土のそれの四十パーセントに当たっていたから、その寡占ぶりが分かるというものだ。とりわけ『プチ・パリジャン』は一九〇二年に百万部を超え、一九一四年には百四十五万部にまで伸びた。他の三紙も、同じ頃いずれも百万前後の部数を誇っていた。その後現在にいたるまで、フランスにこれほどの発行部数をもつ新聞は生まれていない。現代フランスを代表する新聞『ルモンド』の発行部数は四十万部ほどである。すなわち、二十世紀初頭のベル・エポック期はフランス史上に例のない、大衆新聞の黄金時代だったのである。

文学とジャーナリズム

本章の最後に、新聞の発達が文学作品のテーマや書き方、さらには作家の創作活動のスタイルにどのように作用したかを手短に考察してみよう。毎日あるいは一週間に一、二度発行される新聞に原稿を寄せるというのは、それなりの束縛を書き手に課すことになり、それがいくつかのレベルで文学創作の現場に波及したからである。(14)

第一に、新聞は定期的に出版される。この定期性という特徴ゆえに、連載小説という形式が可能になったし、同時に、連載小説は新聞が定期的に出るという原則を前提にして初めて成り立つ出版形態である。内容以前に、毎日、あるいはほぼ毎日提供されるということが、読者の期待の地平をかたちづくる。逆に作家の方は、毎日一定ページの原稿を執筆しなければならず、規則的な作業を強いられる。霊感に駆られ、ミューズのような女性に導かれて集中的に創作する才能豊かな作家、創造のデーモンが宿り、不眠不休で憑かれたようにペンを走らせる天才というロマン主義的な神話は有効性を失い、作家は律儀な事務員のように、日々紙をインクで埋めていかなければならない。

作家は労働者のように、規則正しい労働によって、定期的に知的産物を生産するよう求められたのだ。「一行も書かぬ日は、一日とてなし」というラテン語の一句を座右の銘にし、新聞に連載する小説の原稿を毎朝丹念に、数ページずつ書き続けたゾラはその典型的な例であろう。そして人気作家になって生活が安定してからも、ゾラが小説の執筆と新聞記事（その内容は書評、文学批評から政治、社会、宗教、教育にまで及んだ）の寄稿を並行して続けたのは、ジャーナリズム的なエクリチュールが文体を練磨する貴重な体験だ、と認識していたからにほかならない。

新聞小説が成功すると、しばしば連作あるいはシリーズ化につながった。デュマの代表作『三銃士』には『二十年後』という続編があり、『ある医者の回想』はフランス革命期を背景にして、同じ主人公が活躍する歴史小説の四部作である。バルザックやジュール・ヴェルヌは編集者との契約にもとづいて、一定の期間をおいて自作を定期的に上梓するよう求められた。ゾラの小説シリーズ『ルーゴン゠マッカール叢書』全二十巻は、ほぼ一年に一作というリズムで新聞に連載され続けた。短篇小説もまた、新聞が好んだジャンルである。一回読み切りで完結するこのジャンルは、長篇小説に較べれば創作に多くの時間を要しないから、定期的な出版には向いている。十九世紀後半にはこの傾向がとりわけ顕著で、モーパッサン、ドーデ、ヴィリエ・ド・リラダンなど短篇小説の名手が輩出したのは偶然ではない。

第二に、時間的な制約の大きい新聞への寄稿は、複数の著者による「合作」という創作スタイルを一般化させた。定期的な執筆は、時間との闘いでもある。人気作家デュマに数人の共同作者がいたのは有名な事実だし（そうでなければ、あれほど大量の作品を完成できなかっただろう）、ゴンクールやロニーは兄弟で協力して小説を書いた。一八六〇年代から七〇年代にかけて、愛国主義的な作風で庶民の人気を博したエルクマン／シャトリアンや、二十世紀に入れば「ファントマ・シリーズ」の作者スーヴェストル／アランは、親しい二人の友人の連名である。

ジャーナリズムと挿絵本の発達は、一八四〇年代以降、数巻ないし十数巻からなる大型の企画を可能にした。都市の風俗、空間、制度、歴史などを網羅的に表象しようとするパノラマ的文学や、「生理学」ジャンルは、同時代の流行作家たちに各章を担当させ、多くの画家に挿絵を描かせた。肥大したパリの全体像を一人の作家が把握するのはむずかしいから、数多くの著者が共同執筆するというかたちになったのである。『フランス人の自画像』（全九巻、一八四〇―四二）や、パリ万博を機に刊行された『パリ案内』（全二巻、一八六七）はその代表的な例である。

そして第三に、ジャーナリズムは現在に、アクチュアルなものに視線を向けるよう促す。新聞の読者は顔のない集団であり、匿名の大衆であり、十九世紀末にその存在の特異性が認識され始めた「群衆」である。ガブリエル・タルドやギュスターヴ・ル・ボンのような社会学者は、この「群衆」が世論の形成に決定的な影響をもつことを指摘した。現在性の支配は、古典主義的な修辞学や、伝統的な詩学から作家を解放して創作の自由を増大させ、作家が同時代の社会と習俗を読みとく歴史家になるよう導く。文学者は今や現実世界を観察し、表象しなければならない、というわけである。現在への執着はリアリズムの傾向を強めるのだ。

しかし他方で、現在性とアクチュアルなものが過度に評価されると、時間をかけて熟考する習慣が稀薄になり、思考の密度が低下するという危惧が表明された。三面記事が思想を追放し、束の間の逸話が文学的創作を駆逐してしまうのではないか。それはジャーナリズムの功績を認めるのにやぶさかではなかったゾラでさえ、払拭できない不安だった。一八七七年に書かれた論考「現代の批評」のなかで、ゾラは二十年前の情況を振り返っている。当時の批評は、一冊の書物を判断するのに数カ月かけ、十分根拠のある審判を下していたし、読者の方も性急ではなく、速度よりも批評家の良心と才能と公平さを求めていた。

われわれはそうしたことをすべて変えてしまった。新しい新聞は文学を追いだそうとしている。さまざまな名称のもとに、雑報が新聞四ページを侵略してしまった。(15)

こうして定期性、規則性、速度、連作という形式、集団性、短篇形式、現在とアクチュアルなものの優越性が、十九世紀フランスのジャーナリズムを特徴づける。そしてこれらの特徴は、形式的にも主題的にも文学の近代性を規定していった。本章でエミール・ゾラに再三言及したのは、彼が文学とジャーナリズム両方の世界を熟知し、その多様な活動をつうじて両者を変えたからである。そしてまた彼が、ジャーナリズムと文学のパラダイムが大きく転換した時代を生きた証人でもあるからだ。

第二章　新聞小説の変遷——主題とイデオロギー

新聞小説の流布と衰退

前章で述べたように、新聞に書き下ろしの小説を連載するという試みは、フランスでは十九世紀前半、七月王政期（一八三〇―四八）に始まった。それ以前の王政復古期に新聞や雑誌に向けられていた強い監視がゆるんだこと、印刷技術の進歩、流通機構の改善、教育改革にともなう識字率の上昇と読者数の増大によって、新聞という活字メディアの発展が促進されたのである。これは出版産業が、資本主義的な生産と消費の回路のなかに組みこまれたことを意味する。

フランスと同じような社会・経済発展をたどりつつあった西欧諸国にも、新聞小説は時を経ずして広がっていった。イギリスやアメリカでは、小説配給業者から配給をうけた地方新聞が連載小説のおもな担い手だったが、その流行はあまり長く続かなかった。新聞小説は西ヨーロッパのみならずロシアやチェコ、さらには南米のチリやアルゼンチンにまで流布し、十九世紀半ばには広範囲におよぶ文化現象となっていた。日本では明治期に、絵入り雑報記事の様式をひきつぐかたちで、明治十九（一八八六）年に『読売新聞』が新たに小説欄を設けたのが嚆矢とされ、その後二十年代になって隆盛を迎える。本田康雄によれば、そこに連載された最初の小説はフランスの大衆作家ジョルジュ・オーネの作品だった。[1] その後現代にいたるまで、日本の新聞にはかならず小説が連載され、作者はしばしば当代の人気作家であり、その小説はときに多くの読者に恵まれ評判となる。その意味で日本は新聞小説大国である。

フランスでは二十世紀に入ると、映画、ラジオ、安価な単行本などの発達にともなって新聞小説は衰退し、第二次世界大戦前後まで細々と生き延びたものの、今日では消滅した。しかし質と量の両面で、十九世紀ヨーロッパの新聞小説の趨勢をリードしたのはほかならぬフランスであった。そしてフランスの新聞小説は諸外国の新聞にも、しばしば無許可で翻訳、連載されて国際的な評判を得ていた。アントニオ・グラムシが述べるところによれば、一九三〇年にイタリアのある新聞がわざわざアレク

デュマ作『モンテ＝クリスト伯』の宣伝ポスター

新聞小説の大量生産を皮肉ったカリカチュア．料理人よろしく原稿を包丁で切っている．グランヴィル『別世界』(1844) より．

サンドル・デュマの『モンテ＝クリスト伯』と『ジョゼフ・バルサモ』を連載して、読者を増やそうとしたという。(2)

このデュマが典型的な例だが、フランスの新聞小説というと「大衆文学」という視点から語られやすい。大衆文学に読者を楽しませることをめざす娯楽的な側面が強いことは否定できないにしても、当時の読者が新聞に連載される小説のなかに見出していたのは、娯楽だけではなかった。作家の意識においても、読者の反応においても、新聞小説はしばしば社会と制度にたいする異議申し立てという側面をもっていたのである。他方で、古典的な文学者と批評家からは安易で無価値な文学とさげすまれ、保守的な階層からは不道徳的で、秩序を乱すものとして指弾されることにもなった。すなわち、新聞小説は単なる文学の一形式であるにとどまらず、社会現象としてさまざまな解釈を下されたのである。

文学を流通させる媒体としての新聞連載は、文学を超える文化空間とイデオロギーの磁場を生みだしたのである。それはどのような空間であり、磁場だったのだろうか。

作品の構図

草創期の七月王政時代、新聞小説においてはさまざまなジャンルが混在していた。海岸や、島や、船上での冒険を語る「海洋小説」（初期のシュー）、イギリスのゴシック・ロマンスの影響下に、恐怖と幻想の入りまじった出来事を繰り広げる「暗黒小説」（スーリエが代表）、ウォルター・スコットやフェニモア・クーパーの系譜に連なる「歴史小説」（デュマ）、そして同時代の社会と習俗

ウジェーヌ・シュー

を描く「風俗小説」（シュー）などが際立つ。これら多様な潮流に共通しているのは、読者の興味を日々つなぎとめるためにドラマチックな筋立てを繰り広げ、悲劇的なものと喜劇的なものを結合させ、社会批判を織りまぜることであった。その代表的な書き手がデュマ、シュー、スーリエなどである。

　とりわけシューはあらゆる小説ジャンルで才能を発揮し、一八三〇年代後半には醒めたダンディ作家としてパリの上流階級でもてはやされていた。その彼に転機が訪れたのは一八四一年のこと。ある日、友人のフェリックス・ピアとともにフュジェールという労働者の家に招かれる。みすぼらしい住居で粗末な食事を口にした後、フュジェールが首都の労働者の悲惨な境遇を喚起し、サン＝シモンやフーリエといった社会主義者たちの思想について語ると、シューはまるで天啓を受けたように立ちあがり、「私は社会主義者だ！」と叫んだという。社交界にただよう軽佻浮薄さに倦み始めていたシューは、民衆の生態を描くという新たな文学的使命を見出したのである。こうして一八四二年から翌年にかけて『デバ』紙に『パリの秘密』が連載され、文学的な事件となった。

　この作品には、パリの下層民と犯罪者集団が登場する。シューは同時代の首都にうごめく底辺の人々と、闇の世界を読者に啓示しようとしたのだった。その詳細については次章で論じるとして、この小説は爆発的な人気を博し、前例のないメディア現象になった。サンドやデュマといった同時代の作家たちが最上級の賛辞を惜しまず、バルザックはシューと張り合うために『現代史の裏面』(一八四五—四八)を著わし、ユゴーはシューの作品に触発されながら、後年『レ・ミゼラブル』(一八六二)を上梓することになる。

シューは、新聞に連載される小説において毎日読者の関心を惹きつけておく技法を、心憎いほどに心得ていた。こうして上流階級から庶民まであらゆる階層の人々が、日々繰り広げられるこのドラマの成り行きを、固唾を呑んで見守った。人々は作品が掲載されていた『デバ』紙を争うように買い求め、買えない者は、新聞が置いてあった貸し本屋の前に長蛇の列をなした。瀕死の病人でさえ、小説が結末を迎えるまでは死ねないと言って頑張った、というエピソードまで残されている。『パリの秘密』は、その後の新聞小説の構図に決定的な影響を及ぼしたのである。あるいはむしろ、この作品が新聞小説という新たな社会現象の存在を人々に強く印象づけた、と言えるかもしれない。

しかし、新しい社会現象がつねにそうであるように、新聞小説もまた草創期には激しく糾弾されることになった。

新聞小説をめぐる論争

七月王政期、新聞小説を断罪する議論はおもに三つのレベルで展開された。

第一の批判は、その商業主義に向けられる。前章で指摘したように、一八三九年に初めてそのような危惧の念を表明したのが批評家サント＝ブーヴであった。その二年後の一八四一年十二月、当時の代表的な政治・文学雑誌だった『両世界評論』の文芸時評欄で、ガション・ド・モレーヌは次のように述べる。

この世ではあらゆるものにおいて、葛藤する二つの原理がなければならない。文学において敵対する二つの要素とは産業と思想である。一方が成長すれば他方はその犠牲になる。産業が活発で騒々しくなればなるほど、思想は衰弱し弛緩する。そして最近わが国の作家たちのあいだで発展し、日々驚くほどの割合で増殖しているのが産業的側面だ、ということは認めざるをえない。(3)

それからさらに二年後の一八四三年六月、つまり『パリの秘密』がまさに『デバ』紙に連載されていた時、下院では反体制派の議員シャピュイ＝モンラヴィルが予算審議の際に当時の社会情勢に触れた演説をし、そのなかで文学の商業化を次のように指弾する。

口にするのも残念だが、しばらく前から人々はまじめなものを顧みずに軽薄なものだけを追い求めています。規律や節度のない想像力の産物が、きわめて好意的に受け入れられているのです。その結果、商業的な貪欲さがあらゆる手段をもちいて、その産物を大衆に行き渡らせようと必死になりました。金儲けのためです。周知のように、投機行為は売る商品の精神的価値などほとんど無視します。商品がたくさん売れて、事業がうまくいけば、それによって公衆の健全さが増そうが損なわれようが重要ではありません。投機はその性質上、盲目的で無感覚であり、中国人には阿片を、フランス人には小説を売りつけているのです。(4)

新聞小説は慎みを欠いた有害な文学であり、大衆の精神を蝕む危険な産物と見なされている。危険の重大さは阿片のそれに喩えられているのだから、いかにも矯激な弾劾ではある。新聞小説の流行は社会的、政治的に等閑視できない問題だったということだ。国会の予算審議の場で新聞小説が議論の対象になったというのは、しかもそれが反体制派の議員の発言だったというのは、新聞小説にたいする態度表明がイデオロギー的次元をおびていたからにほかならない。「中国人には阿片を」というのは、イギリスと中国のアヘン戦争への言及である。フランスの政治家としては、ライヴァル国イギリスの軍事・外交政策を揶揄せずにいられなかったのだろう。

この演説から二年後の一八四五年、アルフレッド・ネットマンは早くも新聞小説に関する最初の体系的な研究書を著した。そのなかでネットマンは、論説ではなく広告と小説が新聞紙上で支配的な位置を占めるようになったせいで、ジャーナリズムの商業化が進行し、文学が頽廃したと嘆く。かつて新聞は本質的に政論新聞であり、そこに掲載される論説に賛同する者たちによって支えられていた。しかし今では、広告欄と小説によって新聞はかろうじて生き延びているではないか。文学は無秩序に陥っているし、社会が堕落している責任の一端は文学に帰せられる。「混乱は思考や、感情や、風俗や、文学のなかに見られる」(5)。そしてほかならぬ新聞小説こそ、文学の頽廃と混乱を凝縮的に露呈しているジャンルだとされる。

革命的な言説

第二の批判は倫理的なものである。新聞小説はことさらのように犯罪者の世界を語り、下層階級の醜い習俗、嫌悪すべき情景、目をそむけたくなるような場面を描いている。そこではまるで悪が美徳であるかのように語られ、堕落のなかに崇高さが、不純のなかに純粋さがあるかのように示される、とネットマンは慨嘆する。宗教は踏みにじられ、司祭はすべて邪悪な人間であり、イエズス会は陰謀をたくらむ集団になっている（これは、『パリの秘密』と、同じくシューの『さまよえるユダヤ人』にたいする明白な言及である）。美徳はもはや美徳ではなく、悪徳は個人の問題ではなく、社会が不可避的に生みだす逸脱として免責されてしまう。時には、犯罪でさえ宿命であるかのように弁明される。要するに、新聞小説は社会の基本的な価値観と秩序そのものを揺るがしている、というわけである。

このような倫理的批判は、驚くべきことに二十世紀初頭になっても存続した。『両世界評論』一九〇三年九月号に掲載された「新聞小説と民衆の精神」と題された論考で、批評家モーリス・タルメールは、シューやデュマの作品があらためて新聞に連載されて多くの読者を得ていると指摘したうえで、新聞小説は不健全で病的な世界を表象し、宗教と秩序を脅かしていると嘆いた。(6) それはアナーキズムと犯罪を称賛し、カトリック世界を不当に貶めている、というのだ。十九世紀末のヨーロッパでアナーキズム・テロの嵐が吹き荒れたことや、多くの部数を誇る大衆新聞で、犯罪やスキャンダラスな出来事が日常的に消費されていたという同時代の状況が、タルメールの念頭にあったのだろう。(7) 新聞小説はこうして長いあいだにわたって、反社会的で危険な言説と見なされ続けたのである。

新聞小説を糾弾する者たちがもちだす第三の批判は、イデオロギー的な次元に関わる。この批判は新聞小説に適用されるばかりでなく、同時代のロマン主義文学全体の布置にも関係しているだけに注目に値する。ネットマンに典型的に見られるように、ブルジョワジーの保守層は、新聞小説が社会の基盤と制度そのものにたいする異議申し立てであると考えた。小説は単なる娯楽でも、無邪気な気晴らしでもなく、社会の秩序そのものを脅かしかねない文学ジャンルと見なされていた。換言すれば、文学は読者の政治意識さえ変えうる力があるとされたのであり、その意味できわめて「革命的」な営みだったのだ。

このことはあらためて強調するに値するだろう。わが国では新聞小説すなわち大衆小説、そして大衆小説といえば非イデオロギー的な娯楽文学にすぎず、十九世紀が生みだしたサブカルチャーという認識がいまだに根強い。そして大衆文学がひとつの制度としてはっきり存在する日本と比較しながら、十九世紀のパリと現代の東京がまるで同質の言説空間を共有しているかのように論じる人もいる。

しかし、それは時代錯誤的な議論にすぎない。新聞小説が大衆小説の重要な担い手であったのは事実にしても、その大衆性は娯楽的な側面によってのみ支えられていたのではない。少なくともロマン主義世代が活躍した七月王政期には、新聞小説は同時代の現実にたいする異議申し立ての次元を含んでおり、その意味できわめて政治的で、イデオロギー的な実践であった。だからこそ保守的ブルジョワジーの一部はそこに危険な萌芽を感じ、警戒の声をあげたのである。

新聞小説を含むロマン主義文学は、基本的には民主主義に賛同した文学である。思想的にフランス革命を継承した文学として、ロマン主義作家はみな多かれ少なかれ政治化していた。古典主義的な理性にたいする感情の復権、自然の賛美、感覚の解放、幻想性といった側面も確かにロマン主義の要素だが、しかしそれだけではない。おそらくそれらにもましてフランス・ロマン主義を特徴づけているのは、その政治性であり、イデオロギー性にほかならない。政治は、政治家にだけ任せておくにはあまりに重大なことがらであった。この世代の文学者たちは小説家も、詩人も、歴史家も、哲学者もすべて例外なく、近代世界を解釈し、社会を読み解き、歴史の原理を探究しようとした。国民を教化し、民衆の導き手になるべきだという矜持の念を隠さなかった。(8) ジョルジュ・サンド、バルザック、ラマルチーヌ、ユゴー、ミシュレ、コント、フーリエらはいずれもそうした野心を共有していたのだった。

だからこそ新聞小説にたいする批判は、政治的な色合いを帯びざるをえなかった。批判者は、それが単なる商業文学ではなく、政治的・イデオロギー的なメッセージを伝達しようとしていることを認識していたからである。そのことをよく見抜いていたのは、すでに言及した新聞小説論の著者ネットマンであった。彼にとって、『パリの秘密』と『さまよえるユダヤ人』の作家は、新たな文学形式がはらむ政治性を誰よりもあざやかに体現していた。現代の文学史では、バルザックやユゴーやサンドに比してシューは慎ましい位置しか占めていないが、七月王政期には彼ら以上の名声を享受し、真摯な議論の対象にされたのである。

活字メディアの発展にともなう文学の「産業化」、倫理的な断罪、そして政治的な不信感が、十九世紀前半において新聞小説をめぐる論争を先鋭化させた。新たな文学形式としての新聞小説は、文学のイデオロギー性を露呈させる特権的な場を形成したのだった。

十九世紀後半の変化――冒険小説と司法小説

時代が移って、司法当局による検閲がきびしかった第二帝政期、文学は社会や政治の問題を正面から論じることはむずかしかった。一八五一年のクーデタの後、英仏海峡に浮かぶガーンジー島に亡命して、海峡のかなたからナポレオン三世をきびしい舌鋒で弾劾できたユゴーは例外である。その華々しい経歴と有名性が一種の不可侵性を付与していたからこそ、彼は『小ナポレオン』(一八五二)や『懲罰詩集』(一八五三)を著わすことができた。それまでも疑惑と警戒のまなざしを向けられてきた新聞小説の作家たちは、この時代に権力や帝政の正当性にあからさまに異議申し立てすることは差し控えるようになった。こうして『プチ・ジュルナル』に典型的なように、新聞小説は七月王政期とは異なった方向性をとっていく。

ひとつは「冒険小説」で、たとえばポンソン・デュ・テラーユが書き継いだ、超人的なヒーローを主人公とする「ロカンボール」シリーズである。デュマの歴史小説の技法を継承しつつ、物語の舞台を現代に設定したこのシリーズは、ロカンボールと不気味な悪の勢力との絶え間ない抗争を語る。荒唐無稽の誹りを免れないこの作品は、物語の布置や人物造型においてはロマン主義時代の新聞小説の美学をかなりの程度受け継いでいる。『パリの秘密』のロドルフ、『モンテ゠クリスト伯』のダンテスらは不正や社会の悪と闘う正義の士であり、しかも警察や司法機関の助けを求めず、みずからの叡智にもとづいて大胆不敵に行動する独立した個人であった。ロカンボールもそうしたヒーローの系譜に連なると言えるだろう。

こうした大衆文学的ヒーローの系譜は、思いがけないところにまでつながっている。イタリアの哲学者アントニオ・グラムシは、ニーチェ的な「超人」の民衆的起源はフランスのロマン主義的な大衆文学のヒーローにあると主張している。またウンベルト・エーコはそこに、ジェームズ・ボンドやターザンといった二十世紀の大衆的な映像文化が流布させた英雄像の先駆を見ているくらいだ。[9]

第二帝政期の新聞が生みだし、発展させたもうひとつのジャンルは、「推理小説」（当時は「司法小説 roman judiciaire」という呼称が一般的）である。『プチ・ジュルナル』の創刊者ミヨーが、ここでも一役買っている。エミール・ガボリオという若い無名の作家が書いた『ルルージュ事件』（一八六六）の斬新性に気づいた彼は、埋もれていたその作品を自分の新聞に連載したのである。この作品は、パリ郊外ブジヴァルで一人暮らしの寡婦ルルージュが殺害され、素人探偵タバレがパリ警視庁と協力しながら、事件を解決するという物語である。この作品は大きな成功を収め、文学史上の事件になった。

文学のなかで犯罪が描かれたのは、もちろん初めてではない。バルザックの『コルネリュス卿』（一八三二）や、デュマの『パリのモヒカン族』（一八三八）では盗みや、誘拐や、殺人が語られていたし、シューの『パリの秘密』では犯罪者集団が登場して、血なまぐさい行為に走る。しかしそれは、物語全体から見れば部分的なエピソードにすぎない。他方『ルルージュ事件』では、寡婦の殺人によって闇に葬られかけたある男の過去がしだいに明らかにされていく過程と、悲劇性そのものが作品の核を構成している。[10]

商才に長けたミヨーが、新たなジャンルに秘められた可能性を見逃すはずはなかった。この成功が一過性の偶発事ではなく、持続性のある文学的鉱脈であると確認した彼は、ガボリオに犯罪を主題にした作品を書き継いでいくよう要請した。こうしてタバレとパリ警視庁のルコック探偵が活躍するシリーズが誕生する。ガボリオの主要作品はすべて、一八六〇年代後半のわずか数年間に『プチ・ジュルナル』に発表された連載小説だったのである。

『オルシヴァルの犯罪』(一八六六)や『ルコック探偵』(一八六八)は、いずれも物語の冒頭で犯罪(おもに殺人)が起きて、探偵がその謎を解明して犯人を突きとめるという構図になっている。犯行現場に残された痕跡とその解読、同時代の科学技術やテクノロジーの活用(ルコックは鉄道を利用し、毒物学や法医学の知識に頼る)、主人公の推論のあざやかさ、警察機構の外部に位置する人間の関与など、その後コナン・ドイルのホームズ物を経て現代まで連綿とつらなる推理小説の文法が、すでにはっきりと示されていた。作品の前半で犯罪と捜査が展開し、後半では時間を遡って、犯人の過去と犯罪に

1860年代末に，彗星のように現われたエミール・ガボリオ

ガボリオ作『ルコック探偵』，廉価本の表紙

いたる経緯が再現されるという構造も、ドイルが『緋色の研究』（一八八七）などの長編小説で踏襲したものである。その意味で、ガボリオは近代の長編推理小説の先駆者だった。[11]

新聞小説の歴史のうえで大きな転換点となったこの時代に、その発展をうながした新しい活字メディアが存在する。「小説新聞 journaux-romans」と呼ばれるもので、一般の新聞と異なり、不定期なかたちで週に一、二度だけ刊行され、八ないし十六ページから成り、木版画による挿絵をふんだんに取り入れ、安価で販売されていた新聞である。雑報もいくらか掲載されたが、中味はほとんどもっぱら連載小説で、一度に数編の作品を断片的に載せた。そして新作のみならず、かつて好評を博した小説を再録することもめずらしくなかった。挿絵を担当したのはギュスターヴ・ドレ、ベルタル、ドーミエといった著名な画家たちで、質が高かった。物語と挿絵の融合という大衆文学の常套手段が、こうして制度化されていく。

世紀末からベル・エポック期へ――「犠牲者小説」の誕生

知識と遊び、啓蒙と娯楽という『プチ・ジュルナル』によって確立された大衆ジャーナリズムの基本理念は、十九世紀末から二十世紀初めのベル・エポック期に未曾有の規模で開花することになったことは、すでに第一章で述べたとおりである。二十世紀初頭のフランスに、百万部前後の発行部数を誇る新聞が四紙も流通していたという事実は、ここであらためて想起しておきたい。この時代、百万部を超える部数をもつ新聞は他の国に存在しなかった。

そうした大衆紙が読者の支持を繫ぎとめるために、すなわちみずからの大衆性を維持するために活用したのが新聞小説であった。新聞小説のテーマや物語構造は、かつて成功したものを踏襲する傾向が強い。成功を保証してくれる様式が確立すると、舞台背景や人物関係はいくらか変えるものの、その様式が基本的に繰り返されることが多いのだ。反復と紋切り型は新聞小説の宿命であり、同時にそれを延命させる説話装置である。七月王政期、第二帝政期に続いて、フランス新聞小説の第三期にあたる第三共和政前半、デュマやシュー以来の歴史小説や風俗小説が書かれ続けていたし、彼ら自身の作品もあらためて連載されたりした。

ところで、歴史家アンヌ＝マリ・ティエスによれば、[12] この時代にもっとも栄えた新聞小説のジャンルは二つあり、しかもそこでは、教育制度の整備によって女性の識字率が高まるにともない、読者の性別によって支持がはっきりと分かれるようになった。第一期の新聞小説が政治的、イデオロギー的色彩を隠さず、第二期のそれが冒険とミステリーに依拠して娯楽路線を敷いたとすれば、第三期の新聞小説では女性読者の嗜好が色濃く反映した。大衆文学のジェンダー化が始まったのである。

栄えた二つのジャンルとは何だったのだろうか。

まず感傷的な心理小説。叶わぬ愛、悲劇的な死、家庭のドラマなどがその主要なテーマであり、ほとんどつねに女性が主人公である。主人公はしばしばなんらかの事情で子供から引き離された母親であり（子捨て、ないしは誘拐）、彼女の目的は、その失われたわが子を発見することに尽きる。ただし女ひとりではあまりにか弱いので、彼女をひそかに愛する男や、高潔な心の持ち主が彼女を助ける役割をになう。あるいはまた、ヒロインは家族や社会によって不当に迫害された女である。過酷な運命にあらがうだけの力はなく、彼女はひたすら受け身の態度で、家族や社会がみずからの過ちに気づいて彼女の名誉を回復してくれるのを待つ、という構図だ。

このカテゴリーは、涙を誘うような忍従の女性をヒロインとする「犠牲者小説」であり、あきらかに女性読者の紅涙を絞ることをねらっていた。作者もほとんどの場合、女性だった。換言すれば、大衆紙は今や女性読者の存在を無視することはできず、彼女たちの期待の地平を考慮せざるをえなかったのである。女性作家による、女性読者のための、女性を主人公にした新聞小説がこうして隆盛を迎えることになった。

第二に、冒険・犯罪小説である。冒険小説はジュール・ヴェルヌの流れをくみ、主人公は男で、聡明で活力にあふれ、ときにダンディで、つねにみずからの意志で活路を切りひらいていく。ヴェルヌ作品の主人公たち（たとえば『海底二万里』のネモ船長を想起しよう）がそうであるように、そうした男はどこか謎めいていて、同時に並はずれた才能や行動力を示すヒーローとしての相貌をもつ。

またやはりヴェルヌの作品がそうであるように、このカテゴリーの小説はしばしば異国の地を舞台にし、そこに進出したフランス人たちの植民地活動が語られる。通俗的で当たり障りのない冒険譚のなかでは、おそらく作者自身が意識していなかった植民地主義イデオロギーが露呈している。実際、この時期にヨーロッパ列強はアジア、アフリカ、中近東に進出して植民地を築いたのであり、フランスも例外ではなかった。

他方、ガボリオによって創始された犯罪小説は、日本でも馴染みの深いモーリス・ルブランの「リュパン」シリーズ、推理小説の傑作のひとつと言われるガストン・ルルーの『黄色い部屋の謎』（一九〇七）、スーヴェストル／アランの「ファントマ」シリーズへ、という流れをかたちづくる。これらの作品は都市の闇の世界を背景に、探偵の活躍と同じくらいに、ときにはそれ以上に、犯罪そのものと犯罪者の行動を物語の中心にすえる傾向が強い。作者と読者はほとんどすべて男で、逆に女性読者からは不道徳だときびしく非難されることになった。冒険小説と犯罪小説に通底していたのは、どちらもナショナリズムを強く刻印され（そこから反イギリス、反ドイツ的な傾向が生じる）、帝国主義的なイデオロギーを露呈していたことである。

フランスの新聞小説は、二十世紀に入ってしばらくは余命を保っていたが、現代フランスの新聞に小説が連載されることはない。そのかぎりで、きわめて十九世紀的な文化現象と言ってよい。この時代をつうじて、新聞の連載は小説というジャンルが社会に行き渡るための重要な流通形態だったし、読者大衆と文学を強く結びつけていた。そして十九世紀にあって、この新聞小説が「大衆小説」のかなりの部分を代表していたことは否定できない。当時の集合表象がかたちづくられるに際して及ぼした作用は、無視しがたいものがあり、その意味で文化史的な意義はきわめて大きいのである。

ルブランが創造した怪盗紳士リュパン

第三章　新たな読者の肖像――シューに寄せられた手紙

新聞小説と国民国家論

『プレス』紙によって創始されたフランスの新聞連載小説は、文学の世界に決定的な衝撃をもたらした。その最初の作品はバルザックの『老嬢』で、創刊から四カ月近く経った一八三六年十月二十三日号の「雑報」欄で連載が始まった。当時の連載小説の一回分は、現代日本のそれに較べるとずっと長く、『老嬢』も紙面全四ページのうちほぼ一ページを占めていた。連載小説の成功がただちに新聞の発行部数を左右するようになるのは一八四〇年代に入ってからで、どの新聞も競って人気作家の寄稿を求めるようになっていく。

新聞に寄稿したのはいわゆる大衆作家だけではなく、今日では七月王政期を代表するとされる作家たち（ユゴー、ラマルチーヌ、バルザック、ジョルジュ・サンドなど）も例外ではなかった。時代が下って一八七〇年代以降の第三共和政期に入っても、ゾラやモーパッサンの作品は多くが新聞に連載された後に単行本として刊行されている。新聞小説という出版形式は、十九世紀フランスの文学者にとってほとんど避けがたい制度にほかならなかった。時期によって優勢となるテーマに変化はあるものの、新聞が小説というジャンルを社会に行き渡らせるための重要な流通形態であり、文学と読者を結びつける媒体になっていたことは否定できないのである。その文化的意義は小さくない。

国民国家論に新たな地平を切り拓いたベネディクト・アンダーソンによれば、ヨーロッパ近代に誕生した小説と新聞は同時代性をめざす言説であり、「国民という想像の共同体の性質を表示する技術的手段」である。小説と新聞に示される「出版資本主義こそ、ますます多くの人々が、まったく新しいやり方で、みずからについて考え、かつ自己と他者を関係づけることを可能にした」[1]という『想像の共同体』の著者の主張にならえば、新聞というメディアと、小説という文学ジャンルの結合である新聞小説は、人々の社会との関わり方に影響し、集合表象が形成されるに際して大きな意義をもっただろう。

毎日連載され、したがって時代のアクチュアリティを敏感に反映し、数多くの読者の目に触れる新聞小説は、作家と読者、文学と大衆の関係にそれ以前にはなかったような次元をもたらしたのである。その間の事情をよく伝えてくれる資料のひとつが、読者からの手紙にほかならない。

第二章で述べたように、七月王政期、批評家や政治家は新聞小説にたいして商業主義的で低劣であり、不道徳であるという非難を向けた。さらに、それが社会の規範と秩序そのものを脅かす危険な文学であるとして警戒の声をあげた。そうした批判の言説において、明白に、あるいは暗黙裡に議論の対象にされたのがウジェーヌ・シュー（一八〇四—五七）である。批判者たちにとって、『パリの秘密』の作家は新たな文学形式がはらむ政治性を誰よりもあざやかに体現していた。[2]現代の文学史では、同時代のバルザック、ユゴーらの大物作家たちに比してシューは慎ましい位置をしめるにすぎないが、七月王政期には彼らと同列に置かれるほどの人気作家だった。そのシューが読者から受け取った多数の手紙は、新聞小説の読者大衆が、職業的な批評家や政治家とは異なる読み方をしていたことをよく示している。

第一章で、メディアとしての新聞と文学の関わりを歴史的にたどり、第二章で、新聞小説の主題とイデオロギー性を分析したのに続いて、本章では読者からの手紙という特異な資料に依拠しながら、新聞小説がもちえた社会史的な側面を明らかにすると同時に、当時の読者の「期待の地平」（ヤウス）を読み解いてみよう。

『パリの秘密』は何を語っているか

シューが受け取り、保管しておいた数多くの読者からの手紙を分析する前に、まず彼の文名を高めた『パリの秘密』の梗概を確認しておこう。

物語の舞台は一八三〇年代末のパリ。主人公ロドルフは、労働者として場末に暮し、生き別れになった娘を探している。同じ建物に住む、職人や女工たちが遭遇する困難を解決し、悪辣な犯罪者たちを捕えて制裁を加えたりする。彼は知性と腕力と情報網をもつ、超人的なヒーローである。労働者とは身をやつした仮の姿で、じつは北欧の小国ゲロルスタイン公国の大公なのだ。このロドルフの生活圏のなかに、フルール＝ド＝マリーという娼婦あがりの可憐な娘が登場する。売春組織に狙われ、拉致されたりするが、ロドルフは手下の者たちを使って彼女を救う。やがて、この女性が生き別れになっていた娘であることが判明し、ロドルフは彼女を連れて故国に帰る。

この作品には、パリの胡乱《うろん》な場末に細々と暮らす労働者、貧しい職人とその家族、貧困ゆえ苦界に

19世紀末に刊行された『パリの秘密』大衆版の表紙

身を沈めながら清純な心を失わない女性たち、さらに盗人や殺人者といった犯罪者の集団が登場する。作家は、七月王政期に生きた下層民たちの闇の世界を表象したのである。シュー自身の言葉を用いるならば、都市に棲息する「未開人」の習俗を物語化したということだ。ブルジョワ読者層はそこに、自分たちとは異質な世界が描かれているのを見てエキゾチックな魅力を感じ、それと同時に、さまざまな社会調査によって露呈し始めていた貧困や犯罪のなまなましい現実を垣間見たのであった。他方、庶民階級の読者層は迫害されるヒロインの運命に涙をそそぎ、超人的なロドルフが弱き者を助け、邪悪な人々に懲罰を加えるのに喝采した。

しかも、それだけではない。『パリの秘密』では、社会的な弱者を救済し、保護するためのさまざまな制度改革が唱えられている。誘惑されて未婚の母となってしまった女性たちを救うための施設、監獄における生活条件の改善、犯罪者の子弟を周囲の悪意に満ちた偏見から守るための措置などが必要だ、とロドルフは主張する。さらにパリの郊外ブクヴァルには、フーリエ主義的なユートピアを想わせる理想の農場が主人公によって設けられているし、仕事を失った労働者に無利子で金を貸す共済組合のような制度まで構想されているのだ。この作品が当時の社会主義者たちによって高く評価されたのも、けだし当然であった。もっともマルクスは『聖家族』（一八四五）のなかで、ロドルフの家父長主義的なイデオロギーと、その欺瞞性を激しく糾弾することになるのだが……。(3)

『パリの秘密』の人気はたちまち沸騰した。シューは、日々読者の関心を惹きつけておくテクニックに通暁しており、「次号に続く」という新聞小説の要請を束縛と感じるどころか、物語を展開していくうえでの推進力に変えることができた。こうして社会の上層から下層まであらゆるひとたちが、ロドルフとフルール＝ド＝マリーが繰り広げるドラマの成り行きを、固唾を呑んで見守ったのである。『パリの秘密』は、その後の新聞小説の構図を大きく規定することになる。

読者の支持は圧倒的だった。小説が『デバ』紙に連載中、さらにその後もしばらくのあいだシューのもとに届いた読者からの多数の手紙が、それをよく示している。現在残されているのはおよそ四百通、その存在は早くから知られていたが、活字となって公刊されたのは一九九八年のことである。(4)作家の手紙は残り、一定の時間を経た後に書簡集として刊行されるのが一般的だが、他方、読者からの手紙がまとまって保存されているのはめずらしい。後世のわれわれにとって貴重なのは作家自身の手紙であって、しばしば無名な読者たちの手紙は、かならずしも興味をひく対象ではないし、保存されることも稀である。その意味で、シューが読者から受け取った手紙は価値が大きいのだ。

読者からの手紙という現象

もちろん前例がないわけではない。

身分の隔たりが引きおこすジュリーとサン＝プルーの悲恋を語るルソーの『新エロイーズ』が一七六一年に出版されると、作家は数多くの読者から手紙を受け取った。とりわけ女性読者が多く、手紙はしばしば匿名だった。これらの手紙を通覧してみると、読者が若い二人の主人公の恋物語に恍惚とし、ジュリーの悲劇的な死に接して頻繁に泣いていたことが分かる。「涙」、「煩悶」、「心地よい心情の吐露」といった言葉がしばしば繰り返される。強い感動の身体的な表われである涙は、書物を媒介して作家と読者が遭遇したことを示すしるしである。(5)

しかも読者は、『新エロイーズ』という書簡体小説がフィクションであるとは信じられず、ジュリーやサン＝プルーが実在する人物であると思いこんだ。ルソーはジュリーの恋人であるか、あるいは少なくとも、作中人物たちの情熱と苦しみをすべてみずから体験した者に違いないと確信した。そうでなければ、どうしてあのように迫真の描写や、説得力にあふれた叙述などできようか。そのため、作者ルソーにじかに会いたいという欲望が掻き立てられるほどだった。読者はルソーに宛てて手紙を認め、自分もまた主人公たちのような情動を感じたこと、彼らに一体化したことを伝え、ルソーが人間の魂をみごとに表現したとして最大級の賛辞を呈した。たとえば、ルイ・フランソワという読者は次のように書き記す。

ジュリーのような徳高い生き方にはとても及びませんが、それでもサン＝プルーの魂はそっくり私の魂に移りました。ジュリーが墓に入ってしまった今となっては、自然で目につくのは恐ろしい空虚ばかりでした。あなたが類いまれなお方だと申し上げても間違いではありますまい。高名なルソー以外の誰が、こんな風に人を揺すぶり動かすことができるでしょう。いったい誰があれほど雄渾な筆致で自分の魂を読者に伝えることができるでしょう。[6]

ここに読まれるのは、単なるファンレターの月並みな文言ではない。現実と虚構の境界線を無にしてしまうほどの衝迫力をもった作品をつうじて、作家と一般読者のあいだにそれまでなかったような濃密な交感が生じたのだ。実際ルソーの方も「第二の序文」において、そうした交感を促すような議論を展開している。印刷されたテクストをとおして、読者と作家はある種の理想の家庭像と社会像を分かち合えたのである。文学の専門家や同業者の判断ではなく、一般読者の支持が成功を決めるようになったフランス文学史上最初の作品として、『新エロイーズ』は記憶されなければならない。

読者が作家に手紙を書き送るという慣習は、十九世紀初頭に一般化する。『ポールとヴィルジニー』（一七八四）の作家ベルナルダン・ド・サン＝ピエール（一七三七―一八一四）や、『アタラ』（一八〇一）と『ルネ』（一八〇二）で文名を高めたシャトーブリアン（一七六八―一八四八）の元にも、数多くの手紙が寄せられた。読者は手紙を書くことによって、作家自身の心と魂をみずからに引きつけ、感情の共同体に参入できると考えた。書簡という言説が、私的な告白と主観的な心情吐露の媒体となり、作家と読者の魂の交流を可能にした。

新聞が大衆化したシューの時代において、読者から手紙を受け取るということは有名であるということの証しだった。主要なメディアである新聞が作家の知名度を高め、有名性を増幅させたのが十九世紀の特徴である。[7] 批評家たちの評価ではなく、見ず知らずの読者から、しかもさまざまな階層の読者から手紙を受け取るのは、世間に認知されたことを意味する。一八四〇年代には、それが「文学場」(ブルデュー)を形成する無視しがたい要素になった。しかもシューの場合、ルソーやシャトーブリアンと異なり、反響を引き起こしたのが単行本ではなく日々連載される新聞小説だったから、読者の手紙にも新たな次元が加わる。シューの有名性は日々かたちづくられ、毎日のように高まっていった。連載という出版形態の斬新さが、作家と読者の交感のありようを未知の方向へと導いていったのである。

『パリの秘密』の作家が受け取った手紙の書き手は、じつに多岐にわたる。貧しい職人から裕福な貴族まで、娼婦から公爵夫人まで多様な階層を横断していた。職業的には、労働者、商人、役人、法律家、医者、外交官、作家、ジャーナリスト、哲学者などあらゆる職業に及ぶ。パリの住人が多いが、地方在住の人、外国の読者(イギリス、イタリア、ドイツ、ベルギーなど)も稀ではない。文章によって自分の考えを述べるというのは恵まれた階層の特権であったこの時代(当時の識字率はおよそ五十パーセント)、そうした文化からいくらか疎外されていた労働者や職人もシューに手紙を書き送った、ということの意義は強調されなければならない。シューの小説に示される現実表象のなかに、さまざまな階層の人々がみずからの姿を認め、時代と社会の争点を読みとったことを証言しているからである。

読者の肖像

それらの手紙から浮かびあがる読者の相貌は、どのようなものだろうか。

『新エロイーズ』の読者がそうであったように、『パリの秘密』の読者の多くが称賛と共感の手紙を書き送った。ヒロインの運命に同情して涙したと告白したり、パリの貧しい庶民の生活をシューが初めて正確に語ってくれたと称えたりした。熱狂的な読者のなかには、作品に触発された詩や、曲の楽譜を送りつける者や、自分が栽培する花に「マリー」や「リゴレット」といった作中人物の名前をつけた、と打ち明ける者まで現れた。オランダ、ベルギー、ドイツなど外国でもシューの作品が大きな評判となり、翻訳や海賊版が流通しているとひそかに告げる者もいた。B・L夫人は匿名性にこだわりながらも、次のような熱烈な文面の書簡を認める。

あなたのご著作（私はすべて読み、再読までしました）と、高貴で美しいあなたの思想は、私にとっても強い印象をもたらしました。とりわけ未完とはいえあなたの最新作を読んだ今、私にとってあなたはたんに有名作家であるにとどまらず、神にも等しい方です！　そうです、私はまさしくあなたに信仰を捧げたのです。あなたにたいしては賛嘆以上のものを感じています。(8)

この読者はみずからの名を明かしたくないが、シューにたいする尊敬の念を抑えきれずに手紙を書いた。そして作家に向けられる崇拝の念、大作家の神格化は、匿名の手紙だからこそいっそう率直に表明されている。新聞小説は作家の名を日々、公的空間のなかに流布させ、有名性を増幅させた。

ルソーの読者がサン＝プルーと作家をためらいもなく同一視していたように、シューの読者は主人公ロドルフの姿を作家自身のそれに重ね合わせ、ときにはロドルフが実在する人間だと錯覚しさえした。ロドルフは貧しい人や迫害される人を救う正義漢であり、窮地に陥っても最後は切り抜ける超人である。作中でのロドルフの振舞いに喝采した読者は、現実社会においてシューに社会改革者として

大衆版の挿絵より，主人公ロドルフ

の役割を期待し、彼を理想化する。ロドルフと同じように、シューが慈愛に満ちた裕福な人間だろうと想像した読者は、仕事の斡旋や、金銭的な援助や、精神的支えを求め、それにたいしてシューはみずから、あるいは第三者を介して応えてやったりした。シューの手紙や肖像がほしいという厚かましい依頼まであったが、このように作家の自筆原稿や肖像を集めようとするのは、おそらく近代に特徴的な実践である。新聞というメディアは読者の側に、有名人への憧れを強め、有名人と繋がりをもちたいという欲望を生みだした。

　そのなかでもっとも大胆で、きわどいのは実際に会ってほしいという要望だろう。たとえば『パリの秘密』を深い賛嘆と慰めの念を抱きながら読んでいるというレビンダー夫人は、人生相談のためシューに会いたいと訴える。

> 手短に申し上げますと、私はとてもつらい状況にあるので、周囲の人たちよりも善良で、他人の苦しみにより同情的な人にそのことをお話し、情け深い心から生まれる有益な忠告を頂戴したいのです。

この手紙の不正確なフランス語からお分かりのように、私は外国人です。短い時間で結構ですから、どうぞ会ってくださいませ。(t.1, p.315)

この女性は名前も住所も隠さない。仕事や事務的な用事でもないのに、面識のない男への手紙に住所まで記すのは、当時の女性の習慣にはないことである。作家の返事を待ち望んでいるからであり、場合によっては作家が訪ねてくることさえ期待しているかのようだ。また本人の言と違って、文面のフランス語はきわめて正確で、教養を感じさせる。単なる謙遜か偽りのポーズかは知る由もないが、外国人という身分が作家の好奇心をそそるとレビンダー夫人は考えたのかもしれない。だとすれば、一見なにげないこの手紙はかなり戦略的な意図を秘めていることになる。女性読者が作家に宛てて書いた賛辞の手紙は、どこか愛の手紙に似ており、会ってほしいという懇願は人目を忍ぶ逢引きへの誘いにほかならない。

しかし『パリの秘密』が未曾有の反響を引きおこしたのは、この小説が同時代の社会について、それまでいかなる作家も指摘しなかった真実を白日の下にさらしたと多くの読者が確信し、そのような作品として評価し、議論の俎上に乗せたからだった。そうした読者の相貌は、バルザック作『田舎ミューズ』(一八四四)の女主人公ディナや、フロベール作『ボヴァリー夫人』(一八五六)のエンマに典型的に示されるような、夢と、空想と、非日常的なドラマに溢れたロマンチックな小説に耽溺する小説読者の姿からは程遠い。また、物語と現実の照応関係を作品の価値とは見なさない現代批評の慣習とも無縁な反応だ。シューの読者の手紙を精読すると、七月王政期には、真実と現実性をめぐる問いかけが文学の価値を測る大きな指標になっていたことが分かる。シューを称賛する手紙では、かならずと言っていいほど「真実」という語が召喚される。たとえばある伯爵夫人は次のように語る。

私は『パリの秘密』をとても興味深く拝読しております。田舎暮らししか知らない人は、この素晴らしい作品に表れている才能を認めつつも、いくらか誇張されていると考えるようです。しかしパリ生まれで、ほとんどずっとパリに住んでいた私に言わせれば、書かれていることは真実、まったく真実そのものです。あなたのみごとな著作で語られているいくつかの出来事と同じくらい信じられないことが、私の身にも、私の家族にも実際に起こったのですから。(t.1, p.220)

裁判所長を務めただけに法律や、社会の現実の暗部に精通していたフランス東部ヴォージュ地方に住むリムーズは、習俗が正確に描かれ、作中人物たちがその階級にふさわしい言語と思考をもっていると感嘆する。

毎日『パリの秘密』をうずうずしながら待ち望み、とても興味深く読んでいます。首都の風俗描写は驚くほど真実で、現実を反映しています。しかも登場する人物たちがそれぞれの身分に独特の言葉をごく自然に口にし、自分たち固有の考え、意見、慣習を示してくれるので、描写はいっそう精彩を放ち、魅力的なものになっています。(t.1, p.218)

ルソーの読者と同じく、シューの読者も楽しみのためだけに小説を読んだわけではない。ただ、読者の関心を刺激した要素が異なる。ダーントンも指摘したように、『新エロイーズ』の読者は純化された愛と、理想の家庭のイメージを読みとったが、『パリの秘密』の読者は、当時の社会制度や、司法の不備や、不平等を例証するような挿話にすばやく反応した。スタンダールが言ったように、小説が街路の様子を映す鏡であるとするならば、シューの小説以上にこの指摘があてはまるものはない。読者は小説に依拠して社会を読み解こうとした。文学は彼らに、世界を解釈する鍵を提示してくれたのだった。

社会主義者の反応

とりわけ社会主義者や労働運動の活動家たちは、シューの小説に熱いまなざしを注いだ。七月王政期は、フランスの社会主義思想（マルクスが後に「空想的社会主義」と名づけることになる思想）がその多様な潮流を一気に開花させた時代である。フロラ・トリスタン、ヴァンサール、アンファンタン、そしてラムネなどが『パリの秘密』を絶賛し、シューの方も彼らとの交流をつうじて社会主義に接近していった。彼らはこの作品が民衆の貧困、貧困がもたらす道徳的頽廃、労働の組織化といった課題に世論の関心を向けさせるのに、多大の貢献をしたと評価したのである。貧困、犯罪、社会の不正などは社会という身体を蝕む病であり、シューはその病を抉りだした医者と見なされる。実際、シューを「メスを手にした外科医」と形容する手紙は枚挙にいとまがないほどだ。

カトリック的社会主義を代表するラムネは、シューの作品が社会のおぞましい暗黒面を露呈させつつ、同時にそれを改善する希望を示唆する有益な作品だと賛辞を送る。

粗末な屋根裏部屋で暮らす貧しい労働者一家

社会がその内部にはらんでいるさまざまな災禍にたいして敏感になるためには、あなたが示したような勇気、そうした災禍を包み隠さず、ぞっとするほどあからさまに抉りだす勇気が必要だったのです。そして現代人にふさわしい劇的な興味をつうじて、社会にその災禍を直視させる必要があったのです（中略）。いわば宿命的な頽廃という外観の下に、最良の本能を見出して、人類が有するもっとも穏やかで、もっとも純粋な感情を見出して人は感動するのです。そうです、あなたの作品は素晴らしく、道徳的で、有益です。（t.1, pp.426-427）

社会主義陣営はシューにたいして、現実の分析家以上の役割を期待した。社会の病巣を露呈させるだけでは十分ではない。たいせつなのはその病巣を治療し、社会という身体を健康にしてやることなのだ。シューはこうして民衆の大義の代弁者、民衆と当局側のあいだを取り結ぶ媒介者の機能を割り当てられる。そしてシューは実際に行政や司法にたいして、貧しい人々の窮状を早急に改善するよう働きかける行動に出ていくのである。

読者は称賛しただけではなかった。彼らは作品の細部の誤りを指摘したり、盛りこむべき挿話や事件を示唆したり、監獄、精神病院、女性の法的地位などに関して資料の提供を申し出たりする。さまざまな分野で働く彼らは、作家には伺い知ることのできない細部を提供できることもあった。多忙なシューのために執筆の協力をしましょう、という厚かましい者までいたくらいである。行政官や法律家や医師からの手紙に、そのような例が多い。これはすべて、読者の側から作家の創作に積極的に関与したいという欲望を表わしている。読者の手紙は、現在進行中の連載小説の推移に直接働きかけようとするし、それが実際に奏功することもあった。新聞小説は、読者の期待と作家の反応が出会う空間になったのである。

実際、シューは読者からの提案や指摘に冷淡な態度を見せるどころか、興味深い細部や示唆を含む手紙をチェックして、それをファイルにまとめておいた。そして場合によっては、それを『パリの秘密』のなかで利用することがあった。あるいはまた、シューの方から特定の話題について情報提供を求めることもあった。次の手紙は、作家が労働者の年金に関して問い合わせたものである。

親愛なるヴァンサールさん、ひとつお願いしたいことがあります。『パリの秘密』のなかで、ある鷹揚な男が労働階級に役立つ組織に、三万六千ないし四万フランの年金を割り当てようとする逸話を考えています。この額は限られたものなので、できるかぎり多くの人をこの事業に参加させるための手段を探さなければなりませんでした。それで同封したようなプランを構想してみたのです。あなたのお考えをお聞かせいただけないでしょうか。そして必要と思われる変更があればお知らせいただき、このような組織が労働階級にとって本当に役立つものかどうかおっしゃってください。すぐにお返事いただければ幸甚です。あなたの返事を待って、すぐに書き進めるつもりですから。(t.1, p.281)

手紙の受取人ヴァンサールはサン゠シモン主義派の理論家の一人であり、機関紙『民衆の巣箱』の編集者だった。労働問題に関して問い合わせるのに、これ以上の適任者はいないだろう。あるエピソードを構想した作家は、それがどこまで現実的で有用性を具えているかの判断を、労働運動の専門家にゆだねた。ヴァンサール自身、すでにそれ以前からシューに称賛の手紙を書き送り、両者のあいだに共感にもとづく交流が成立していただけに、こうした遣り取りは容易だった。そのヴァンサールの返事にもとづいて、シューは物語の細部を決めようとしたのである。これは読者の意見が、進行中の新聞小説に影響した、あるいは偏向をもたらした典型的な一例であろう。

新たな公共圏の創出

作家と読者の濃密な相互交流は手紙に表れているだけでなく、作品そのものにも露呈する。連載も後半に入った一八四三年になると、作家シューが物語のなかに直接介入してくることも稀ではない。『パリの秘密』で監獄のようすを描く際、作家は懲罰制度をめぐって次のような註釈を書き添える。

これから語る場面において、われわれは雑居監房制が不可避的にもたらす忌まわしい結果を証明しよう。

独居房こそ望ましい！

世間にはわれわれよりも権威があり、雄弁なひとたちがいて、彼らは正当にも執拗に、独房システムを完全かつ絶対的に適用するよう要求している。われわれのか弱い声が考慮されないにしても、少なくとも彼らの声と同じように届けば、われわれとしては幸いである。(9)

当時フランスで主流だった雑居制の監獄

「われわれ」とは物語の語り手であり、ひいては作家シュー自身にほかならない。物語自体から逸脱したこのような社会的言説は、作品の後半部になってしだいに増えていく。今引用したばかりの導入部で始まる第七部最後の数章は、フォルス監獄のなかで展開するエピソードである。当時フランスの監獄は雑居房システムが中心で、罪の軽重がまちまちの多数の囚人が大部屋で寝起きしていたので、それが逆に微罪の者にまで悪影響を及ぼして、凶悪犯を増やす原因になっていると批判されていた。雑居房システムか独房システムかをめぐって、当時はかまびすしい論争が繰り広げられていたのである。

トクヴィルに伍して後者を支持するシューは、フォルス監獄の悲惨な現状を描きながら、独房システムの長所を強調しようとした。そのときシューは小説家からジャーナリストに、作家から社会改良家に変貌する。作中の「われわれ」はロドルフとフルール゠ド゠マリーの物語から離れて、読者を同時代の社会問題へと巻きこんでいく。新聞小説が単なる娯楽であるどころか、社会への参加と政治への発言を可能にし、作家を行動する知識人に変える媒体であること――シューはそれを理解し、意識的に活用したおそらく最初の文学者なのだ。

『パリの秘密』に感動した数多くの読者はその感動を率直な言葉で作家に書き送り、そこで語られている社会の諸問題をめぐって、みずからの見解を表明するのをためらわなかった。労働者の実態、司法制度、監獄、病院、死刑制度など当時の緊急課題について、地方や外国の状況が作家に伝えられた。作家と読者のあいだに交わされる手紙が、社会問題をまじめに議論する場となった。

シューの方も読者の手紙を入念に読んで思索をめぐらし、細部と情報を取りいれた。さらに、同時代に出版されたフレジエの『大都市住民の危険な階級と、その階級を改善する手段について』（一八四〇）や、ビュレの『イギリスとフランスにおける労働階級の貧困』（一八四一）などを援用しつつ、読者の期待の地平に応えるように物語の筋をふくらませていった。この二つの著作は、産業革命と都市化にともなって誕生した貧しい労働者階級に関する最初の社会学的な調査であり、シュー自身が作品のなかで言及しているくらいだ。『パリの秘密』は、そうした調査で明らかになった現実を物語化した。

小説の言説が社会観察の言説と共振し、社会の苛酷な現実を読者大衆に知らしめたのである。

『パリの秘密』の最初の数巻の原稿は、一八四二年の前半に『デバ』紙に渡されているが、その時点ですべての挿話が確定していたわけではない。読者の反応が、予定していなかった物語の位相をもたらしたのである。読者の声と作家の方向転換がすばやく反映されるという意味で、新聞小説はまさに文学の新たな創造現場と受容空間を作りだしたと言えよう。

一編の文学作品が多様な読者層からこれほど熱狂的な反応を誘発し、しかもそれが連載された一年半ものあいだ続いたこと、作家と読者のあいだにこれほど濃密なコミュニケーション空間が成立したことは、フランス文学史上おそらく先例がない。読者の期待に応えるために、シューは筆を擱くことができなくなり、それが『パリの秘密』の連載を延々と続けさせることにつながった。物語が後半に入ってからは、シューの取材や準備のため各部が終わるごとに中断の時期がはさまるが、読者はその中断にいらだちを隠さなかったくらいである。

シューが受け取った手紙は、同時代の社会状態に関する比類のない診断書であり、処方の試みになっている。彼が社会の病理を抉りだした医師に譬えられたことは、すでに指摘した。読者の側からみれば、『パリの秘密』は単なるフィクションであるどころか、社会の現実をなまなましく伝えるルポルタージュそのものだった。だからこそ作家と読者の対話が生まれ、作家の創作活動が豊かになっていったのである。手紙の交換は、ともすれば隠蔽されがちな社会の闇を照らしだすための対話の契機として機能した。ハーバーマス的に言うならば、[10]新聞小説をつうじて一八四〇年代のフランスで新たな公共性の空間が成立したのである。

作家自身、読者との交流に魅惑され、ついにはみずからを主人公ロドルフに見立て、パリの貧しい界隈をめぐり歩いては援助を施すにいたったという。『パリの秘密』は読者の期待の地平をあざやかに切り開き、作家と読者の相互的な働きかけによって書き継がれた、フランス文学史上おそらく最初のベストセラー小説である。その意味で文学的な現象であるにとどまらず、まさしく社会的な事件にほかならなかった。

Ⅱ
風景と音の表象

ロマン主義が風景を発見した．ブルターニュ地方の光景（1845 年）

第四章　視線の力学

文学作品ではさまざまなものが描かれ、描写される。とりわけ小説においては、描写は大きな位置をしめる要素になっている。ところで、作家は何を描くのだろうか。作中人物の表情や容貌や体つき、衣裳、動作や身ぶりなど人間の身体にまつわる細部であり、建物、室内、家具など空間的な要素であり、食べ物や乗り物やさまざまな道具など日常生活に関係するものである。これらが目に見えるものであるのに対し、目には見えない心理や感情を描くこともできる。「心理描写」と呼ばれるものが存在する所以である。このように文学のなかで描写される、すなわち言葉によって喚起され、視覚化されるもののひとつが風景にほかならない。

本章では、近代フランス文学を素材にして、いかなる風景がどのように描かれてきたか、そして風景描写がどのような機能を果たしてきたかを、文化史的な背景を考慮に入れながらたどってみたい。風景のトポスとして取りあげるのは山（とりわけアルプス）、庭園、都市である。人間の手がほとんど、あるいはまったく加わっていない自然の風景としての山であり、自然と文化が遭遇する場としての庭園であり、人間が創りだした人工的な景観としての都市である。風景論は広大な領域であり、すべての問題に触れることはできない。ここでは重要な三つのテーマを論じることによって、ささやかな素描を試みたい。

一　自然美の発見――アルプスを愛でた作家たち

山にたいする感性の変容

十八世紀後半から十九世紀初頭にかけてのロマン主義時代に、ヨーロッパ人の自然と風景にたいする感性は大きく変貌した。イギリスの美学者ウィリアム・ギルピン（一七二四―一八〇四）は、荒々しい自然の風景と、古代建築の廃墟や古城が点在する景色は見る者に畏怖や崇高の念をもたらすとして評価した。彼はそのような景色に絵画的な美を見出し、「ピクチャレスク美学」を主唱することになるのだが、それがイギリス・ロマン主義に決定的な刻印を残したことはよく知られている。ピクチャレスクな景色を求めてイギリス国内をあちこち旅したギルピンのように、自然を開発や耕作の対象として捉えるのではなく、純粋に美的な対象として鑑賞するという態度は、当時としてはまったく目新しいものであった。そして商売や巡礼のためではなく、もっぱら風景を見るためだけに旅に出るという行動も、新たな感受性の発現を証言している。こうして、それまで美しいと思われることもなかった場所や景観のうちに、人々は美を感じとるようになっていくのである。

この点で典型的なトポスのひとつが、山である。

アメリカの「観念史学派」に属する批評家ニコルソンは『暗い山と栄光の山』（一九五九）のなかで、

神学、地質学、文学、哲学などの著作を読み解きながら、古代から十九世紀にいたるまでに、西洋人の山にたいする考え方がどのように変化してきたかを鮮やかに跡づけてみせた。(1) 十七世紀の古典主義時代までは、山とは平らであるべきはずの大地の上に生じた邪魔物であり、自然の調和を破るだけの醜悪な突起と見なされていた。それは「自然の恥と病い」であり、自然の表面に吹きだした「疣、瘤、火ぶくれ、腫れもの」にほかならなかった。したがって、十四世紀に南フランスのヴァントゥー山に楽しみのために登ったペトラルカのような稀な例外はあるにせよ、何世紀ものあいだ、人はけっしてみずから求めて山に登りなどしなかった。やむをえず山に登った人々は、怖れおののきながら必要に迫られてそうしたのであり、山岳風景を愛でるなどというのは彼らに無縁の反応だったのだ。しかし十八世紀頃、神学、哲学、天文学の領域において根本的な刷新が起こり、それまでの「暗い山」が「栄光の山」に変わっていった、とニコルソンは主張する。

たとえば哲学の領域では、『崇高と美の観念の起原』(一七五七)の著者エドマンド・バークが、広大で、深く、垂直に切り立った山並み、ときには畏怖の念さえ生じさせる山並みを評価した。この書物に呼応するかたちで書かれたカントの『美と崇高の感情にかんする考察』(一七六四)では、荒れ狂う嵐の光景や、ミルトンが描いた地獄の情景とともに、雪をいただく山岳の眺めが「崇高」な自然として称揚されている。(2)

文学の領域では、イギリスのロマン主義がもっとも早く自然の美しさにたいして鋭敏な感性を示した。山の風景について言うならば、ワーズワス(一七七〇—一八五〇)は自伝的な長詩『序曲』(一八〇五)の第六巻「ケンブリッジの生活とアルプス旅行」のなかで、アルプスを徒歩で通過したときに覚

アルプスと山麓の村シャモニー．18 世紀半ばには小村にすぎなかったシャモニーは，その後アルプス登山の拠点になる．

えた霊的な昂揚を謳っている。またシェリー（一七九二―一八二二）は、一八一六年作の「モン・ブラン」と題された詩で、次のように書き記している。

モン・ブランは姿を現わす――しずかに　雪を冠り　清
澄な――
したがう山々は　この世ならぬ形の　氷と岩を
まわりに積み上げ　その隙のひろびろとした谷あいの
凍った洪水　底知れぬ割れ目が
上にかぶさる大空のように青く
幾重にも層をなした絶壁のあいだをうねりながらつづく。
（中略）
モン・ブランは　なおも空高く輝く――力はそこにある、
多くの光景　多くの響き　幾多の生と死の
静かで　荘厳な力が。[3]

アルプスでは荒々しさと穏やかさ、激しさと静謐が共存する。その情景に立ち会った詩人の心には、険しい山岳風景がもたらす畏怖の感情と、静かに輝く山が現出させる荘厳な美しさへの賛嘆が交互に湧きあがってくる。モン・ブランは人間社会から隔絶して、孤高の光のなかに屹立している。その雄姿を前にしてシェリーは二つの異なる、しかしけっしてお互いを否定しない感情に身をゆだねるのだ。崇高美学が鮮やかに表現された詩句である。ヨーロッパの文学者において、十八世紀から十九世紀初頭にかけて、山岳風景にたいする感性の変化が生じたことは明らかである。

ルソーはアルプスを愛する

他方、フランス文学のなかで山にたいする感性の変容をよく示しているのが、ルソー(一七一二―一七七八)の書簡体小説『新エロイーズ』(一七六一)である。この作品は、フランス文学において山岳風景の美しさと、それが人間の魂にもたらす神秘的な昂揚について語った最初の作品と言われている。許されない恋が露呈するのを危惧したヒロイン・ジュリーは、自分に想いを寄せるサン゠プルーにしばらくのあいだ彼女のもとを離れるようにと頼む。サン゠プルーは所用を口実にスイスのヴァレ地方に向かい、その途中で雪に覆われ始めたアルプスの峡谷を越えることになるのだが、その時の印象をサン゠プルーはジュリー宛の手紙で次のように書き記す。

私は夢想に耽りたかったのですが、何かしら思いがけない光景によっていつも気をそらされました。私の頭上に巨大な岩山が廃墟のように突き出ていることがありましたし、轟音を立てて高みから流れ落ちる滝が濃い霧で周囲を満たすこともありました。またある時は、絶えず流れる急流が私のそばに深淵を穿ち、それがあまりに深いので覗きこむことさえできないほどでした。ある時は茂った森のなかに迷いこんでしまい、またある時は、奥深いところから出てくると快い草原が突然目を楽しませてくれました。野生の自然と耕された自然が驚くほど入り混じり、人間がけっして足を踏み入れたことがないだろうと思われたところにも、いたるところ人間の手が加わった跡が見えました。洞窟のそばに人家が建ち、茨しかないだろうと思っていたところに乾いた葡萄の枝が、崩れ落ちた土砂のなかに葡萄が、岩の上にすばらしい果物が、絶壁に畑が見えたりしました。(4)

有名な第一部書簡二十三からの引用である。サン＝プルーは、旅に出た当初からアルプスの景観を鑑賞しようとしていたわけではない。愛する女性のもとを心ならずも離れ、憂いに沈みがちな彼の感覚を山の風景が思いがけず捉えるのである。風景の発見は不意打ちから始まり、いったん見出された風景は、ほとんど抗いがたいほどの力で主人公の注意を引きつけてしまう。ただその風景は、人間を寄せ付けない、あるいは人間のいかなる営みをも厳しく拒むような苛烈な風景ではない。雪をいただく未踏の高峰ではない。

それはさまざまなコントラストと対立から構成される風景であり、そのコントラストと対立はふたつの地平で露呈する。まず動くことのない岩と激しい勢いで流れ落ちる滝、高い岩山と目の眩むような深淵、鬱蒼とした森となごやかな草原というように、自然そのものが異なる要素の並列として提示されている。そしてそこでは、視線が垂直的な動きをする。次に、サン＝プルーの注意を引きつけるのは「野生の自然と耕された自然」の混在である。ここでは視線が水平的に移動している。アルプス峡谷ではあるが、人跡未踏の地ではなく、野生のままの自然しかないと思われるところにも、人間の手が施された痕跡がある。ここで描かれている風景とは人工に対立するものとしての自然ではなく、自然と文化、未開と労働が釣り合っている空間にほかならない。風景は、人為性と自然をほどよく兼ねそなえている場合に風景として認識され、人間の思考と感情を覚醒させる。

風景の構成と絵画の技法

しかもそれだけではない。風景を語るサン＝プルーは、光の濃淡や、遠近法の原理や、視線の動きなどに敏感に反応し、まるで画家が風景画を描くように風景を言葉で記述していく。そこでは絵画技法や光学の用語がきわめて周到に用いられている。主人公は自然のコントラストを強調した後、次のように記すのだ。

> そのほかに、視点がもたらす錯覚や、さまざまに照らし出される山々の頂や、日光と影との明暗濃淡法や、そこから朝夕に生じるあらゆる光の効果を考えてみてください。絶えず私の嘆賞をさそった途切れることのない情景がどんなものか、想像できるでしょう。それはほんとうに劇場で繰り広げられているような情景でした。山の眺望は垂直なのでいっきに目を引きつけ、しかも平原の眺望よりずっと強く引きつけます。平原の眺望は遠ざかりながら斜めにしか見えず、それぞれの対象が別の対象を隠してしまうからです。(5)

このページを綴るルソーにあっては、絵画が文章よりも先にイメージされ、文章は絵画の構成原理をなぞっている。文学におけるアルプスの風景の発見は、絵画における風景画の発達になにがしかを負っているということである。当時しばしば援用されたホラチウスの言葉に倣うならば「詩は絵画のように Ut pictura poesis」、文学は絵画のように。作家が風景を物語ることと、画家が風景を描くことは同じ感性を前提にしていた。

岩山や、急流や、深い谷の荒々しさに瞠目し、自然と文化の並びたつさまに感動したサン＝プルーは、時刻や天候によって微妙に変化し、まなざしの角度や光の濃淡によって思いがけない姿を示す景観の多様性にも驚く。しかも彼は、風景の細部に敏感でそれをくわしく描写するばかりでなく、風景が人間の精神にもたらす効果にも無頓着ではなかった。そうした態度は、風景のなかに個人の内面の投射を見るようになるロマン派、自然の風景と心象風景のあいだに相互的な浸透作用を認めたロマン派を、はるかに予告するものである。『新エロイーズ』は十八世紀最大のベストセラーとなり、熱狂した後世の読者の多くがこの作品を手にしてアルプス詣に出かけたことは、有名な文学史上の事実だ。社会が文学を模倣し、現実が芸術をなぞったということである。

セナンクールの『オーベルマン』

その流れを十九世紀初頭のロマン主義時代に継承した作家の一人が、セナンクール（一七七〇―一八四六）である。彼の代表作『オーベルマン』（一八〇四）は、はっきりした理由もない憂愁と孤独感（いわゆる「世紀病」）に蝕まれた青年が、各地を放浪しながらみずからの体験、感情、思考をひとりの友人宛の手紙に記すという物語の構図をまとう。遅れてきたルソーとも言える主人公オーベルマンは、サン＝プルーと同じくアルプスに登るのである。清澄で、静寂に包まれた高い山々のなかに身を置くとき、オーベルマンは時間が地上よりもゆっくり流れるような印象をもつ。天により近い場では、地上の世俗的な営みが無益な喧騒としか思われない。サン＝プルーと同様、彼もまた山の景観を見つめ、描くに際して絵画の記憶と無縁ではありえない。

日差しは強く、地平線は煙り、谷は靄でかすんでいた。低い部分の大気は氷河の光の反射で照り輝いていた。私が吸う空気には、未知の清らかさが備わっているようだった。この高さまで登って来ると、低地のいかなる発散物も、いかなる光の偶然も空の漠然とした濃い深みを乱すことがないし、それを分断することもない。一見したところ空の色は、平野を柔らかに被っているような淡く、明るい青ではもはやなかった。平野の色は目に快い微妙な混合物で、人々の住む地上で目に見える囲いをなし、人の目はそこに憩い、休息する。（中略）

氷河からゆっくりと靄が立ち上り、私の足下で雲をなした。目はもう雪の照り返しに疲れることもなく、空は前よりもいっそう薄暗くなり、深みを増した。アルプスは霧に覆われた。雲海から突き出ているのは、いくつかの切り立った峰のみである。峰の割れ目に挟まった真っ白な雪の筋が、花崗岩をいっそう黒く、険しく見せていた。灰色の動く雲海と、濃い霧の上に、雪をいただいたモン・ブランが微動だにしない偉容を見せていたが、その雲や霧は風が吹けば巨大な波となって裂けたり、浮き上がったりした。（書簡七）(6)

アルプスの氷河「メール・ド・グラス」（氷の海，という意味）．19 世紀には観光化した．

山岳文学のアンソロジーに入っても、けっして場違いではないような一節である。オーベルマンもまた光の効果や、濃淡や、色彩の微妙な変化に敏感であり、地上の平野と異なり山岳風景が視線の垂直的な動きをうながすことに気づく。『新エロイーズ』との違いは、ここでは急流や滝が発するような音が不在であること、耕作の痕跡をとどめない野生の自然風景が際立つことである。わずかな色彩の記述を除けば、これはほとんど水墨画の世界であろう。

　セナンクールの作品の主人公は、雲を突きぬけてアルプスのより高い地点にまで登攀している。サン＝プルーは雪を避けたが、オーベルマンは雪を厭わず、目映いばかりに輝く氷河を愛でている。同時代のドイツの画家フリードリヒの絵に見られるような、印象的な雲海さえ描かれている。ルソーはアルプス峡谷の美しさを描いたが、それは雪も氷河もない風景だった。ロマン主義作家にいたって初めて、雪と氷河のある風景、地上の人間世界から隔絶した静寂な、ほとんど人間を寄せつけないかのような風景が発見されたのである。すでに見たように、同時代のイギリス詩人シェリーも同じ感性を示していた。ルソーとセナンクールを隔てるのは、十八世紀末に実現し、アルプス詣を流行させることになったモン・ブラン登頂という出来事である。

二　庭園の詩学

フランス式庭園とイギリス式庭園

アルプスは、神ではないにしても自然の摂理が創りあげた風景である。山岳の高みはしばしば人間を峻拒する。人はそうした風景を見つめては世俗の喧騒を一時忘れ、魂の昂揚を体験することができる。他方、庭園は自然の諸要素を人間が寄せ集め、それらを一定のデザインにもとづいて配列した空間である。そこでは自然と文化、自然と人工が遭遇し、微妙な均衡を保つ。飼いならされた風景として、われわれの眼前に現れてくる。

西洋の庭園はおもに、王侯貴族、修道院の僧侶、豊かなブルジョワ層によって造営されてきた。そして各時代の社会的表象や趣味と結びつきながら、さまざまな機能を果たしてきたのである。中世の庭は祈りと敬虔な語らいのためにあり、ルネサンス時代は古代のアカデメイアの庭園を再現し、学者や芸術家たちのために会話の場を提供した。近世ではヴェルサイユ宮殿の例がよく示しているように、庭園は華やかな祝祭や、ひそかな逢瀬のための空間となる。

庭園の様式は、それが生みだされた時代の自然観と世界観を垣間見せてくれる。フランス式整形庭園の典型とされるヴェルサイユ宮殿の庭は、幾何学的な構図にもとづいて設計され、見る者にきわめ

フランス式庭園を代表するヴェルサイユ宮殿の庭園

て人工的な印象をあたえるが、自然が理性的な秩序を備えていると考えられていた十七世紀古典主義の時代にあって、整形庭園はけっして「反自然的」な庭ではなかったのである。それは自然の秩序に人工の秩序を置き換えようとしたのではなく、自然の秩序を幾何学的に表象したものなのだ。またヴェルサイユには、太陽神アポロンに関係する寓意に満ちた彫刻や、泉水や、グロッタなどが数多く配置されているが、これは「太陽王」ルイ十四世を賛美するための装置にほかならなかった。

他方、十八世紀半ば頃から全ヨーロッパに広まっていくのがイギリス式庭園である。こちらは花、木立、樹木、小川、滝、岩山など野生の自然をそのまま取りこんで風景をかたちづくり、さらにピクチャレスクな雰囲気をもたらすためにギリシア風の廃墟、ローマ式の回廊、小型のピラミッド、イスラム寺院の尖塔、中国風のパゴダなどを配置した。庭園は、あらゆる時代と文明の記号を集積したミクロコスモスだったのだ。フランス式整形庭園が、王侯貴族によって造られ、絶対王政の秩序志向をあらわす寓意であったのに対し、イギリス式風景庭園は、新興ブルジョワジーが標榜した自由と個人主義の象徴だったと言えるだろう。[7]

『新エロイーズ』とエリゼの庭

庭園というなかば自然で、なかば人工的な風景は、それが人々の日常生活と結びつきが深いだけにしばしば物語の舞台になってきた。ここでもまず挙げるべきは、ルソーの『新エロイーズ』である。第四部第十一書簡は、結婚してヴォルマール夫人となったジュリーがクランの地にみずから造った「エリゼの庭」を描いている。クランに招かれて滞在したサン＝プルーは、ジュリーの家に隣接しているエリゼの庭が話題にのぼるのをしばしば耳にするが、庭そのものは彼の目に隠されていた。しかしある日の午後、あまりの暑さに耐えかねて皆はそこに赴く。

それは住居のすぐそばにありながら、それとは隔絶したような場所、樹木と葉叢に覆われている謎めいた空間、普段は鍵が掛かっているという秘密の場所だ。エリゼの庭はその無垢の純粋さを外部のまなざしと侵入から守ろうとするかのように、扉を固く閉じているのである。やがて庭に足を踏み入れたサン＝プルーは「天から舞い降りたような」気分になるが、その彼の眼前には次のような風景が広がっている。

このいわゆる果樹園に入ると、私は快い清涼感にとらえられました。薄暗い木陰、生き生きとした鮮やかな緑、あちこちに点在する花々、流れる水のせせらぎ、数知れぬほどの鳥の歌声が私の想像力に、すくなくとも感覚にたいするのと同じほどに清涼感をもたらしてくれました。しかし同時に、私はそこに自然のうちでもっとも野性味にあふれ、もっとも寂しい場所を見たように思い、自分がこの人気のない場所に足を踏み入れた最初の人間であるような気さえしてきました。かくも思いがけない光景に驚き、感動し、熱狂した私はしばらく呆然と立ちつくしていました。(8)

続いてルソーは庭園を詳しく描いていくのだが、それによって読者はエリゼを構成する要素が何であるかを知らされる。小暗い木立、みずみずしい緑陰、小さな森の中に咲き誇る美しいバラやリラやエニシダ、かぐわしい香りを放つハッカやマヨナラやジャスミン、流れる小川のせせらぎ、吹きあげる噴水、湧きでる泉、そして小鳥のさえずり声。エリゼの庭は視覚のみならず、嗅覚と聴覚にまでうったえる多様な要素にあふれている。ここにはドイツの文学研究者クルツィウスが『ヨーロッパ文学とラテン中世』(一九四八)のなかで指摘した、(9)西洋文学の長い伝統に連なるlocus amoenus(悦楽境)というトポスの属性がすべて含まれていると言えるだろう。エリゼとはフランス語で「楽園」を意味するが、まさしくその名のとおり、ジュリーの庭は地上の楽園であり、理想の風景なのである。クラランはユートピア的な小共同体として描かれ、エリゼの庭は入れ子構造として、そのなかでもとりわけ守られたユートピアである。

そこに普段、鍵が掛かっているのはなぜか。現実世界とユートピア、世俗と楽園の間にはそれを隔てる障害が必要であり、その障害を克服できる者だけがユートピアや楽園に入ることを許される。鍵は、その障害を可視化した装置にほかならない。楽園は誰にでも開かれた空間なのではなく、それにふさわしい者だけがさまようことを許された特権的な空間なのである。

庭園はまったくの自然の風景ではない。それは人間の技術が案配した、馴致された自然の光景である。一見したところ野生味にあふれたような庭、自然がすべてを統括したように見えるこの庭は、じつはジュリーの意図にもとづいて入念に計画され、実現された人工的な空間なのである。人間の労働が自然の所与と対立するのではなく、その開花を助け、理性の働きが人間と自然を切り離すのではなく、その融合をうながす。庭園の風景は、夢見られた新たな社会秩序を垣間見させてくれる寓意として機能しているわけで、その意味で十八世紀の庭園はきわめて政治的な空間なのだ。

楽園としての庭

十九世紀に入ると、ユートピアは社会・政治思想上のテーマとして議論されるのが通例であり、風景との繋がりは弱い。サン＝シモン、フーリエ、プルードンといった社会主義思想家にとっての問題は、革命後の新たな社会体制を構想することであり、理想の風景を描くことではなかった。彼らが夢見たのは秩序立った都市空間であり、田園の幸福ではない。しかし文学の領域では、庭と楽園の結びつきが異なる意匠のもとに表象されるようになる。その一例が、エミール・ゾラの『ムーレ神父のあやまち』（一八七五）である。

南フランスの小村レザルトーの教会で司祭を務めるセルジュ・ムーレは、ある日、伯父のパスカルに案内されて近くのパラドゥーParadouに赴き、そこで天使のように清らかな娘アルビーヌに出会う。パラドゥーという地名は、プロヴァンス語で「楽園」を意味している。やがて宗教的な危機におそわれたセルジュは病の床に臥し、昏睡状態に陥るが、アルビーヌの献身的な看病で回復する。弱々しい体で窓辺に身を置くセルジュの眼前に広がるのは、生気に満ちあふれ、矯激なまでに豊饒な植物の海である。

正面にも、左右にも緑の海が広がっていた。家や壁や埃っぽい道といった視界をさえぎる障害物もなく、緑葉の海の大波は地平線まで続いていた。ひとけがなく、未開墾で、神聖な海、無垢な静寂のなかに野性的な穏やかさをたたえた海だった。そこに入りこむのは太陽の光のみ。太陽の光は黄金色の帯となって草地にのび、小径に入り、燃えるような細い糸筋を樹木にからみつけ、金色の唇で泉の水を飲んでは濡れてふるえた。燃えるような光の乱舞のもと、大きな庭園は、世界の果てに放たれ、あらゆるものから遠く離れ、なにものにも縛られない幸せな獣のようにたくましく生きていた。木々の葉が豊かに茂り、草の波が押し寄せるようで、庭園全体が洪水に見舞われ、水没しているかのようだった。（第二部第四章）(10)

この「緑の海」では、外観とは異なり、植物と樹木が無秩序にはびこっているわけではない。アルビーヌに導かれながらパラドゥーを探索するセルジュは、垣根や囲いによって隔てられてはいないものの、そこが「花壇」、「果樹園」、「牧場《まきば》」そして「森」という四つの異なる空間に分割されていることを発見する。

そこではあらゆる種類の植物が繁茂し、あらゆる果物がたわわに実っている。そしてエキゾチックな芳香がいたるところに漂っている。もちろん小川のせせらぎや、鳥のさえずりや、滝の流れ落ちる音も欠けてはいない。作家は、植物相の違う四つの空間を描写するのにそれぞれ一章を費やすのだが、過剰なまでの細部に富むそのページには、植物をめぐる作家の博物学的な知が投入されることになる。『新エロイーズ』のエリゼの庭と同じように、ここには locus amoenus の構成要素が出揃っているのだ。庭は平和と穏やかさの園である。

他方でエリゼになくてパラドゥーにあるもの、それが官能性だ。宗教の掟を忘れ、記憶喪失に陥ったセルジュはアルビーヌの傍らで、パラドゥーで新たな生に目覚める。そこに広がる庭園はみずみずしい感覚と生命力をもたらす、現世の外部にしつらえられた夢の空間である。世俗の時間や社会の規範から隔離されたかのようなこの庭園で、セルジュとアルビーヌは愛と快楽を知ってしまうのだ。流れる小川や、覆いかぶさるように茂る樹木までが官能の言葉をささやきかけ、木の葉や芝生や苔で覆われた大地は愛の臥所に変貌するかのようだ。パラドゥーは禁じられた悦楽の園でもある。[11]

しかし、二人には楽園の永遠性のなかに住み続けることが許されていない。カトリックの司祭という身分が禁じる情熱に身をゆだねたセルジュは、恋人とともにパラドゥーから追放されてしまうのだ。束の間の快楽と、楽園からの追放。『ムーレ神父のあやまち』は、舞台を十九世紀の南フランスに移し替えたアダムとイヴの物語にほかならない。

女性と庭の風景

パラドゥーの庭は、十九世紀的な文脈においてはむしろ例外である。十九世紀は産業革命と都市化の時代。この時代に政治、社会、文化の領域でヘゲモニーを掌握したブルジョワジーは自宅の敷地に庭をもうけ、花や灌木を植えることを好んだ。そこには都市の悪臭やこもった大気にたいする防御策

ブルジョワの私生活において，庭は大きな位置をしめる．印象派の画家たちは好んで庭の風景を描いた．モネ《昼食》（1873）

として、花の香りが愛でられたという事情も関与している。[12]ブルジョワジーの私生活において、庭は特権的な空間となる。飼いならされた自然、馴致された風景としての庭は穏やかな生活を象徴し、家庭生活の枠組みを構成する。そこでは男が木立の世話をし、女が花壇をつかさどるだろう。たとえば印象派の絵画によく表れているように、ブルジョワジーの庭とは食事や団欒の場であり、瞑想をともなう散策や内輪の語らいや休息の場であり、魂の揺らぎを鎮める場であった。庭はサロンだった。

　とりわけ女性と庭の結びつきは強い。女性を描写する時に花のメタファーが用いられるのは西洋文学の慣習であるにしても、庭園という風景のなかに女性を据える傾向がことのほか顕著になったのは、十九世紀の特徴であろう。女性を表象する絵画作品で花や植物のイメージが大きな位置をしめるように、文学の世界では、庭園とそこに生える花や灌木を描写するページが、まるで必然的であるかのように女性の姿をたぐり寄せてしまう。「家庭の守護天使」とされたブルジョワ家庭の女性や妻は、家庭の安寧の寓意としての庭にいかにも似つかわしいのだ。

　そうした表象の例が、当時パリの郊外だったパシーを舞台に展開するゾラの美しい恋愛小説『愛の一ページ』（一八七八）に読まれる。ヒロインである未亡人のエレーヌは、娘の急病に際して面倒をみてくれた隣家のドゥベルル一家と親しくなり、その屋敷の庭で好んで午後の一時を過ごすようになる。隣の建物の壁に挟まれた大きくないその庭は、都会のなかのオアシスのように緑を茂らせ、春ともなればクレマチスが小枝を伸ばし、スイカズラがかすかに甘い香りを放ち、ゼラニウムが赤く咲き誇る。

このブルジョワ風の庭園で、とくに彼女［＝エレーヌ］の心を魅了していたのは、手入れの行き届いた芝生と植え込みだった。抜き忘れられた雑草など一本もなく、そのために左右対称に配された葉叢の美観が損なわれることもなかった。毎朝熊手で掃かれる小道も、足には絨毯のように柔らかく感じられるのだった。エレーヌはここでは、むせかえるほどの草いきれに悩まされることもなく、穏やかに、くつろいだ気持ちで過ごすことができた。これほどすっきりとデザインされた円形の花壇や、庭師の手によって黄色くなった葉が一枚一枚取り除かれている外套のようなキヅタの茂みでは、エレーヌを困惑させるようなことはなにひとつ起こらなかった。楡の木立に閉ざされたこの木陰、この人目につかない花壇にドゥベルル夫人が姿を現すと、わずかに麝香の香りが漂い、エレーヌは自分がどこかの客間に迷いこんだような気分になることもあった。顔を上げれば空が見え、かろうじてここが戸外であることを思い出して、エレーヌは外の空気を胸一杯吸いこむのだった。（第二部第三章）(13)

オスマンによる改造事業で騒々しいパリの町にほど近いこの庭は、そうした近代性の喧騒などまるで関知しないかのように、あくまで静謐そのものである。都市化が進んでいたからこそ、市民は田園の楽しみを求めた。遠くの田園風景の代わりになったのが、邸宅の傍らにしつらえられた庭である。

やわらかい日差しを浴びた庭でくつろぐ男女．手入れのゆきとどいた庭はブルジョワ的秩序を象徴する．モネ《庭の女たち》(1867)

　ドゥベルル家の庭では日々の手入れのおかげで雑草一本、枯れ葉一枚残されていないし、葉叢は美しいシンメトリーを示している。すなわち庭園としての調和を乱すものは、たとえ自然の偶然でも排除される。香りは漂っていても強すぎず、木立は茂っていても息苦しいほどではない。すなわち、あらゆる過剰と放恣は聡明に避けられている。清潔と中庸を視覚化したようなこの庭、きわめて人工的な配慮によって自然の風景を穏やかにミニチュア化したこの庭は、ブルジョワ的な秩序を具現した空間である。十九世紀のブルジョワ社会は風景をプライベートな空間装置に変え、私生活の一部に組みいれてしまった。戸外ではなく、家の内部であるかのような庭園の風景。あるいは同じことだが、庭とは戸外のサロンにほかならなかった。

三　都市パリの風景

オスマンによる大改造

フランス文学で描かれる風景の第三のカテゴリーは、都市の風景、とりわけ首都パリの風景である。日常生活の舞台であるという点で都市と庭は共通しているが、庭が秩序と静謐の空間であるのに対し、都市は活動と喧騒の空間であるという点で異なる。都市風景は道路、住居、歴史建造物、行政施設や商工業施設、街路樹などから成り立っており、本質的に人工の風景だ。十九世紀には、産業革命による経済構造の変化で農村人口が大量に都市部に流入した結果、都市はそれまでになく肥大し、衛生、治安、娯楽、文化の面でかつてなかったような現象を見せるようになった。

とりわけ首都パリは特別の意味をもっている。パリほど多くの作家、ジャーナリスト、画家、版画家、写真家、そして映画監督にインスピレーションをあたえてきた都市はないだろう。バルザックからゾラを経てプルーストにいたる小説家、ボードレール、ロートレアモン、アポリネールらの詩人、印象派からエコール・ド・パリにいたる画家、ナダールからアジェ、ブラッサイを経てドアノーまでの写真家、そしてジャン・ルノワールからエリック・ロメールにいたる映画監督が、パリを語り、描き、撮し、映像におさめてきた。歴史を遡れば、人々の集合表象のレベルでパリが他の都市を圧倒して中心的な位置をしめるようになったのは、フランス革命後の十九世紀に入ってからのことである。

パリの歴史を語るうえで欠かせないのが、十九世紀半ばにおこなわれたオスマンによる首都の大改造である。第二帝政期（一八五二―七〇）、皇帝ナポレオン三世によってセーヌ県知事に抜擢されたオスマンは、パリを近代的な首都にふさわしい都市にするべく大規模な土木事業を展開した。中心部に残されていた暗く狭い通りや貧民街を取りはらい、広い直線的な大通りを貫通させる。不衛生な界隈をつぶし、上下水道を整備して疫病の蔓延を防ぎ、広い公園や広場をパリのあちこちに設け、街路照明を増やし、建物の高さを規制するなどして都市の美観に配慮した。さらに鉄とガラスという当時の先端技術によって鉄道のターミナル駅、中央市場、デパートが建設され、消費生活が促進された。こうして、パリは新たな近代都市として生まれ変わったのである。[14]

第二帝政期のパリ中心部

したがってパリの表象について論じる際に、オスマン以前／オスマン以後という区別が重要になってくる。作家の世代で言えば、バルザック（一七九九―一八五〇）やユゴー（一八〇二―八五）はオスマン以前のパリを生き、フロベール（一八二一―八〇）とボードレール（一八二一―六七）は七月王政期のパリを知りつつ、オスマンによって変貌するパリの風景を目の当たりにし、ゾラは第二帝政期のパリで少年・青年時代を送った。ボードレールは「古きパリはもはやない／ああ、都市のかたちは人の心よりも速く変わる」（「白鳥」、『悪の華』所収）と謳って、消えつつある昔日のパリへの郷愁を表明したが、他方ゾラは、新しい首都の景観を熱狂的に愛した。

ここでは十九世紀前半のパリを描いた作家と、後半のパリを描いた作家を一人ずつ取りあげて、風景描写がどのように変化したかを探ってみよう。

『感情教育』のパリ

フロベール作『感情教育』(一八六九)は、一八四〇―五一年のパリを舞台にして、青年フレデリックの生涯を物語る作品である。大学で学ぶために地方の小さな町から首都に出てきた彼はパリの風景に同化しようとするし、そのためにしばしばパリの町並みを眺め、パリの町を歩き回る。都市の風景を読み解くためには歩かなければならない。十九世紀フランス小説の多くはパリ小説であり、主人公たちは皆歩き回るのが好きな人間たちだ。フレデリックにとって、パリを彷徨するのは人生と社会を学ぶことにほかならない。この小説にはパリの描写がふんだんに出てくるが、次の引用は典型的な例のひとつである。

フレデリックはバルコニーの上から、何時間もセーヌ河を見ていた。河の両岸は灰色がかり、下水の汚れでところどころ黒くなっている。洗濯のための浮き桟橋が岸に繋がれ、岸ではときどき腕白小僧たちが泥のなかで、プードル犬を水に浸けて楽しんでいた。フレデリックの目は、左に見えるノートル゠ダムの石橋と三つの吊り橋を離れ、いつもオルム河岸と、モントロー港の菩提樹のような古い木立の方に向かった。サン゠ジャック塔、市庁舎、サン゠ジェルヴェ教会、サン゠ルイ教会、サン゠ポール教会などが、連なる屋根のあいだをとおして正面にそびえていた。

七月の塔の守護神像が大きな金色の星のように東側で輝き、西側にはチュイルリー宮の丸屋根が、重々しげな青い塊を空に浮かびあがらせていた。その方角の向こうに、アルヌー夫人の家があるはずだ。

彼は部屋のなかに戻り、長椅子に横たわって、作品の構想、行動計画、将来の抱負などとりとめのない瞑想に耽った。そのあげく、気分を変えるため外に出た。

当てもなく、カルチエ・ラタンを上っていった。いつもは賑やかだが、学生が帰省してしまった今の時期は閑散としている。学校の広い壁は、あたりが静かなせいでいっそう長く見え、いつも以上に陰気な感じだ。鳥籠のなかの鳥のはばたき、轆轤《ろくろ》のうなり声、靴直しが槌をたたく音など、のんびりした音がさまざま聞こえてくる。通りのまん中では、古着屋が両側の家の窓一つひとつに目を向けているが、誰も声をかけない。人気のないカフェの奥では、勘定台の女将がワインのいっぱい入ったガラス瓶に囲まれて、あくびをしている。貸本屋のテーブルには、新聞が雑然と置かれている。洗濯屋の仕事場では、なま暖かい風に吹かれて、下着類がゆれている。フレデリックはときどき、古本屋の棚の前で足をとめた。歩道すれすれに下ってきた乗合馬車の音で、彼はふりむいた。リュクサンブール公園の前まで来ると、それから先には行かなかった。(第一部第五章)(15)

ここでは、主人公の無為と受動的な性格がパリの都市風景を描く恰好の契機になっている。行動しない彼にとって、見つめること、眺めることこそが唯一の振舞いなのだから。彼の目は一台のカメラと化す。ただしこの長い引用文は、前半と後半にはっきり二分される。どちらもパリの風景を描写しているのだが、前半はバルコニーから眺めた景色で、フレデリックは不動のままであり、後半は学生街を歩く彼が目にした光景である。

セーヌ河沿いにある彼の部屋のバルコニーは絶好の観察地点となり、そこからは河を見下ろしたり、歴史建造物を見上げたりできる。俯瞰するまなざしと上昇するまなざし。バルコニー（そして窓）は、視線の垂直的な動きを可能にしてくれる特権的な場であり、フレデリックがしばしばバルコニーや窓辺に佇むのは偶然ではない。それは家の内部と外部を隔てる境界であり、異なるふたつの風景の接点であり、作中人物の心理や思考を突き動かす空間である。一般に近代フランス小説の主人公たちは好んで窓辺に身を置くが、それは彼らの夢想に分け入るとともに、外部の風景を描くための前提になる。同時代の印象派絵画もまた、しばしばバルコニーに身を置く人物をとおしてパリのさまざまな風景を描いた。そこには文学と絵画というジャンルの違いこそあれ、同じ感性が通底しているのである。

映画のカメラがゆっくり動くように、フレデリックの視線は緩慢な動きで、まずセーヌ河とその岸辺の光景をとらえる。セーヌ河は美しい自然の一部を構成するというより、ここでは夏空の下であるにもかかわらずどんよりと暗いイメージであり、河岸に繋がれた洗濯船や、泥のなかで遊ぶ子供たちの姿が卑近な日常性を喚起している。他方、サン゠ジャック塔や市庁舎やチュイルリー宮殿などは、陽光をあびて輝き、躍動感をともなうように描写されている。逆説的なことに、流れるセーヌ河は不動のように見え、動かぬ歴史建造物はむしろ生命をもった存在のようだ。

部屋の中にとどまることに倦んだフレデリックは、学生街カルチエ・ラタンの通りを当てもなく上って行く。ここでの彼の視線の動きは水平的である。フロベールは不動の主人公がとらえたパノラマ的景観と、散歩する主人公の目に入ってくる水平的景観を截然と描き分けているのである。いつもは喧噪に満ちている界隈も、学生たちがいなくなった今は通常の賑わいがなく、轆轤のうなり声のような悠長な物音が聞こえてくるばかりで、それがかえって物憂げな静けさを際立たせてしまう。いつもは活力の温床として語られるパリが、ここでは異様なまでに静寂な都市として現れてくるのであり、その静寂はフレデリックの無為と無気力に呼応しているのだ。都市風景もまた、それを見つめる者の心象に染めあげられているのである。(16)

ゾラと躍動するパリ

ゾラの『ルーゴン＝マッカール叢書』全二十巻のうち、半分以上は第二帝政期のパリを舞台にした小説である。それ以前や以後の諸作品も含めて、パリの都市空間はゾラ文学における主要なテーマのひとつであった。オスマン計画によって変貌した首都の町並みと雰囲気を、ゾラ以上にあざやかに喚起した作家はいない。ゾラは新しいパリの姿と生態を、その病理と快楽を倦むことなしに語り続けた。パリに棲息するあらゆる階級の人間たちを描き、営まれるあらゆる職業と労働を語ってみせた。

ゾラの文学にあっては、それぞれの界隈には特有の相貌と営みがあり、人間はそうした環境の産物だという意識が通底している。『獲物の分け前』（一八七二）では、パリ改造にともなって富を得た成り上がり者たちが集うモンソー公園周辺の高級住宅街、『パリの胃袋』（一八七三）では、パリの食料供給センターである中央市場とそこで働く人々、『居酒屋』（一八七七）では貧しい労働者や職人たちが棲息するパリ北部の庶民街、『ナナ』（一八八〇）においてはグランブルヴァールに沿う劇場や歓楽場、『ボヌール・デ・ダム百貨店』（一八八三）では、零細な商店を次々と呑みこんで膨張していく消費の殿堂としてのデパートが、物語の前面をしめる。パリの都市景観は美的に観賞される穏やかな風景ではなく、人間の活動が繰りひろげられ、野心と欲望が渦巻くきわめてダイナミックな風景なのである。

彼の作品ではパリがうごめき、ざわめき、熱狂し、燃えあがる。あたかも巨大な機械装置のように都市は唸り声をあげ、エネルギーを発散し、固有のダイナミズムにもとづいて機能する。哲学者ミシェル・セールがいみじくも指摘したように、[17] ゾラはまさしく熱力学時代の詩人なのだ。これほど動的で、力強いパリの表象はかつてなかったし、その後も例がない。

『ルーゴン＝マッカール叢書』の作家は、印象派の画家たちと同時代人である。[18] マネとは若い頃から知り合いで、彼の作品をもっとも早く評価した批評家だったし、モネとは同じ一八四〇年生まれで、親交が浅くなかった。そのゾラには画家を主人公にした『作品』（一八八六、邦題は『制作』）と題された小説がある。主人公クロードは畢生の大作となるはずのセーヌ河をモチーフとした作品を構想しており、そのための霊感を求めて四季をつうじて、朝な夕な、いかなる天候の際でもセーヌ河沿いを散策する。そしてしばしば橋の上に佇んで、河の風景に見入る。

まず前景には、彼らの真下にサン＝ニコラの船着場があった。小屋のような港湾事務所が並び、ゆるやかに傾斜している幅広い敷石の波止場には、舟からおろされた大量の砂や、樽、袋が、山と積まれている。岸壁には、まだ積荷がいっぱいの川舟が一列にならび、荷おろしの人夫たちが

セーヌ河と芸術橋．右岸に見えるのはルーヴル美術館．

動きまわっている。それらの上には、鉄のクレーンが巨大な腕をのばしていた。一方、河をへだてた対岸には水浴場があり、灰色の天幕が風にはためき、陽気な笑い声が聞こえてくる。終わろうとしている季節に名残りを惜しむ水浴客たちの声だった。見渡す眺望の中央を、セーヌ河が緑がかった水をたたえて上流に向かってのびている。流れの表面には、白、青、バラ色のさざ波が立っている。後景をかたちづくるのは、ひときわ高くかかっている鉄骨構造の芸術橋だ。黒いレースのような軽快さだ。橋上の薄い床板の上を、通行人たちがアリの行列と、にぎやかに往来している。その下をセーヌ河が流れさっていく。さらに向こうには、錆びて褐色がかった新橋の古い石造りのアーチが見えた。（第八章）[19]

晩夏の夕刻、クロードが妻のクリスチーヌとともにサン＝ペール橋（現在のカルーゼル橋）の真ん中に立って、東の方に位置するシテ島を眺めている場面である。画家クロードはひとつの視線そのものに変貌する。彼が凝視するこの風景は、まさしく一枚の絵のように構造化されている。「前景」、「後景」、引用しなかった部分にはさらに「背景」、「巨大な画布」といった絵画の領域に属する言葉が読まれる。

クロードの目は、したがって作家の目は、橋から見える風景をその場から近い順に、左右の河岸にも配慮しながら捉えていくのだが、それは画家が前景から後景、後景から背景へとカンバスに絵筆を走らせていくさまと同じものだ。クロードの視線はセーヌ河の風景のなかに一枚の絵を切り取る、あるいはすでに描かれた風景画そのものを見つめているかのように風景を観賞している、と言えるだろう。絵画の技法がエクリチュールと文体を規定する。

描写されている細部もまた、じつに絵画的である。繊細な橋のシルエット、河岸に集う人々の賑わい、白、青、バラ色に染まるセーヌ河のきらめきが喚起され、色彩、光と陰影があざやかに浮き上がる。読者はここで、印象派の画家たち、たとえばモネがしきりに描いたセーヌ河畔の風景を想起せずにはいられない。

そして第三の要素として、この風景は人々の活動と動きを提示する。『愛の一ページ』で描かれた静かで穏やかな庭と異なり、また『感情教育』のフレデリックが目にしたけだるい光景とも違って、ゾラが描くパリは都市の活気を際立たせる。歓喜にうち震えるような光景、陽気な声が聞こえ、てきぱきした身ぶりが目に見えるような光景である。ゾラのパリは無為を知らず、倦怠に陥らない。ゾラのパリはつねに躍動しているのだ。

なぜパリは語られたのか

十九世紀の文学作品に依拠しながら、首都パリの風景がどのように構成されているか問いかけてみた。それにしてもなぜこの時代にパリはこれほど語られ、描かれたのだろうか。

理由の第一は、十九世紀のパリが大きく、しかも急速に変貌したからである。当時は文学者のみならずジャーナリストや行政官にいたるまで、首都が変わるからこそ首都について語らなければならない、と言明する点で一致している。十八世紀末のフランス革命に続く民主化、産業革命、人口増加、都市化とそれが引き起こす諸問題にともない、人々の生活と意識は根本的に変化した。フランスのみならず、ヨーロッパ社会全体がこの時代に未曾有の変化を体験したのである。パリを舞台とする文学は、そのように変転する都市の相貌を定着させようとする試みにほかならない。

しかしおそらくそれ以上に重要な要因は、十九世紀においてパリが、さまざまな価値と活力の源と位置づけられるようになったことだろう。革命の都市、光の都市、現代のバビロン、太陽＝都市、世界の首都、文明の中枢といった、フランスの首都に冠せられたさまざまな呼称は、そうした価値づけの結果である。それらのイメージは数多くの作家や、ジャーナリストや、画家や、写真家によって共有され、一般大衆もまたそれを受容するかぎりにおいて、人々の社会的表象の一部を形成していた。パリの表象とは近代性への愛の表明であり、都市へのオマージュだった。

本章では山、庭、パリという三つのトポスを取りあげて、フランス文学における風景描写の技法と意味を探ってみた。十八世紀中葉から十九世紀初頭にかけて作家たちはアルプスの山岳風景に美を感じとったが、そこには山という自然にたいするヨーロッパ人の感受性の変容が関与している。ミニチュア化された自然としての庭は、楽園やユートピアへの志向を表し、ブルジョワ的な秩序を具現するという意味で政治的な空間である。パリの都市風景は多くの場合、近代社会の活動とエネルギーを示唆する風景として肯定的に描かれる。そしていずれにおいても、風景を描くにあたって用いられる修辞や描かれる対象の選択には、風景画との親近性が感じられる。

文学のなかで描かれる風景は、もちろん山と庭とパリに尽きるものではない。田園や、海や、森や、湖なども重要な自然の要素であり、それをあざやかに描写した作品は少なくない。[20] それが風景として評価され、描かれるに際しては、それぞれ異なる文化史的な背景が作用していた。本章で扱ったのは小説だが、「旅行記」というジャンルでも風景はきわめて重要な位置をしめる。とりわけ見知らぬ土地への旅は、それが異国への旅である場合はエキゾチスムの魅力と相俟って、作家を風景にたいして敏感にする。また近・現代の文学に関していえば、絵画のみならず版画、写真、映画といった視覚芸術との相互関係は無視しえないファクターである。視覚芸術とそれを生みだす技術の多様化は、風景にたいする人間の見方、感じ方を変化させてきたからだ。このような問題も含めて、文学における風景をめぐるより体系的な考察は今後の課題としたい。

第五章　十九世紀の音——音の文化史序説

音の風景

前章では、風景が具現する空間として山、庭園、都市（とりわけパリ）という三つのトポスを分析した。そこで問題になっていたのは目に見える空間としての風景であり、一般にわれわれが風景という言葉で意味し、想起するのもそれだろう。風景とは何よりもまず、視線の力学によって把握され、まなざしの美学によって規定されるものである。

しかし風景という言葉を、人間を取り巻く感覚的な環境という意味に理解するならば、視覚的な空間に限定する必要はない。たとえば聴覚という感覚で捉えられる音の世界もまた、ひとつの風景ということになるだろう。実際、カナダのマリー・シェーファーは一九七〇年代に、「ランドスケープ（風景）」にならって「サウンドスケープ（音の風景）」という概念を提唱し、現在では幅広い領域で市民権を得ている。そこで本章では、近代フランスにおける音の風景を文化史的に再構成してみよう。

目に見える風景は固定した空間として把握できる。同じ場所でも一日の時間帯、天候、季節の移り変わりによって変化するし、その意味で風景は変転するが、一瞬の固定した映像として表現できるのは確かである。だからこそ風景画や、風景版画や、風景写真が存在しうるのだ。それに対して、音の風景は常に空間と時間によって輪郭が定められる。音は一定の場所で、ある程度持続するかぎりにおいてしか風景になりえない。音の風景は定義上、時間的な延長をともなう。また聴覚は、遠近を問わず目に見えない場所から発する音を知覚できるが、音源が見えない時はしばしばその正体は謎のままであり続ける。視覚的な風景に較べて、時に明証性を欠くのである。というより、音の風景の方が多方向的であり、輪郭が希薄であり、持続性に乏しい。したがって、目に見える風景よりも把握するのが難しいということになるが、人間にとって重要な環境であることは否定しがたい事実である。

感覚の歴史性

こうした問題設定は、感覚（視覚、聴覚、触覚、嗅覚、味覚）の作用が歴史性を免れえないという認識によって可能になる。身体の生理学的な与件として普遍的であるかのように見える感覚機能が、時代と社会によって変わりうる、そして五感のヒエラルキーさえも不変ではないことを、文化史家や人類学者たちは教えてくれる。五感の生物学的な機能は一定していても、その感性は人々が生きている文化空間によって変わるのである。

われわれは目をあければ何かが見え、耳を塞がないかぎり何かが聞こえ、手があれば何かに触れ、鼻をつままないかぎりにおいを嗅ぎとる。しかし同じ風景を目にしても何を嘆賞するか、どのような細部を記憶にとどめるかは個人差があるし、ある音やにおいに対して平然としている人がいれば、耐えがたいと感じる人もいる。しかもそうした個人差の問題を超えて、一般的に何かが見えれば同時に何かが隠蔽され、ひとつの音が聞こえれば他の音が遮断されるというように、感覚による知覚はつねに選択的になされる。感覚の志向性と呼ばれる現象である。あるいはまた、あるものを見たり聞いたりしてはならない、あるものに触れてはならないというタブーは、その背景が何であれ明らかに文化現象ということになる。何をどの程度まで知覚するか、何を知覚しない（あるいはできない）かは、個人の感性だけに規定されることではなく、個人が属する集団や社会の感性と深く繋がっている。

その意味で、感覚とはひとつの文化にほかならない。感覚の働きは文化の表現であり、鷲田清一のようにそこに「感覚の技法」を看取することもできよう。[1] エドワード・ホールも『かくれた次元』（一九六六）のなかで指摘してみせたように、文化が異なるというのは、そこに暮らす人々の感覚世界の構造が違うということなのだ。

異なる文化に属する人々は、ちがう言語をしゃべるだけでなく、おそらくもっと重要なことには、おそらくちがう感覚世界に住んでいる。感覚情報を選択的にふるいわける結果、あることは受け入れられ、それ以外のことは濾しすてられる。そのため、ある文化の型の感覚的スクリーンを通して受けとられた体験は、他の文化の型のスクリーンを通して受けとられた体験とはまったくちがうのである。人々が作りだす建築とか都市とかいう環境は、このフィルター・スクリーニング過程の表現である。事実、このように人間の手で変更された環境をみれば、感覚の使い方がいかに異なっているか知ることができる。[2]

かくして特定の社会における音の世界についての問いかけは、その文化一般への問いかけに通じることになる。

音の風景を分析する第二の理由は、それが歴史的に大きな意義をもっていたからである。現在、人間はさまざまな情報の九割以上を目から得ると言われ、感覚世界における視覚の優位性は圧倒的である。産業革命以降の近代社会のメカニズムは、目で見るものを、目以外の感覚器官で捉えるものよりもはるかに存在感の強いものとして、人々の生活に根付かせるよう作用した。しかし長い歴史の文脈に据えてみれば、視覚の優位性はけっして普遍的な現象ではない。歴史家ロベール・マンドルーは『近代フランス序説』（一九六一）において、フランスでは中世から十六世紀ルネサンス期まで、聴覚と触覚が視覚と同じほどに、あるいはそれ以上の重要性を有していたと指摘している。[3]

キリスト教の権威は話される言葉にもとづき（たとえば教会での説教）、信仰は聴くことと深く結びついていた。当時は識字率が低かったから、あらゆる社会階層において、情報の伝達は何よりもまず音声をとおしておこなわれた。王侯貴族は、彼らに話しかけ、耳をつうじて知識と情報を伝えてくれる側近や顧問を従えていたし、田園地帯では、夜の集いの際に語られる話が農民の知的世界を培った。ルネサンス期に印刷術が発明され、書物の普及にともなって黙読の習慣が生まれつつあったとはいえ、読書とはまず音読であり、それに人々が耳を傾けることだった。聴覚は、したがって音の風景は、人間と世界の関わりを豊かにしていたのだ。

日常生活の音の風景

他方ゲオルク・ジンメルは『感覚の社会学についての試論』のなかで、現代でも、聴覚が視覚とならんで人間の個人的、集団的生活においてきわめて重要な機能を果たしていると力説した。(4) それは空間や時間の認識においてきわめて限定された能力しかもたない人間にとって、知覚された印象を強め、自己の存在を確認するうえで本質的な役割を演じる感覚にほかならない。また視覚的イメージと同じく、聴覚的な記号は群衆を形成し、群衆を興奮させるのに適している。音は、ある一定の空間領域の内部においては、誰の耳にも届くからである。広場や講堂に集まった多くの人々をひとつの対象へと方向づけ、しばしば非理性的な熱狂に巻きこもうとする時、もっとも効果的なのは人間の声や、機械から出る音声であろう。政治家や、煽動家や、スポーツ・イベントの主催者たちはそのことをよく知っている。

接触、近接性、透明性など、味覚、触覚、視覚が作用するために必要な条件は、聴覚メッセージが伝わるためには不可欠ではない。多少とも隔たった場所まで、たとえ視線をさえぎる不透明な夾雑物があっても、音は届く。音声は本来きわめて公的で、開放的な性格を有しているのだ。公共の場で議論し、みずからの意見を述べることに、われわれは何のためらいも覚えない。言葉はしばしば、不特定多数の人々に向けて放たれ、匿名のひとたちのために分節される。だからこそ逆に、ある特定の人に向けて語られる言葉、当事者以外の誰にも聞かれるべきでない声は、きわめてプライベートで、親密な次元をまとってくるのである。

もっと卑近な側面に目を転じてみよう。われわれの日常生活は、さまざまな音で織りなされている。人々のざわめきや、彼らの動きが引き起こす音、テレビ、ラジオ、ステレオ、電話などの音、電車、地下鉄、バスなど公共交通機関から発する音、道を走る車やバイクの騒音、床を歩きまわる足音など、挙げればきりがない。ちょうど通奏低音のように、絶えまなく、しばしば格別の注意を引くことさえない音が、われわれの日々の営みに伴っているのだ。

そのような音が人々の意識にはっきり上ることがあるとすれば、たいていそれは不快感として意識される時であろう。道を歩けば車やバイクの騒音を避けることはできないし、工事現場では電動ハンマーのつんざくような音に思わず耳をふさぎたくなるし、パトカーや救急車がサイレンを鳴らして通り過ぎれば、我知らず不安に駆られてしまったりもする。自宅に戻れば静寂が保証されるかといえば、かならずしもそうではない。家族が見ているテレビや、隣人がボリュームいっぱいにつけているステレオや、階下のひとが弾くピアノの音に悩まされたり、隣家の犬の吠え声に閉口したりするだろう。公共空間においても私的空間においても、現代人は音に悩まされている。現代人にとって、「音」とはしばしば「騒音」、あるいは「雑音」と同義語になってしまった。とりわけ、人口の密集した都会ではそうであり、騒音がときに社会問題と化すことはあらためて指摘するまでもないだろう。現代において、聴覚はけっして幸福な感覚でない。

「騒音」にたいする嫌悪感は現代に始まったことではない。十九世紀ドイツの哲学者ショーペンハウアーは、毎日のように騒音や雑音に悩まされ、思索を中断されると嘆いていた。とりわけ彼が槍玉にあげたのが、都会の狭い通りに響く鞭の音である。

これは人生からあらゆる静寂と思慮をとりあげる雑音だ。鞭をならすのが天下ごめんであるということほど、人類の愚鈍と無思慮についての明確な概念をわたしに与えるものはない。このぴしっという物音はとつぜん鋭くひびき、頭脳を麻痺させ、いっさいの思慮を切りさいなみ、思想を殺す。だからこの音は、思想とまではいかなくても、なにか物思いにふける人ならだれでも苦痛に感じるにきまっており、たとえそれがどんなに低級な種類のものであっても、何百という人たちの精神活動を乱さないではおかないのだ。(5)

この後も、鞭の音とそれを引き起こす人間にたいする容赦のない、矯激な呪詛の言葉が延々と続く。ドイツの哲学者にとって、鞭の音はまさしく思考の営みに致命的なまでに有害な騒音だった。馬車や荷車が道を通ることがない現代では、御者や馬丁が鳴らす鞭の音など聞こえてくるはずもなく、想像するしかない。確かに神経に障る雑音ではあろうが、ショーペンハウアー自身が述べるように、ハンマーの音や、犬の鳴き声や、子供の叫び声に較べてもはるかに苛立たしい音かどうかは、個人の感じ方の問題だろう。彼が鞭の音に過敏に反応したのは、何か個人的な、かならずしも自覚されない原体験に起因することかもしれない。

音を煩わしいと感じた作家や哲学者は、ショーペンハウアーだけではない。たとえば、彼の同時代人ゲーテもまたそうだった。産業革命は技術革新によって富をもたらし、人々の生活の利便性を飛躍的に高めてくれたが、他方で、それ以前になかったような騒音を生みだすことにもなった。樋口覚によれば、(6)ショーペンハウアーの小論を英訳で読んで共感したのが夏目漱石で、彼の随筆『カーライル博物館』(一九〇五)で引用されている。漱石は、敬愛する作家カーライルがロンドンの部屋で著述に耽りながら、教会の鐘や汽車の大音響、さらには近隣のピアノや、犬や鶏の鳴き声に神経を逆撫でされていたと伝え、同情を禁じえない。そう書き記す漱石自身も、同じように汽車や街路の物音に悩まされたようである。

騒音や雑音はいとわしい。ではどのような場合でも静けさの方が好ましいかといえば、それは自明ではない。絶対的な孤独を感じさせ、恐ろしい死を予感させる完全な静寂に、人は耐えることができないのである。親しみのある物音、愛する者の声、近しい人がたてる日常的な音などは、われわれの日常生活にリズムをあたえるのであり、それを奪われれば一種の疎外感を覚えるはずである。また、われわれが自分自身の体臭に不快を覚えることがないのと同様に、あるいはそれを体臭と意識することさえないように、自分がたてる音を騒音と感じることはない。親しい者や自分が生みだす音は、制御することが可能だから、それを暴力的な侵入と思わずにすむのである。

外部からやってくる音声の知覚は、物理的な音量だけに左右されるわけではない。部屋でくつろいでいる時は、隣家から聞こえてくるテレビやピアノの音がたとえそれほど大きくないときでも、ひどく耳障りだが、他方で、毎日乗る電車や地下鉄のなかでは、かなりの騒音にもかかわらずわれわれは平気で読書したり、居眠りしたりしてしまう。だからこそ、プロクセミクス（動物や人間が周囲の空間にたいしてもつ距離関係などをつうじて、種や文化の特質を探ろうとする研究分野）という学問も成り立つのだろう。隣人のテレビやピアノの音を煩わしいと感じるのは、それが個人のプライベートな領域を脅かすと見なされているからである。騒音や雑音とは、みずからの意志によって制御できない音であり、したがってそれを引き起こすのは常に他人である。その意味で、騒音や雑音は個人の私的空間に他者性が不法に割りこんでくる事態とも言えるだろう。

静寂の両義性

静寂は心をやわらげ、身体を癒してくれる。それは内省をうながす。静けさは、精神的にも肉体的にも人間の健康にとって必要なものである。

近代フランスにおいて、静寂はしばしば規律を保証するための条件であり、習得すべき態度にほかならなかった。そして静寂を習得すること、沈黙する術を学ぶことは、身体の訓育プログラムの一部であった。しかるべき時に、しかるべきしかたで沈黙を守ることは、ルネサンス期以来、上流社会の礼儀作法システムのなかで重要な位置を付与されてきた。言葉を慎むことは会話作法の一箇条であり、姿勢や、歩き方や、身だしなみと同様に、身体規律を構成していたのだ。

瞑想と祈りの生活をおくる修道院は、譬喩的にも、そして言葉の文字どおりの意味合いにおいても、世間の雑音から遮断される必要があった。神との内面的な対話と、霊的な訓練に捧げられるべき修道女や修道士たちの立ち居振る舞いは、静寂という戒律に支配されていた。かくして、たとえば十九世紀の女子修道院では二種類の静寂が区別される。「大静寂」は、夕方におこなわれる礼拝堂でのお祈りから翌朝まで、おおよそ夕方六時半から早朝六時半まで続く静寂の時である。その間は、病気や火災といった緊急の事態を除いて、たとえば小声でも話をしてはならない。「小静寂」はそれ以外の時間、つまり日中に守られるべき沈黙である。他人とのコミュニケーションの際には、小声で話すことだけが許された。学校の寄宿舎でも状況は似たようなものであり、教師は授業の時を除けば、できるかぎり生徒たちと言葉を交わさないようにと規定されていたのである。

他方で静寂は、強いられた沈黙であるかもしれない。その場合は、言葉の剝奪であり、処罰の手段になるだろう。監獄のなかを支配している沈黙がそうであり、寄宿舎を経営する者たちが柔順でない生徒を、他の生徒たちから隔離した別室に入れることもそうである。表現の可能性を奪うこと、感情を吐露する機会を奪うことは、精神的な拷問にひとしい行為であり、同時に肉体的な抑圧でさえある。

かつても現在も、音と静寂にたいする接し方は社会、文化、そして個人によってけっして一様ではない。かつてレヴィ＝ストロースはアマゾン原住民の習俗を分析しつつ、神話がそのメッセージを伝達するためにさまざまなコードを用いること、そして音響コードがそのひとつであることを強調した。(7) 音響コードは音と静けさ、連続的な音と断続的な音のコントラストなどによって、社会的、宇宙論的なメッセージを伝えるのである。静寂は多くの場合、心をやわらげ、穏やかな快感をもたらしてくれるだろう。教会や、公園や、墓地や、森林などはいまだにいわば静けさの保存区域であり、ひとはそこに休息と安らぎを求め、周囲の世界から一時的に避難することができる。そこでわれわれは、時間が停止したような印象を抱き、内省へといざなわれる。静寂をとおして、われわれは世界や風景に新たなまなざしを注ぎ、固有の厚みを見出すことができるのである。

しかし逆に、静けさや沈黙のなかでは、みずからの位置を定めることのできないひとたちがいる。音響という背景があって初めて自分の存在を確かめられるひとたちにとって、沈黙こそは、存在を不安定にする望まれざる侵入者にほかならない。彼らにとっては、音こそが意味の宿る感覚的環境なのであり、音こそが世界の空虚や残酷さからみずからを守ってくれるものなのだ。その時、沈黙は意味の可能性を示してくれない、不安と苦悩をはらんだ空間にすぎなくなるだろう。現代フランスの社会学者ダヴィッド・ル・ブルトンによれば[8]、現代という時代は絶えず音声を発することによって、空間と時間を飽和させようとしている。いまだ開発されておらず、自由な使用が許されている静寂は、それがはらむ「無益さ」を解消するために、充足と開拓の作業にさらされる。というのも、現代社会を支配する生産と流通の論理にしたがえば、静寂そのものは何の役にも立っていないからだ。それは都市のなかの空き地のようなものであり、できるかぎり生産的な用途に供してやらなければならない。静寂は欠落であり、テクノロジーがまだ利用していない、あるいはテクノロジーの監視のまなざしを偶然逃れてきた残余なのだ。

そうなれば、静けさを利益の源に変えようとする試みが出てきても驚くには当たらない。事実、今日では静けさ、静寂がことのほか価値あるものとされている。商品の宣伝・広告において、静けさが強調されるのはそのためである。家は静かな場所にあった方がいいに決まっているし、マンションの壁や床はなるべく厚くて防音効果の大きいものが好まれる。掃除機のような電化製品の音は、やむをえないにしても、なるべく小さい方がいい。車、バイク、芝刈り機などの音は小さいものほどよく売れるだろうし、オフィスや工場でも、しばしば防音措置が講じられる。人やものが作りだす音を弱め、機械から生じる騒音をできるかぎり減殺すること――それは広告メッセージの常套句であり、日常生活のオブセッションにさえなっている。耳障りな音を防止し、快い聴覚環境を守ろうとするのは、今や集団的な感性の一部をなしており、誰しも認める価値であることは否定できない。

音楽の文化史の系譜

以上が、現代人が日常生活のさまざまな領域で出会う音をめぐる経験的、社会学的な確認事項である。しかし、もちろん音は常に騒音や雑音として知覚されるというわけではない。耳に快い音、人々の感性にやさしく働きかける音もあり、その代表的なものが広い意味での音楽ということになろう。事実、音をめぐる歴史的な研究はしばしば音楽に関する研究になることが多い。その種の研究をいくつかあげてみよう。[9]

中村洪介の『西洋の音、日本の耳――近代日本文学と西洋音楽』（一九八七）は、島崎藤村、上田敏、永井荷風、石川啄木など明治・大正の作家たちが、西洋音楽に触れた時どのように理解し、反応したか、それが彼らの作品にどのように反映されていて、音楽という芸術をいかに描いているかを詳説する。田中優子の『江戸の音』（一九八八）は、江戸文化における音の世界、とりわけ三味線の音色に関する考察を展開している。そのなかで著者は、絵のなかで響きわたっているような印象をあたえる三味線の音について語り、音の高さ、雑音性、噪音性、リズミカルな感じなどによって特徴づけられる三味線が、歌舞伎と結びつくことによって江戸文化にとって決定的な音声に変貌したと指摘する。

『歴史としての音』（一九九三）の著者上尾信也によれば、あらゆる時代において社会空間はさまざまな記号、信号に満ちあふれており、人間の感覚や思考はそのような記号、信号を読み解いていくことで形成されていくのであり、音声記号もそのひとつにほかならない。こうして上尾は、楽譜の表記法、楽器のシンボリズム、祝宴や宗教行列にともなう音楽の分析などをつうじて、歴史のなかに残されてきた音のイメージと人間の関わりを、ヨーロッパの中世から近世にかけての時代を対象に論じている。そして山西龍郎は『音のアルカディア——角笛の鳴り響くところ』（一九九七）において、ヨーロッパの森や、町や、劇場に響くホルンをめぐる「音の図像学」を提唱した。

フランスを対象にした著作としては、たとえばジェイムズ・H・ジョンソン『パリで聞くこと——ひとつの文化史』（一九九五）をあげることができよう。[10] フランスの聴衆はなぜ、どのようにして静かになったか、という根本的な問いかけから出発し、十八世紀から十九世紀初頭のロマン主義時代までを射程にいれて、オペラ、コンサート、劇場における聴衆の変化を、同時代の文化政策やイデオロギーと関連づけようとした試みである。またローランス・ティビの『幻滅の竪琴』（二〇〇三）は、[11]「十九世紀フランス文学における楽器と人間の声」という副題に明らかなように、文学作品のなかで、さまざまな楽器と人間の声がどのように響き渡っているかを緻密にたどることによって、それが詩人の想像宇宙をどのように彩り、小説のなかでいかなる機能を果たしているかを明らかにしようとした大著である。これ以外にも、例はまだ挙げることができるだろう。

いずれにしても、これらの著作のなかで問題になっている音は、基本的には音楽であり、音を出す媒体は楽器や人間の声であり、音声記号を受け取るのは聴衆である。著者の視点と対象はそれぞれ異なるが、音を音楽的なメッセージに限定して論じているという点で共通しており、その意味で音楽史のカテゴリーに入るだろう。

それに対して、先にも言及したカナダの作曲家で音楽学者でもあるマリー・シェーファーは、『世界の調律』（一九七七）と題された書物のなかで、音楽のみならず、あらゆる種類の聴覚記号をひとつの全体として、共同体の営みとの関係において捉えることを提唱した。[12] それは世界を、音に満たされたひとつの巨大な空間と見なし、そのなかで聴覚的な状況についての「音響美学」を樹立しようとする試みにほかならない。音声環境は、それを生みだす諸条件を反映し、社会の現状や方向性に関してさまざまな情報を提供してくれるはずである。

シェーファーは、そのような音の風景をかたちづくる要素を三つあげている。すなわち、地理的、風土的な条件におうじて変化し、象徴的あるいは祖型的な意味をおびている「調性」。社会空間や職業空間におうじて人々の注意を喚起し、そのしぐさや行動を規定する「記号」としての音声。これは、多かれ少なかれコード化されており、メッセージが円滑に伝達されるためにはそのコードをあらかじめ知っておかなければならない。そして「音声刻印」は、以上のものを含めて、それぞれの共同体の音声世界に独自の性格を付与するものである。

音の風景を音楽の風景に限定せず、あるいはむしろそこから離れる時、日常性の空間のなかに響く音の風景に耳をそばだてる時、いったい何が聞こえてくるのだろうか。

田園地帯の音

音楽であれば、楽譜にもとづいて古い時代のものでも再現することはできるだろう。現代では演奏形態やコンサートホールの構造が昔と較べてかなり変化したとはいえ、意図的に古楽器や、小人数で構成されるオーケストラを使って、たとえばモーツァルトの器楽曲を十八世紀末と同じように演奏しようとする試みがある。

しかし、日常性の音を復元するとなると事情は違ってくる。それ以前は言うに及ばず、十九世紀にあってさえ音声を録音する技術はまだ存在しなかったし、人間生活にまつわるさまざまな物音を記録した楽譜のようなものがあるわけでもない。音の物理的な痕跡は残されていないのである。記録とはほとんどすべて文字で書かれたものであり、ミシェル・ド・セルトーがいみじくも見抜いたように、書かれたものとしての言説は声の消失をみずからの可能性の条件にしていたからだ。[13]

その声の多くは、しばしば不透明な身体からこみあげてくる声であり、言語化されるのを待っていたが、けっして整合的な言説として構築されるにはいたらなかった。民衆や、女性や、子供や、狂人の声は、作家や医者や行政官や警察などが書き綴った言説のなかで、間接的に響いているにすぎない。そこでは彼らの身体にたいする漠然とした恐れと、秘められた魅惑が混在しているのだが、その声を復元する作業さえじつは容易でなかったということは、歴史家ミシュレの嘆きによくあらわれている。みずから民衆の一人として生まれ育ち、民衆に近く、その心性を知りつくしていると自負し、民衆の歴史を誰よりも忠実に再現したと自他ともに認めていたあのミシュレ、二月革命の前、一八四六年には『民衆』と題された書物を刊行して、民衆の社会的復権を試みたあのミシュレでさえ、ついに民衆をして民衆自身の《言葉》を語らせることはできなかった、と晩年の著作『われらの息子たち』(一八六九)のなかで慨嘆したのであった。[14]

したがって、当時の人々の聴覚的な感性をあとづけることは微妙な作業である。いずれにしても、十九世紀の音の風景が現在のそれとかなり異なっていたのはまちがいない。[15]

十九世紀の田園地帯は、現在よりもはるかに静かであった。もちろん車はないし、農業はまだほとんど機械化されていない。夜ともなれば、静寂を破るのは風や雨の音、雷鳴、海鳴り、そして野生動物や家畜の鳴き声だけであった。詩人や小説家がナイチンゲールのさえずりを喚起し、牛や羊の鳴き声に言及したのは偶然ではない。農民生活のテンポを規定し、宗教的な祭典には不可欠であり、農村共同体のアイデンティティ形成のうえで大きな意義をもっていた教会の鐘の音は、さまざまな意味合いにおいて例外的な音だが、これについては後述する。

田園地帯で耳に入ってくる音は、おもに労働と結びついた音であった。それは荷車や馬車が通過する音であり、動力源となる水車や風車が作動する音であり、ハンマーや槌や斧が振り下ろされる時の音である。音は人々の身振りや活動にともなって発生するのであり、農村共同体においては、その微妙なニュアンスを聞き分けなければならなかった。音はしばしば、運動や移動を告げる。町から村へとやってくる駅伝馬車の御者は、小さな角笛やラッパを吹いてみずからの来訪を告げ知らせ、車引きはその嗄れた声や、引き連れている犬の吠え声で近づくのが分かった。そして、羊飼いは独特の笛を吹きながら羊たちを移動させた。

アラン・コルバンは、意義深い例として鈴の音をあげている。[16] 羊飼いは、首輪を用いて羊の首に鈴を取りつけ、その鈴によって羊の年齢、種類、アイデンティティを示す。フランス南部のラングドック地方では、群れを構成するすべての羊に鈴がつけられ、プロヴァンス地方では、リーダー格の羊にだけ鈴がつけられる。群れが移動する時期になると、特別の鈴が使われて、移動が示されることもある。鈴をどのように鳴らすか、羊の群れにどのような音楽的アイデンティティをあたえるかによって、羊飼いの評判が左右されることさえあったという。

身体ともっとも密接なつながりを有する音は声であり、歌謡である。いわゆる「労働歌」は、十九世紀のフォークロア風景にとって不可欠の要素だが、この労働歌はそれを歌う人にとっても、それが向けられる家畜にとっても刺激的な効果があるとされていた。それは仕事を促進するための音楽であり、人間と動物の共生を強固にする作用をもっていたのである。

そのことをもっともよく例証してくれるのが、ジョルジュ・サンドの作品であろう。故郷ベリー地方に長く住み、一連の田園小説を書き残したサンドは、ベリー地方の農民や職人たちの習俗と心性についてじつに興味深いページを綴っている。「労働」と題された『魔の沼』（一八四六）の第二章においては、若い農夫が幼い息子といっしょに、近づく種蒔きの時期にそなえて畑を耕す場面が語られている。いかにも同時代のミレーがカンバスに描きそうなその絵画的な場面では、農夫が八頭の牛に犂を引かせ、子供の方は長くしなやかな竿で牛の腹をたたいて刺激する。その時、農夫は独特の節回しの歌を口ずさんで、農作業にリズムをもたらそうとするのである。

19世紀の農夫

若い父親の雄々しい声が、おごそかで憂愁をおびた歌を奏でていた。それはこの地方に古くからある伝統で、どんな農夫でも知っているというわけではないが、農作業につく雄牛の士気を高め、維持する術をもっともよく心得ている農夫たちに、代々伝わってきたものであった。[17]

この労働歌は牛の力を長いあいだ持続させ、その不満を和らげ、仕事の労苦を癒す効能をもつとされる。それを知らなければ、ベリー地方では立派な農夫とは見なされない。歌謡の詞と曲はしばしば即興的に創作されるものであり、牛にたいする農民の呼びかけ、命令、励ましを含み、「ブリオラージュ briolage」と呼ばれていた。

じつを言えば、この歌謡というのは一種の朗唱にほかならず、歌い手が自分の好きなように中断したり、再開したりできた。音楽芸術の規則にしたがえばその形式は整っておらず、その調子は外れているから、それを翻訳することは不可能である。しかし、それが美しい歌謡であることに変わりはないし、それがともなう作業の性質や、雄牛の歩みや、鄙びた場所の静けさや、それを口ずさむひとの素朴さによく合っていた。[18]

それは「繊細な農夫」でなければ習得できない歌謡であり、その独特の調べは微風のそよぎにも似ている、とサンドはつけ加えるのを忘れない。

鐘と共同体

鐘は、さまざまな意味で十九世紀フランスの音の風景を構成する重要なファクターである。都市と田舎を問わずあらゆる地方に遍在する鐘は、共同体のアイデンティティを保証し、個人の誇りを守ってくれる要素であった。その音は宗教的なメッセージを告げ、さまざまな通知を媒介する手段であり、人々の労働と私生活を規定するリズムであった。高い塔のなかに吊るされた鐘は、空の高みからあらゆる人々に向けて響き渡るという点で、日常生活の風景のなかに完全に同化していた。アラン・コルバンの『音の風景』に依拠しながら、そのあたりの経緯を少し詳しく跡づけてみよう。[19]

まず鐘は、共同体のアイデンティティと結束を強化する要素である。フランス革命時代、政府は非キリスト教化政策を推進するために、聖職者階級の権威の象徴である鐘の使用をきびしく制限し、太鼓という共和政の音に代えようとした。そのうえ、諸外国との戦争にそなえて大砲を鋳造するために十万個にのぼる鐘が取り外され、熔かされたという。しかし各地の町村住民は、共同体の秩序の象徴である神聖な鐘を奪われることに激しく抵抗し、地中や水中に埋めるなど、さまざまな術策をもちいてそれを守ろうとした。その後、王政復古期(一八一四―一八三〇)に入って、カトリシズムが再び国教になると、フランスの町村は競って新しい鐘を鋳造し始める。鋳造作業は、共同体の絆と集団的な情動をあらためて確認するためのおごそかな出来事であった。住民は鐘がなるべく澄んで美しい音色を出すようにと、熔けている青銅のなかに、みずからの所有する貴金属や銅製の鍋などを投げいれた。

より卑近なレベルで言えば、鐘は人々の日常生活において多様な機能を果たしていた。

まず、鐘の音は住民の安全に貢献しなければならない。山岳地帯、起伏の多い地方、森林に隣接した地方などでは、旅人や行商人が道に迷わないように、鐘をついて方向づけてやった。とりわけ、夜や、雪に覆われている時は、一定の時間鐘を鳴らすのが慣習になっている地域が多かった。海岸では、灯台がない場合、あるいは灯台があっても霧が出ている時はいつでも、鐘の音が方向を見失いがちな船乗りたちを導いてくれる。ノルマンディーやブルターニュの港町は、嵐や濃霧の日には、海岸が近いことを知らせるために鐘をついたり、防波堤に鐘を取りつけたりしたという。音は、みずからの位置を確認し、正しい方向を見出すための指標にほかならなかったのである。

また鐘には、自然の脅威にたいして共同体の空間を保護してくれる力があるとされていた。とりわけ農作物に壊滅的な被害をもたらす危険のある嵐、雷雨、雹などを、鐘を鳴らすことによって遠ざけることができる、と当時の農民たちは広く信じていた。そのことに気象学的な根拠はなかったが、他方、鐘が奏でる聖なる旋律には悪魔の到来を妨げ、天使たちが来訪するための道をきり開いてやる力があるというのは、聖職者たちによってしばしば唱えられた主張であり、その主張に同調するひとたちも少なくなかった。

第二に、鐘は個人や共同体にとって時間的な指標を構成するおもな媒体であった。十九世紀にあっては、公的な場でも私的な場でもまだ大時計が稀であり、懐中時計を使用することはごく一部の特権階層に限られていたから、鐘の音が人々に時刻を告げ知らせるための記号だったのである。とりわけ田園地帯では、人々は時刻や時の経過を知るために時計の針を見たのではなく、鐘の音に耳を澄ませたのであった。

こうして鐘は起床、労働、昼食、帰宅、消灯、就寝など、一日の生活リズムを区切り、ミサやお祈りなど宗教上の儀式の始まりを告げた。とりわけ消灯の鐘は、夜間の安全と秩序を保証することが当局の大きな任務であった当時において、入念に管理される対象となった。世俗的な目的であれ、宗教的な目的であれ、鐘を何時に、何度、どれくらいのあいだ突いてもらうかということは、人々の生活にとって無視しえない意義をもっていたのである。その規則をめぐっては、住民と教会、行政当局と聖職者側のあいだに確執が生じることも、けっして稀ではなかった。

第三に、鐘は当時きわめて重要なコミュニケーション手段にほかならなかった。アンシャン・レジーム時代には、鐘の鳴らし方がきわめて多様だったので、それぞれの小教区の住民はそれを個別的に習得することを求められた。十九世紀の行政当局は県レベルである程度まで統一しようとしたが、小教区は、そのメンバーが理解できる独自の鐘のコードをもち続けたのであり、そのコードは少なくとも部分的には、部外者にとって理解不可能なものであった。メディアとしての鐘の機能は、大きく四つに分類できよう。

ボルドーの大鐘．フランス人にとって，鐘の音は共同体の絆だった．

（一）洗礼、結婚、臨終、死、埋葬など、通過儀礼に際して突かれる鐘は、何かを通知する鐘のうちでもっとも頻繁に使用されるものである。男子と女子では洗礼の時に突かれる鐘の回数や鳴らし方が違い、私生児や捨て子の洗礼の日には、まったく鐘が鳴らされないこともあった。弔鐘は、共同体のメンバーの一人が失われたことにたいして、住民のしめやかな祈りを促した。

（二）鐘の音は命令を発する。宗教的には、典礼の時間によって定められているお勤めに信者や聖職者を招集するために鳴らされた。他方、世俗的な面では、町村議会、選挙、学校の授業の開始を告げ、国民軍や新兵を召集し、収税吏の到着にともなって納税者たちを集めるのに役立った。要するに、鐘の音は、人々に集合するよう命じたのである。

（三）警報の鐘。鐘は、火災や、洪水や、難破や、雷雨や、戦争など災害の危険を住民に通知するために鳴らされ、この用途については誰も異議を申し立てる者がいなかった。それはあらゆる地方において急激で、断続的に、何度も繰りかえし突かれる早鐘となる。早鐘は、一般に小さな鐘をもちいて鳴らされ、その激しいリズムは人々に共同体の存続を脅かすものが迫っていることを認識させ、最悪の事態を未然に防ぐよう促すのである。

（四）そして最後に、鐘は集団的な歓喜を表すための特権的な装置であった。十九世紀においては、共同体に喜ばしいことがあれば、かならず鐘が鳴らされたのである。君主の来訪や、王朝の復興や、皇太子の誕生や、軍事的勝利などに際しては、鐘の音が喜びのメッセージとして天空に響き渡った。

時間の通知、集合命令、警報、喜びの表現というように、十九世紀フランスの鐘はじつにさまざまな役割を果たしていた。当時の人々はその微妙な響きを聞き分け、それぞれのメッセージの意味を誤ってはならなかった。彼らの聴覚は、鐘の音という宗教的であると同時に世俗的な機能をもつ音声にたいして、鋭敏な感性を育んでいたのである。他方、鐘を鳴らし、それを管理する側では、鐘を聞きとる共同体が円滑に機能していくために、その音声システムを状況におうじて多様化するとともに、できるかぎり明解にし、あらゆる混乱を防がなければならなかった。音はメッセージや命令であり、人々が時間や、空間や、社会のなかでみずからを位置づけるための符牒であり、彼らの情動システムを規定する構成要素にほかならなかった。

第六章　都市の響き、産業の喧噪

五感の形成は、現在にいたるまでの全世界史のひとつの労作である。
マルクス『経済学・哲学草稿』

音の文学史へのプレリュード

前章では、現代における音の風景を素描し、続いて近代フランスに則してそれを歴史的に記述した。本章ではフランスの文学作品を対象にして、小説や詩のなかでどのような音が鳴り響き、それが作中人物にどのような情動を生じさせ、いかなる場面を現出させるかを分析してみる。それをつうじて、文学が描きだす音の風景について問いかけてみることにしよう。

音は感覚であり、文学における感覚という時、これまでもっとも頻繁に、かつ体系的に分析されてきたのは視覚である。文学作品には視覚的な要素があふれており、それを語るページは「描写」としてその美学や構造がしばしば論じられてきた。風景描写もそのひとつである。それに比して、文学のなかでどのような音が聞こえてくるか、そしてその音がどのように価値づけられているかという点に関して、研究者たちはあまり着目してこなかった。たとえ文学における音のテーマを論じる場合でも、それはほとんどの場合「文学と音楽」という問題設定に還元されてしまう。そこで論じられる音は「音楽」であり、音を出す媒体は「楽器」や「声」であり、主人公はしばしば「音楽家」や「作曲家」である。そしてこの領域では、ジャン＝ルイ・バッケスの『音楽と文学――比較詩学の試み』（一九九四）[1]や、先に触れたローランス・ティビの著作など、いくつかのすぐれた業績が公刊されている。

しかしすでに述べたように、音は音楽に限られるわけではない。日常生活から発するさまざまな音声もまた、音という感覚世界の、すなわち音の風景の無視しがたい一部である。文学はそれをいかに変奏させてきたのか。以下のページは、可能性として構想しうる「音の文学史」のためのささやかなプレリュードである。

都市に響く物音

田園地帯の音の風景については前章で簡単に触れておいたが、文学ではおもに都市でさまざまな音が鳴り響く。そして十九世紀の音の風景において、田園地帯と都市の差異は今日ほど大きくはなかった。国民軍が軍事教練をおこなう時や、告知者がさまざまな布告を市民に知らせる時には、太鼓の音が鳴らされた。教会の鐘は田舎でも町でも同じように、ミサやさまざまな儀式の時刻を告げるため突かれ、市庁舎の塔に吊るされた鐘は、学校や作業場での営みを区切るために世俗の時間を告げていた。

都市にあっても駅伝馬車や乗合馬車の御者の声が聞こえ、粗野で荒々しい荷車引きの嗄れた声が響き、馬や、牛や、犬の鳴き声が頻繁に聞かれたのである。馬車の車輪と馬の蹄が、石畳の上を通過していく時の音は、バルザックからフロベール、ゾラを経てプルーストにいたるまで、フランス文学のなかで頻繁に響いてくる音にほかならず、それは作中人物たちの幸福や絶望、満足感や羨望、熱狂や倦怠などを誘発する象徴的な音になっている。日本の作家に証言を求めるならば、一九一三―一六年にフランスに滞在した島崎藤村は、東京の「声」とパリの「響」を対比させつつ、フランスの首都を満たしていた音の世界に敏感だった。彼のパリ滞在記『戦争と巴里』（一九一五）には、次のような一節が書き記されている。

巴里の町には響がある。東京の町には声がある。（中略）全く、東京の町は声で満たされているような気がする。そのかわり、ここは響だ。人の代りに器械や馬の働く響が石づくめの町の空に揺れて来る。(2)

パリにも人の声はさざめく。しかしそれ以上に印象的なのは、敷石の道を通っていく荷車の喧噪だったにちがいない。雨の少ない石畳の町並みでは、馬車や器械の物音が乾いた、硬質な音となって鳴り響く。初めて西洋で暮らした藤村にとって、敷石におおわれた町で音が「揺れて来る」というのはまさに実感だったろう。

田舎と同じく、都市においても職業や労働から発する音が音声風景の主要な部分をしめていた。ここでもやはり、文学は示唆に富むさまざまな証言をもたらしてくれる。

スタンダールの『赤と黒』（一八三〇）の語り手は、物語の舞台となるフランシュ゠コンテ地方の町ヴェリエールを読者に提示するに際して、地方都市の静かなたたずまいを描くのではなく、騒々しい作業場の音を喚起することから始める。市長レナール氏が所有する釘の製作所が発する音である。そこで

かつて行商人たちがパリ市街をめぐり歩いた．八百屋と古着屋．

はうら若い娘たちが、ドゥー川の水力で動かされる巨大なドロップハンマーの下に鉄をすえて、釘類を製造しているのである。

町に足を踏み入れるやいなや、大きな音をたてる、一見恐ろしい機械の騒々しさに呆然とする。道の舗石をゆるがすほどの騒音をたてて打ちつけられる二十台もの重いハンマーが、急流の水で作動する車輪によって、もちあげられるのである。一台のハンマーは、毎日数千個の釘を製造する。そして、はつらつとしたきれいな娘たちが、小さな鉄片をこの巨大なハンマーの下にすえると、それがたちまち釘に変わるのであった。（第一章）(3)

労働の音がもっとも大きな喧噪を引き起こしていたのは、もちろん首都パリである。そこでは、現在ではもはや存在しないさまざまな商人や小売商が、独特の節回しに乗せてみずからの来訪を告げ知らせたのであった。新聞売り、水商人、魚や野菜の行商人、ガラス屋、甘草水売りなどの賑やかな声が都市空間にあふれていた。歴史家や民族学者たちのあいだで、「パリの呼び声 les Cris de Paris」と呼ばれているもので、その起源は十六世紀頃まで遡るとされる。張り紙やポスター以外にほとんど広告手段のなかったこの時代、生の声で触れ回ることは重要な宣伝媒体だったのである。そのピトレスクな光景は、しばしば当時の画家や版画家が描き、イラスト入り新聞などに掲載された。十九世紀前半に流行した「生理学」ジャンルの集大成である『フランス人の自画像』(全九巻、一八四〇―四二)にも、「パリの呼び声」と題された章が設けられており、各商人が定まった時刻に一定の界隈に姿を現わし、自分の来訪を客に気づいてもらうため独特の節回しと抑揚をもっていたことが指摘されている。(4)

パリの街路に流れる庶民の声、特異な調子と抑揚をともなう彼らの声のなかに一種のエキゾチックな魅力を感じとったのは、プルースト作『失われた時を求めて』の主人公である。洗練された上流階級に属する彼の耳に、商人の声とそのリズムは民衆の音楽として響いてくるのだった。朝、まだベッドに身を横たえている主人公にまず聞こえてくるのは、彼らの到着を知らせる楽器の音色である。

そとでは、瀬戸物接ぎのホルンや椅子なおしのトランペットをはじめとして、晴れた日にはシチリアの牧人とも見える山羊飼いのフルートにいたるまで、さまざまな楽器のためにうまく作曲された民謡の諸テーマが、朝の空気に軽やかにオーケストラ化して、一種の「祝祭日のための序曲」を奏でていた。聴覚、この快い感覚は、街の仲間をわれわれのこもっているところに連れてくる、すなわち、その街のすべての道筋をわれわれに跡づけ、そこを通りすぎるすべての物の形を描き、その色をわれわれに見せてくれるのである。(『囚われの女』[5])

続いて、商人たちの呼び声が通りからのぼってくる。それぞれの商人は、自分たちの台詞のなかにしばしばヴァリアントを取り入れるのだが、とりわけ語り手＝主人公を魅了するのは、同じ語が二度くりかえされる時、そこに挟まれるちょっとした休止の沈黙である。古着屋は「古着、古着屋、古……着」と叫び、野菜売りの女は

ええ、やわらかい、ええ、青い、
アルティショー、やわらかくてみごとな
アル……ティショー、

と声をあげる。愛するアルベルチーヌとともに暮らす喜びに満たされている語り手には、この聞き慣れた日常的な音声さえ、快いグレゴリオ聖歌であるかのように聞こえてくるのだ。商人の呼び声、民衆の声が愛の幸福を増幅させるのである。

公共洗濯場の喧騒

『ルーゴン＝マッカール叢書』（一八七一―一八九三）のなかで、第二帝政期のパリの相貌をその多様な面において形象化したゾラは、パリの町に満ちあふれていた、人間の営みから発する声や音に貪欲なまでの好奇心をいだいていた。たとえば、「公共洗濯場」が初めてパリに設けられたのは一八三一年のことで、その後およそ百あまりの洗濯場が首都とその郊外に作られることになるのだが、この公共洗濯場は市場や街路とならんで、庶民の女たちが出会い、交流するための恰好の場であった。そのひとつをゾラは『居酒屋』（一八七六）のなかで次のように描写している。

それは、天井がたいらで、梁がむきだしになっている大きな建物だった。鋳鉄の柱に支えられ、広くて明るい窓がついている（中略）。中央通路の両側に洗い場があり、そこに女たちが並んで、肩のところまで腕をむきだしにし、首もあらわで、たくしあげたスカートの下には色物の靴下と、大きな編み上げ靴が見えていた。女たちは激しく洗濯物をたたいたり、笑ったり、喧噪のなかで一言叫ぶために身をのけぞらしたり、たらいの底まで身を屈めたりした。きたならしく、乱暴で、不格好なさまであり、夕立にあったようにずぶ濡れで、肌は紅潮し、湯気をたてていた。女たちの周囲や足元では水が勢いよく流れ、湯のはいった桶をあちこち移動させては、一気にあけたり、水の出る蛇口はあけっぱなしになっていて、上から流れてきていた。洗濯棒のしぶきや、ゆすいだ洗い物の滴や、女たちの足をぬらす水溜まりが小さな流れとなって、傾斜した石だたみの上を流れていく。そして叫び声、調子をとって洗濯物を打ちつける音、雨音にも似たざわめき、濡れ

19世紀の公共洗濯場

た天井の下で圧し殺される雷雨のような激しい音、そういったもののなかで、右手にある蒸気機関はこまかい露のために真っ白になり、絶えずあえぐように唸り声をあげ、踊るように振動するそのはずみ車はすさまじい騒音を規制するかのようであった。（第一章）(6)

洗濯場の騒々しい音が、今にも聞こえてきそうな一節ではないか。洗濯というきわめて卑近な行為が繰りひろげられる空間が、ここではまるで蒸気機関によって動かされる巨大な機械のように振動し、唸り声を発しているように見える。天井から雨のように落ちてくる水滴、流れる湯水、噴きでる蒸気、女たちが衣類を洗うために打ちつける洗濯棒、彼女たちの笑い声や叫び声——日常的な身振りは、陽気でにぎやかな音声のドラマに変貌してしまう。そのような喧噪にくわえて強烈なジャヴェル水のにおいが漂うなか、肩まで袖をまくりあげ、首をむきだしにした女たちが、作業のかたわら激しい言葉を飛び交わし、しばしば卑猥な冗談を口にする。

ゾラは民衆の逞しさを、民衆の図太さを、その身体の動きと音をつうじて語ろうとしたのである。言葉が民衆の身体性を露呈させるということを、『ルーゴン＝マッカール叢書』の作家は強く意識していた。後年ゾラは『ごった煮』(一八八二)において、パリのブルジョワ家庭で働く女中たちが大声を出して、露骨で卑俗な会話を交わす場面を描くことになる。ゾラにあって、《民衆》とは何よりもまず身体、言葉であり、声であり、運動であり、汗であり、においにほかならなかった。

洗濯場という庶民の労働空間が、蒸気機関の力学に支配されているかのように描かれたのは、おそらく偶然ではない。十九世紀ヨーロッパは、まさしく産業革命の時代であり、蒸気機関はそれを推進した主なエネルギー源にほかならなかったからだ。そしてこの産業革命が、都市のみならず田園地帯においても音の風景を一変させることになった。その変化が文学の世界において看取されるようになるのは、十九世紀の後半になってからである。

「雷鳴よりも騒々しく」

蒸気機関に代表される産業革命の成果に、ほとんど無条件のオマージュを捧げた作家の一人がマクシム・デュ・カンである。

詩集『現代の歌』(一八五五)に付された長い序文において、作家はみずからの楽天的な歴史哲学を語ってみせる。今や宗教、哲学、社会思想、美術などの領域で大きな変革がおこっているというのに、文学だけが「芸術のための芸術」といった理想にしがみつき、美しい詩句や調和ある散文だけを追求することに甘んじてよいものだろうか。いや、そんなことはない。文学は「人間精神の拡大」に貢献するべきであり、そのためには時代の動きにまなざしを向け、耳を傾けなければならない。現代は進歩と刷新に向かって進んでいる時代であり、理想や価値は過去にではなく未来に探しもとめるべきなのだ。「人道主義の潮流」、「科学の潮流」、そして「産業の潮流」という三つの大きな潮流が互いに補いあって、人類をたしかな再生に向けて導いていくだろう。作家はその潮流に勇気をもって参加し、そこから新しい文学のインスピレーションを汲みだすべきである……。(7)

殖産興業のイデオロギーであるサン＝シモン主義を、文学の領域に移しかえたと言えるこのようなマニフェストを表明したデュ・カンは、『現代の歌』のなかに「物質の歌 Chants de la matière」と題するセクションを設け、産業革命によってもたらされた偉業を言祝いでいく。蒸気の力によって光景が一変した工場、鉱山、運河、海上・河川の交通、鉄道、そして戦争にまで言及し、蒸気機関車や、紡績機械や、巨大な万力や、掘削機械が作動するさまを韻文化してみせる。美的、文学的にはおそらく凡庸としか言いようのないこれらの詩句において読者の注目を引くのは、そこに鳴り響いている多様な音や騒音にほかならない。

蒸気は、雷鳴よりも騒々しく
風よりも速く、
その巨大で生き生きした音で
大地全体を覆いつくす！
何物にも支配されず
すべてに打ち勝つことのできる蒸気の音は、
まるで神の声のように

世界の端から端まで轟きわたり、
その嗄れた響きのなかに
豊かな萌芽をはらんでいるのだ。(「蒸気」(8))

さらには、十九世紀において蒸気の威力をもっともよく具現していた機関車の描写。速度や力強さとともに強調されているのは、やはりその音である。

私〔機関車〕は常に進み、何物にも驚くことはない、
雨が降ろうと、雹が降ろうと、あるいはまた雷が鳴ろうと。
私は、沸き立つ体内で、
燃える空よりも大きな音を出す!
私は雷鳴よりも高らかな音をたて、
その鼻孔をとおして
火山の噴火口よりも多くの炎を吐きだす!(「蒸気機関車」(9))

引用文中に二度出てくる蒸気機関車の音と雷鳴の比較は、十九世紀の文学にしばしば読まれるものである。機械が生みだす異様な騒音を形容するに際して、当時の人々は天空から轟きわたる恐ろしい音以上に適切な参照対象を見出しえなかった。それは逆に、自然界においては雷鳴がもっとも騒々し

疾走する蒸気機関車は産業革命の象徴

い音として知覚されていた、という事実を裏づけてくれるものだろう。

その後、蒸気機関車はゾラ、ドーデの『プチ・ショーズ』、ユイスマンスの『ヴァタール姉妹』や『さかしま』、モーパッサンの『ベラミ』など自然主義作家の作品において、しばしば形象されることになる。一般に十九世紀後半の文学は、機械装置や、科学知識が育んだ技術のユートピアに魅せられていた。潜水艦、気球旅行、飛行機械、動く人工島、ロボットなどをつうじて、科学的想像力の夢想を語ってくれたのがジュール・ヴェルヌやヴィリエ・ド・リラダン（『未来のイヴ』）だとすれば、現実世界におけるその諸相をもっとも体系的に描いたのは、エミール・ゾラにほかならない。[10]

そのゾラの傑作『獣人』（一八九〇）は、パリとル・アーヴルを結ぶフランス西部鉄道を説話的な空間とし、そこに勤務する鉄道員とその周辺の人々のドラマを物語った小説である。この作品では、蒸気機関車と、それが発着するサン＝ラザール駅の喧噪が繰りかえし喚起されている。鉄道員たちの叫び声、大声で下される指令、発着する列車の汽笛のヴァリエーション、転車台から発する特殊な響き、客車を取りつけたり、取りはずしたりするときの金属音。そういったさまざまな音が、いわばひとつの技術的な言語を構成しつつ、駅という特異な空間を充たしていたのだ。次に引用するのは、作中人物の一人が、家の窓から近くのサン＝ラザール駅を見下ろしているときの様子である。

彼〔ルボー〕の耳に、いらいらした人間のようにかすかな汽笛の音をせわしくたてながら、機関車が通過を求めるのが聞こえてきた。誰かが大きな声で命令をくだすと、機関車は分かったというしるしに、短く汽笛を鳴らした。動きだす前に、つかのま沈黙があり、コックが開かれると、蒸気が激しい音をたてて地面を這うようにほとばしった。ルボーには、陸橋からこの白い蒸気があふれだし、雪のように白い羽毛のように舞いながら、鉄桁のあいだを上っていくのが見えた。空間の一部がそのために白くなり、他方では、別の機関車から出た濃い煙りが、黒いベールのように広がっていった。そしてその背後では、警笛の長くのびる音、指令をさけぶ声、転車台の揺れる音がしだいにかき消されていった。（第一章）[11]

このような一節を読むと、ゾラの同時代人クロード・モネがサン＝ラザール駅を描いた一連の作品を思いださないわけにはいかない。一九九八年三月、パリのオルセー美術館で「マネ、モネ、サン＝ラザール駅」と題された展覧会が催され、印象派絵画と鉄道の深い結びつきをあらためて認識させてくれたことは、記憶に新しい。印象派の画家たちにとって、鉄道と列車がきわめて重要な霊感源であったことがよく分かる。産業革命が生みだした蒸気機関車という装置のたくましさ、そして列車が出入りする駅という鉄骨建築の近代性――それは表現手段こそ異なるものの、ゾラとモネに共通する要素にほかならない。十九世紀文学において、汽車の音はわずらわしい騒音というよりも、むしろ力強さを象徴するほとんど神話的な音として知覚されることが多かった。

ヴェラーレン『触手ある都市』

近代産業都市の音の風景は、十九世紀末に、ベルギー出身のある作家がフランス語で刊行した詩集において、ほとんど叙事詩的な次元にまで達する。すなわち、エミール・ヴェラーレンの代表作『触手ある都市』(一八九五)である。詩人は、港や工場の喧噪とダイナミズム、巨大な露店市や株式市場に群がる人々の活気、劇場や見世物の世界につどうひとたちの風俗、反乱や暴動のアポカリプスを歌う。読者の注意を引きつけるのは、いたるところに出現し、うごめき、叫び、活動する群衆の圧倒的な存在だ。十九世紀末は、社会心理学が「群衆心理」を発見した時代であり(ギュスターヴ・ル・ボンの有名な著作『群衆心理』が刊行されたのは、ヴェラーレンの詩集と同じ一八九五年)、それと軌を一にするかのように、文学のなかに匿名の群衆が登場してきた時代にほかならない、という事実をここであらためて想起しておこう。

ヴェラーレンの詩的世界は、『パリの胃袋』(一八七三)でパリ中央市場の生態を描き、『金銭』(一八九一)において株式市場が象徴する資本の無慈悲な暴力を語り、『ナナ』(一八八〇)のなかで踊り子や役者たちの退廃した世界を描き、『ジェルミナール』(一八八五)において炭鉱労働者のストライキを物語ったゾラの文学宇宙と、まさしく同質のものだ。そして『触手ある都市』が、正義と平等を実現する未来のユートピア都市を夢想する詩で閉じられていることもまた、『ルーゴン゠マッカール叢書』から

『四福音書』（一八九九―一九〇三）へと移行する過程で、社会的ユートピアへの傾斜をはっきり露呈させたゾラとの類縁性を証言していると言えよう。そしてヴェラーレンもまた、産業都市に響きわたる多様な音を喚起することを忘れなかった。数多い例のうちから、二つだけ引用しておこう。都市を背後にひかえた港は、無数のマストやクレーンが林立し、煙りに霞んでいる。

港には黒い蒸気船がひしめき、その姿が目には見えないものの
闇夜の奥で煙りを吐き、唸り声をあげている。
（中略）
港はものが衝突する音や、壊れる音
そして大きな喧噪を虚空に響かせるドロップハンマーの音に揺さぶられている。（「港」[12]）

他方、冶金工業においては、溶鉱炉や、製鋼所や、圧延機がすさまじいまでの騒音を引き起こしていた。

もっと向こうの方では、ものが衝突する轟くような音が
暗闇から立ちのぼり、塊となって上昇していく。
そして突然、激しさの飛躍を断ち切って、
騒音の壁が崩れ落ち
静寂の沼のなかで沈黙するように見える。

他方では、むきだしの警笛や信号の
けたたましい合図が
標識灯の方に向かっていきなり唸り声をあげ、
天の雲の方へと、荒々しい火花を
黄金色の茂みのように巻きあげる。(「工場」)(13)

製鉄所では、熔けた鉄が燃える炎のような熱を発し、ドロップハンマーが鉄板を打ちつけ、裁断機がそれをかみ切る。労働者たちはしばしば無言のまま、その大火災のような灼熱と、嵐のような喧噪に慣れなければならなかったのである。

実際、十九世紀の人々は現代のわれわれほどには、産業革命の騒音や都市の喧噪にたいして過敏な反応を示さなかった。それは富と繁栄にともなう音であり、彼らはそれと共生すべくみずからを律していったかに見える。二十世紀初頭にいたるまで、多くの場合、都市の喧噪は公害ではなく、むしろ活気やダイナミズムの同義語と見なされていたようだ。

『アルコール』(一九一三)の詩人アポリネールは、そこに収められた「地帯《ゾーヌ》」という詩篇のなかで、労働者やタイピストたちが日々行きかう通りについて語り、「朝は三度、サイレンが鳴り響き/昼には、けたたましい鐘が唸り声をあげる」とその騒音を喚起しつつも、「私は、この産業的な通りの美しさを愛する」と書き記す。(14) マリー・シェーファーを再び引用するならば、工場労働の悪条件を糾弾するもっとも初期の文献(一八三二)は、空気の循環の悪さや、ほこりの有害性を指摘したものの、機械の騒音が労働者の健康にとって否定的な要因になるとは見なしていなかったという。[15] 労働条件を改善する必要はあるにしても、騒音の問題は考慮のうちに入っていなかったということである。

たしかに、十九世紀後半になると、都市生活にまつわる騒音を減らそうとする動きが垣間見られるようにはなる。街路で演奏される音楽や、物売り、行商人の叫び声を規制しようとする政令も発布された。しかしこの時代、市民の静寂への欲求にこたえ、夜の安眠を保証するために当局がとった音をめぐる監視措置のなかで、もっとも律義に施行されたのは、居酒屋の閉店時刻を遵守させることと（ギー・チュイリエによれば、十九世紀ニヴェルネー地方の居酒屋は、夏は夜十時、冬は夜九時に閉められる）[16]、ある種の状況のもとで、鐘を鳴らす回数や時刻を制限することであった。一方はきわめて世俗的な営みから発する騒音であり、他方は宗教的な音という違いはあるものの、どちらも警察当局が音を取り締まるにあたっての主要な配慮となったのである。

鐘と記憶の誘発

教会の鐘の音がどのような風景をかたちづくっていたか、そして鐘が村落共同体にとっていかなる機能をになっていたかについては、前章で示しておいた。あれほどまでに人々の感性に強く働きかけた鐘が、芸術の領域にその痕跡をとどめないはずがない。人々の情動システムと密接なつながりをもつ音声記号が、想像力の世界に波及しないはずがない。実際、鐘と、それをおさめる鐘楼は、当時の芸術のなかでさまざまに表現されているのだ。

音そのものを絵に描くことはできないが、音が人間の心にもたらす効果を視覚化することはできる

ミレー《晩鐘》(1859)．背景の奥に鐘楼が小さく見える．

だろう。たとえば、農村風景を描いたことで有名なミレーの『晩鐘』(一八五九)と題された作品。夕方のお告げの鐘が響いてくる畑で、農作業の手を休めた農民が静かに頭を垂れてお祈りしている姿が、見る者の感動をさそう。また教会、とりわけ鐘楼と尖塔は、ロマン主義の絵画、版画、リトグラフィーなどにおいてしばしば描写されたモチーフである。

テロール男爵とシャルル・ノディエの共著『古きフランスへの興趣に満ちたロマン主義的な旅』は、一八二〇年から一八六三年にかけて刊行された記念碑的なシリーズで、フランス各地の風物と情景を彼らの旅行記と、イザベー、ジェリコー、アングル、ヴィオレ＝ル＝デュックなどの原画によるリトグラフィーによって紹介している。[17] そしてそこでは、鐘楼が風景をかたちづくる不可欠の要素になっているのだ。さらに、わが国でも親しまれているコローの風景画においても、しばしば木立のあいだや、池の向こうに鐘楼が霞んで見えることは、あらためて言うまでもないだろう。バルビゾン派の絵画は教会のシルエットと深くつながっており、その遠景からはいわば鐘の音が鳴り響いてくるのである。

文学者たちもまた、鐘の響きに冷淡ではありえなかった。フランスの作家たちは、鐘の音にそなわる喚起力を好んで語った。とりわけ子供時代を過ごした故郷の鐘の響きは、作家の感性を深いところで培い、長い不在の後に帰郷したときの感動を強め、親しい者たちの死をあらためて思いおこさせ、もはや取りもどせない時の流れを鋭く意識させる。それはさまざまな追想を糾合するよういざない、過去の蘇りと未来の予感を結びあわせもする。

ロマン主義を代表する詩人のひとりラマルチーヌ（一七九〇―一八六九）にとって、鐘は何よりもまず生まれた村の鐘であり、その響きは懐かしい谷間と、亡くなった家族の思い出を想起させるものであった。「鐘」（一八三五）と題された作品には、次のような詩句が読まれる。

テロール，ノディエ共著『古きフランスへの興趣に満ちたロマン主義的な旅』，「ブルターニュ」篇からランデルノーの鐘楼．

私の村の鐘楼には
鳴り響く鐘があり、
幼き頃に私はその鐘を
蒼穹の声のように聞いたものだった。

長い不在の後に
故郷の地に戻ったとき、
私は遠く離れたところから、天空のなかに
敬虔な青銅の鐘の穏やかな響きを探しもとめた。

その音のなかに私が聞きとったと思ったのは
谷間の陽気な声であり、
優しく穏やかだった妹の声であり、
私の名を耳にして感動した母の声であった！（「鐘」[18]）

故郷の鐘の響き、その調和あるハーモニーは今も昔と変わらない。しかし、時の経過とともに、その鐘は愛する母や妹を弔うために突かれ、詩人は弔鐘の音と、みずからのメランコリーを重ねあわせなければならない。

ボードレールにあっては、思い出の内容が明示されてはいないものの、いくらかのほろ苦さを伴いながら鐘はやはり追憶へといざなう。

冬の夜長、ぱちぱちと跳ね煙る煖炉のそばで、
霧の中に歌う合鳴鐘の音につれて
ゆっくりと立ちのぼる遠い思い出の数々に
耳かたむけるのは、苦くも快いことだ。（『悪の華』、「ひび割れた鐘」[19]）

プルーストの『失われた時を求めて』の語り手にとっても、鐘の音は幼年時代を過ごしたコンブレー

の追憶と不可分につながっている。幼い語り手が家族と一緒にパリから汽車でコンブレーにやって来るとき、真っ先に目に入ってくるのはサン゠ティレール教会の鐘楼であり、その「忘れがたい姿」にほかならない。散歩のときには、思いがけず到着した丘陵の高みから、まるでコローの風景画さながらに、鐘楼の尖塔が遠くの森の方に、あるいは木立のあいだから、細くバラ色の優美なシルエットを浮かび上がらせるのが見える。とりわけゲルマント家の方に散策の足をのばせば、聞こえてくる鐘の音は周囲の静けさをかき乱すのではなく、むしろそれを際立たせてくれる。

並木道のところまでたどりつくと、木々のあいだからサン゠ティレール教会の鐘楼が見えた。できるものならそこに腰掛け、鐘の音を聞きながら日すがら読書にふけりたかった。というのも、とても天気が良く、静かだったので、鐘が時刻を告げしらせるときでも、それは日中の静寂を破るどころか、むしろ静寂からその内容物を取り除いてくれたからである。鐘楼は、他に何もすることのない人間のように無気力で、しかしながら注意深い正確さをしめしながら、ちょうど折よいときに、溢れるばかりの沈黙を搾りだしたところであった――まるで、暑さのせいでゆっくり自然に集められた金色の滴を搾りだして、したたらせるかのように。[20]

鐘楼の風景と鐘の音は、語り手の幸福な思い出と密接に結びついているのである。

個人的な追想のレベルにとどまらずに、鐘が集団的な記憶の支えになることもある。鐘の音、とりわけ複数の鐘から構成されるカリヨン（組み鐘）の音は、天空から民衆にあたえられる音楽であった。

20世紀初頭のカリヨン奏者

民衆はカリヨンの音色に注意深く耳をかたむけ、その微妙な変化を感じとる。技量の高いカリヨン奏者の存在は、共同体の誇りですらあった。

　鐘の音が集団的な感性と情動を強く刺激しうるということを、ベルギー象徴派の作家ローデンバック（一八五五―一八九八）の『カリヨン奏者』（一八九七）は、あざやかに示してくれる。ブリュージュの中心部に位置する「大広場」に面して立つ塔のカリヨンを演奏する者をあらたに選ぶために、市民たちは公開のコンクールを催す。もっとも巧みに演奏できる者を、ブリュージュのカリヨン奏者に選出しようというのである。こうして志願者たちが次々に登場してくるのだが、彼らの凡庸な演奏に市民たちは苛立ちの色を隠そうとしない。しかし最後に現れた奏者が古いクリスマスの賛美歌を弾くと、群衆は思わず耳をすませ、次に「フランドルの獅子」という愛国主義的な民衆歌謡が奏でられると、群衆はそれに合わせて歌い始める。

　一瞬のあいだ、叙事詩のような陶酔感が群衆の心をとらえた。それは寡黙で、沈黙することに慣らされ、町や、生気のない運河や、灰色の通りの古色蒼然さをやむをえず受け入れ、ずっと以前から諦観という物悲しい心地よさを味わってきた群衆である。しかし、民族の心には古い英雄精神が眠っていたのであり、不動の石には火花がひそんでいたのだ。突然、すべてのひとたちの血管のなかを、いつにもまして血が速く流れた。音楽がやむと、熱狂が爆発した。それは瞬間的で、皆が感じ、震えるような、並はずれた熱狂であった。[21]

「死都」のけだるさに身を任せ、惰性にしたがって生きてきたブリュージュ市民は、カリヨンが奏でる音楽によって、麻痺したような無気力状態から覚醒する。フランス革命以来、民衆が鐘の音に執着することはしばしば指摘されてきた。ローデンバックの作品は、鐘の音が民衆の記憶の深いところに根づいていること、集団的記憶をささえる聴覚記号であることを、あらためて理解させてくれるのである。

Ⅲ
革命と反動
一七八九年から一八四八年へ

二月革命の昂揚に駆られて，パリ市庁舎前に集まった人々（1848 年春）

第七章　ミシュレと歴史学の刷新

歴史が歴史家によって作られるという以上に、歴史が歴史家を作るのである。私の書物が私という人間を創造した。私が歴史によって生みだされた。書物という息子が、書き手である父を創ったのだ。
『フランス史』序文

ジュール・ミシュレ（一七九八―一八七四）は十九世紀フランスのみならず、近代ヨーロッパを代表する偉大な歴史家の一人である。フランス革命がまだ続いていた年に生を享け、激動の十九世紀を長く生きた彼は、同時代との関わりをつうじて過去の考察へと向かっていった。歴史学とは常に、現在からなされる過去への問いかけにほかならない。

そのミシュレの主著『フランス革命史』（全七巻、一八四七―五三）が、全体の五分の一ほどの抄訳とはいえ、日本で本格的に翻訳、紹介されたのは一九六八年のことだった。当時中央公論社から出ていたシリーズ「世界の名著」の一冊として、刊行されたのである。[1] ミシュレは当時の読書界ではほとんど未知の名前だったが、それから四十年以上を経た現在、まさに隔世の感が強い。一九八〇年代以降、『魔女』や『ジャンヌ・ダルク』などの歴史書、『民衆』や『学生よ』といった同時代的な問題を

ジュール・ミシュレ

論じた著作、さらには『愛』、『女』といったエッセイ、『海』、『山』、『鳥』などの自然史的な書物が次々と翻訳されて、日本の読者に供されるようになったからである。主著である厖大な『フランス史』は、もちろん全訳を望むことは難しいが、それでもみごとに編纂された抄訳が最近出版された。ミシュレをめぐって雑誌の特集号が組まれたこともあるし、現在では日本語で書かれた本格的な評伝や研究書も存在する。[2] 本国フランスでは、一九七〇年代に入ってから新たな、そしてみごとな全集の刊行が始まり（いまだに完結していない）、浩瀚な日記と書簡集も読めるようになった。ミシュレはもはや、未知の歴史家ではない。

　以下のページでは、『フランス革命史』に依拠しつつ、ミシュレとロマン主義が歴史学の領域でどのような変革を成しとげたのか、その変革がいかにして可能になったのかを考察してみよう。この書物は、歴史家として脂の乗りきった年代に書かれた彼の代表作である。いやミシュレの代表作であるのみならず、フランス革命という世界史の流れを変えた事件について書かれた著作のなかで、もっとも価値ある記念碑的な労作のひとつなのだ。ミシュレはきわめて多産な歴史家だったが、その名はとりわけ『フランス革命史』によって今日まで記憶されている。「ミシュレの奇蹟」とさえ呼ばれるこの美しく刺激的な書物は、まぎれもなくミシュレによって書かれたものだが、同時に、この書物が歴史家ミシュレを完成させたとも言える。歴史家が一冊の書物を綴り、その書物が歴史家を創りだした。ジュール・ミシュレと革命史は切り離すことができない。

古典主義からロマン主義へ

ミシュレとその仕事の射程を正しく把握するためには、少し時代を遡ってみるのがふさわしいだろう。

「歴史学」、あるいは「歴史研究」という言葉でわれわれが理解しているのは、過去の時代の社会、文化、生活を同時代の文献や記録に依拠して再構成する、というものであろう。文字で記された文献（手稿および印刷物）、図像、建築、芸術品、考古学的な遺物など、史料の種類は多様であるにしても、史料を実証的に解釈することによって過去の時代と心性を蘇らせることが問題となるはずだ。そしてその際、歴史学はいかなる政治的、イデオロギー的、あるいは党派的な利害にも従属することなく、真実の名において研究することを標榜しなければならない。これが現代のわれわれにとっての歴史学であり、教育制度のなかで教えられている歴史である。すなわち歴史学とはひとつの学問であり、科学なのだ。

しかし、このような意味に理解される「歴史学」が誕生したのは、ヨーロッパにおいてもそれほど古いことではない。ここでは、話をフランスにかぎって見ることにしよう。

十七、十八世紀の古典主義時代の歴史叙述は、基本的に「文芸 les belles lettres」の一ジャンルと位置づけられていた。歴史を叙述するというのは、何よりもレトリック（修辞学）の問題だった。たとえばマブリー（一七〇九―八五）は『歴史の書き方』（一七八三）において、叙事詩や劇詩と対比させながら歴史叙述について論じている。[3] 主題の一貫性を見失うな、記述はだらだら長くてはいけない、叙述の配列と均衡に留意すべし、といったマブリーが歴史家に向けて発する実践的な忠告は、「教えをもたらす instruire」ことと「読者を喜ばせる plaire」という二つの目的に合致するものである。とりわけ教えること、啓蒙的な配慮は、この時代に書かれた歴史書に共通している。歴史書がしばしば、特定の人物のために綴られ、その人物の教育に役立つよう構想されたのはけっして偶然ではない。ヴォルテールの『習俗論』（一七五六）は歴史を好まなかったデュ・シャトレ夫人のために、マブリーの『歴史の研究』（一七七五）はパルマ公の要請におうじて草されたものだ。

十七、十八世紀において、歴史研究とは過去の時代を再現する試みではなく、ましてや未知の史料を発掘して新たな解釈を提出することでもなかった。それが宗教的なものであれ、倫理的なものであれ、あるいはまた政治的なものであれ、歴史叙述はつねにそれ自身を超える目的に奉仕し、何らかの有用性を具えていなければならなかった。たとえばボシュエ（一六二七―一七〇四）の摂理史観に顕著なように、超越的な神の意志を歴史プロセスの統一原理と見なすならば、歴史叙述は神学につかえるミューズになる。また、歴史の流れが本質的に変わらない人間性の反復過程だとするならば、歴史は政治や倫理における叡智を映しだす鏡として参照されることになるだろう。たとえばマブリーにとって、歴史とは「道徳と政治の学校」[4] であった。いずれにしても、それぞれの時代と社会の特殊性という概念は関わっていないし、歴史叙述が人々の生活と精神を復元する作業と見なされてはいなかった、ということである。

このように歴史を倫理的、政治的な教育のために利用しようとした作家たちの多くは、フランスの歴史ではなく、古代ギリシア・ローマの歴史に関心をいだいた。といってもアテネやローマの遺跡をめぐって発掘調査をしたわけではなく、ヘロドトス、トゥキュディデス、タキトゥス、プルタルコスといった古代の有名な歴史家の著作を読み、そこに描かれている政体の変遷や、戦争の物語や、多様な人物像をとおしてみずからの考察を展開したのだった。『ローマ人盛衰原因論』（一七三四）の作者モンテスキューから、マブリー、マルモンテルを経てヴォルネーにいたるまで、事情は同じである。

評価する古代の歴史家は人によって異なるものの、彼らにとって古代ギリシア・ローマの歴史が十八世紀フランスを理解するためのモデルであり、為政者にとっては統治術を習得するための教科書だった。確かに『ルイ十四世の世紀』（一七五二）の作家ヴォルテールは例外である。彼は古代史よりも近代史に興味を寄せ、王侯君主の治世よりも人間社会の習俗を叙述した。しかし、例外は原則を裏付ける。一般的に言えば、人間と社会の営みを普遍性の相のもとに把握しようとする古典主義の理念は、歴史研究を促進するものではなかった。

十八世紀末に勃発した革命と、その後のナポレオン帝政が事態を決定的に変える。この時代は、たんにフランスにとって重大な転換期だったばかりでなく、人間と歴史の関係をおおきく変化させた。歴史は国民全体にとってなまなましい現実となり、絶え間ない運動と推移のプロセスとして、個人と社会を規定するものと認識されるようになった。

このような歴史意識の刷新は、過去の時代と出来事に新たな意味や価値を見出す契機を十九世紀の人々にもたらした。古典主義時代と違って、歴史のプロセスはもはや永遠の相のもとに捉えられるのではなく、「進化 évolution 」の相のもとに理解されなければならない。現在は過去によって説明され、未来は現在のうちに萌芽として宿っている、という歴史の連続性の意識が強まったはずであろう。革命によって未知の状況に投げこまれた十九世紀初頭のフランス人は、歴史の意味と方向を問わざるをえなかった。それは日々自分たちの眼前でつくられ、生きられる現実にほかならなかったからである。人間と社会が歴史の条件に強く規定されるという自覚は、新しい世代の歴史家の使命を目覚めさせるのに貢献し、歴史叙述の方法を根本的に変え、歴史研究をひとつの学問として成立させることになる。

一七九八年パリに生まれ、十九世紀初頭に知的な形成をうけ、ロマン主義期にその主要な著作を発表したミシュレは、そうした時代の申し子であり、また歴史学におけるその代表者である。

ロマン主義世代の歴史家たち

ミシュレを含むロマン主義世代の歴史家たちにとって、最大の課題はフランス国民の歴史を構築することだった。これは当たり前のことのように思われるかもしれないが、けっしてそうではない。なぜなら、王政を布いていた十八世紀末までのフランスには、「フランス人」はいても「フランス国民」は存在しなかったからである。フランス革命とその後のナポレオン体制を経て、フランスは王国から国民国家 nation になっていった。「国民主義 nationalisme」、「国民性 nationalité」といったフランス語が流布し始めるのも、この頃である。

事情は他の諸国も同じだった。アンヌ＝マリ・ティエスによれば、国民《ネーション》とは十八世紀から十九世紀にかけてのヨーロッパで、いくつもの絆で結ばれる大きな共同体として構想されたものである。この時代各国は、言語、文学、美術、伝承、民族、衣食住の様式などを主な要素として、意識的に国民アイデンティティを創出し、それによって国民の統合を図ろうとした。フランスにフランス人が住んでいるから、自動的にフランス国民が形成されるわけではない。フランス人がフランス国民として創造され、みずからをそのように認識するにいたった背景には、政治的、イデオロギー的、そして文化的な装置が深く関与していたのだ。こうして近代的な意味における国民国家が十九世紀前半に成立し、新たに誕生した国家と国民の起源に遡り、その歴史をたどることが、十九世紀の歴史家の避けがたい責務になっていく。付言するならば、国民アイデンティティの問い直しは周期的に繰り返される作業で、ピエール・ノラ監修の『記憶の場』（全七巻、一九八四—九二）は二十世紀末の時点において、フランスの歴史家たちがさまざまな分野において、フランスとフランス人のアイデンティティをあらためて問いかけた壮大な試みにほかならない。(5)

実際、フランスを含めてヨーロッパ諸国で学問としての歴史学が確立したのは十九世紀であり、各国を代表する歴史家は皆その国の歴史を長大な著作としてまとめている。国家の起源の探究と、国民のアイデンティティの模索が、歴史研究を活性化する大きな誘因となっていた。こうしてドイツのランケは『プロイセン史』（一八四七—四八）を、イギリスのマコーリーは『英国史』（一八四八—六一）を著した。二人とも、ミシュレと世代を同じくする。

フランスも例外ではなく、シスモンディの『フランス人の歴史』（一八二一—四四）、オーギュスタン・

ティエリーの『フランス史に関する書簡』（一八二七）、ギゾーの『フランス文明史』（一八三〇）、アンリ・マルタンの『フランス史』（一八三八―五四）などがその潮流を示す。そしてミシュレは、中世から十八世紀末までを扱った『フランス史』（全十七巻、一八三三―一八六七）、『フランス革命史』、そして未完に終わった『十九世紀史』（全三巻、一八七二―七五）と、まさに歴史家としての全生涯を賭してフランスとフランス国民の歴史を跡づけた。

一八二〇年代、フランスの若き歴史家たちは瑞々しい知的野心にあふれていた。古典主義時代の歴史叙述に不満なティエリーは、『歴史研究十年』（一八三五）のなかで次のように書き記す。

近代の作家たちが作りあげたようなフランス史は、わが国の本当の歴史、国民史、民衆の歴史ではない。その歴史はいまだに同時代の年代記の埃のなかに埋もれているのであり、上品なアカデミー会員の御歴々も、そこから真の歴史を引きだそうとはしなかった。フランス史の最良の部分、もっとも重要で有益な部分はまだ書かれていない。われわれに欠けているのは市民の歴史であり、臣下の歴史であり、国民の歴史なのだ。(6)

国民の実像を伝える真のフランス史はまだ書かれていないという認識は、ミシュレも共有する。一八六九年に執筆された『フランス史』の序文において、みずからの研究の軌跡を感慨深げに回顧しつつ、彼は言い放つ。

フランスにはそれまで年代記はあったが、一つの歴史もなかった。すぐれた人々はフランスを、とりわけ政治的観点から研究していた。だが誰ひとり、フランスの活動（宗教的、経済的、芸術的、等）の種々様々な面での発展を微細に洞察していなかった。また誰ひとりフランスを、それが形成された自然的および地理的諸要素の生きた統一体として、一望のもとに収めようとは、まだしていなかった。私が最初にフランスを一つの魂として、ひとりの人として眺めたのだ。(7)

年代記、つまり出来事を羅列した記録はあった。しかし、それだけでは歴史研究ではない。年代記それ自体としては何も語ってくれず、何も意味しない。年代記は生命を宿さない記録にすぎないが、歴史研究は過ぎ去った時代と社会に生命を吹きこむ作業ではないのか。医学者が生命現象をその全体において説明するように、ミシュレは歴史叙述を過去の生を復元させる営みと理解する。有機体の比喩がしばしば援用され、歴史の運動と身体の活動が並列されるのはそのためである。そしてそこから、歴史とは「全体としての生命の復活」である、という有名な定式が生まれてくる。

歴史をその全体性において把握するためには、特定の視点から接近するだけでは十分でない。人種的、政治的、制度史的、文明論的、宗教的、あるいは経済的な視点からの研究はそれなりの成果をあげることができた。ミシュレはここで彼よりいくらか年長の、あるいは同世代の歴史家たちを念頭に置き、敬意を表することにやぶさかではない。人種という要素を重視したのはティエリー、政治史を特権化したのはシスモンディ、制度と文明を歴史の基軸に据えたのはギゾーである。ミシュレは彼らの功績を認めつつも、歴史の多様性を明らかにするためには、より包括的な観点が必要だと主張したのである。とりわけ自然条件や地理までも考慮に入れたのはミシュレの慧眼であり、実際、彼は歴史と地理を結びつけた最初の歴史家のひとりと言われている。

ミシュレによれば、歴史研究は物質的な側面と精神的な側面をあわせて分析する必要がある。そこから、同時代の歴史家たち（そのなかには傑出した者が少なくない）に向けた次のような苦言が呟かれることになる。

> あまりにも物質的でなかったのだ。人種を考慮しながら、土壌や気候や食べ物や、物理的なまた生理的な多くの状況を考えにいれなかったからだ。
> あまりにも精神的でなかったのだ。法や、政治的行為を語りながら、思想や風俗、そして国民の魂の内的な進みゆく大きなうねりについては語らなかったからだ。(8)

十九世紀にしばしばありがちの政治史や、外交史や、軍事史を特権化する姿勢ときっぱりと袂を分かつ歴史家が、ここで定式化しているプログラムは、二十世紀に入ってから「アナール学派」が提唱したものと基本的に同じである。いくらかの留保をつけられながらも、ミシュレが現代の心性史や社会史の先駆者とされるのは故なしとしない。

なぜ革命について語ったのか

一八三〇年にブルボン王朝を倒した七月革命（「栄光の三日間」と呼ばれる）の余波を受けながら、ミシュレは『フランス史』を構想し、第一巻と第二巻を一八三三年に刊行する。当初の考えでは、全体が四巻ほどに収まるはずだったのだが、史料の博捜と研究が進むにつれて分量は増えていった。中世のルイ十一世の時代（十五世紀）までたどるのにすでに六巻を要し、その第六巻は一八四四年一月に出版された。その後、時代を三世紀飛び越えて革命史の準備に着手し、一八四七年から五三年にかけて『フランス革命史』全七巻を刊行。それから再び『フランス史』の執筆に戻り、一八五五年にその第七巻（ルネサンスと宗教改革）を出し、一八六七年までに合わせて十七巻を書き継いだのだった。

どうしてこのような事態が起こったのだろうか。

ルイ十一世の時代について考察を巡らせていたある時、ミシュレはランスの町を通りかかった。その美しく有名なゴチック大聖堂では、かつて王政時代に国王の戴冠式が挙行されていたのだ。彼は大聖堂のおごそかな雰囲気に浸り、小さな鐘楼へと足を運んだ。その円い塔の壁面に、かつて処刑された民衆の姿が、ある者は首に綱をつけられ、またある者は耳をそぎ落とされたさまで彫りつけられていた。なんと悲惨な光景！　華やかな盛儀が執りおこなわれていたこの大聖堂の祭壇の上方、ほとんど人目に触れない一隅には「民衆の晒し台」が据えられていたのだ。このあまりに衝撃的な対照に驚愕した歴史家はつぶやく。「「私には王政時代は理解できないだろう、何よりもまず私自身のなかに民衆の魂と信仰を打ち立てないかぎり」。私はそう自分に言い聞かせ、『ルイ十一世』の次に『革命史』を書いた」(9)。

『フランス史』に寄せた一八六九年の序文に記されている挿話である。中世から革命の時代に移行したのは、ミシュレにとって唐突な飛躍でもなければ、気紛れな逸脱でもなく、歴史を解読しようと

キネ

ラマルチーヌ

する意志が要請した必然的な流れだったのである。解読の中心となるのは「民衆」という存在であり、民衆を理解し、その位相を定位することが歴史を読み解くための鍵となる。民衆はいつの時代にも存在したが、歴史の表舞台に華々しく登場したのが、まさしくフランス革命の時代であり、だからこそミシュレにとってそれは歴史の特権的な瞬間にほかならなかった。民衆は歴史的時間の内部に遍在する原理であり、その原理がもっとも鮮やかに顕現したのが十八世紀末なのである。

かくしてミシュレは、コレージュ・ド・フランスにおける講義で「革命の精神と意義」(一八四五年)、「国民性について」(一八四六年)、「革命について」(一八四七年)と続けざまにフランス革命を論じ、他方で一八四六年に刊行された『民衆』で、十九世紀つまり同時代の民衆が置かれていた状況を語ってみせた。その間に『フランス革命史』の準備が進められ、第一巻が出版されたのは一八四七年二月のことである。同じ年にルイ・ブラン『フランス革命史』の第一巻、ラマルチーヌ『ジロンド派の歴史』、そしてエスキロス『山岳派』が矢継ぎ早に刊行され、その前年には、ミシュレの僚友だったエドガール・キネの『キリスト教と革命』も世に出た。七月王政末期にはまさしく、フランス革命をめぐる議論が沸騰したのだった。[10]

近代歴史学が成立した十九世紀前半に、歴史家たちが国民と国家の歴史を樹立しようとしたことはすでに述べた。そしてそのために、古代ガリアや中世にまで遡ってフランス国家の淵源を探った。その彼らにとってもうひとつの特権的なテーマは、フランス革命だった。それが近代フランスと民主主義の起源に位置する出来事だったからである。この出来事をどのように記述するかというのは、したがってたんなる歴史解釈の問題にとどまらず、十九世紀に生じた政治的・社会的変化にいかなる意味付けをおこなうかという課題と直結していた。

革命の渦中を生きた人々や、目撃者がまだ少なからず生存していたこの時代は、フランス革命の意義と功罪を絶えず問い続けたから、それはつねにアクチュアルな問題でもあったのだ。ミシュレが生きた十九世紀フランスの歴史は、革命と反革命の葛藤の歴史と見なすことができるだろう。フランス革命は、他の歴史的事件と同じような意味での事件ではなく、政治的・社会的な共有財産となって、その周囲にさまざまな問いかけが結晶化するテーマだった。それについて語る者のイデオロギー的立場が露呈するテーマそのものだったのである。

『フランスに関する考察』(一七九六)の著者で、王党派のジョゼフ・ド・メストルからすれば、歴史の流れを暴力や内乱で変えようとするのは人間の傲慢さを示し、神の意志に背くものだった。革命政府が標榜した民主的な平等への志向さえ、ブルジョワ的な物質主義として否定される。フランス革命は途方もない歴史の誤謬であり、その後の混乱は神によって下された罰にほかならない。メストルは革命によって失墜した宗教の権威をよみがえらせ、それによって社会の安定を回復することを願った。(11) 彼のカトリック的な議論は、イギリスのバークによる『フランス革命論』(一七九〇)と並んで、保守的な反革命論の典拠になる。

他方、自由主義的な歴史学はブルジョワジーの隆盛を正当化する立場から、フランス革命を積極的に擁護する。代表はティエールとミニェで、どちらも王政復古期に出た彼らの革命論は、一七八九年が新たな時代の幕開けであり、近代フランスを基礎づけたこと、そして自由と、法と、文明の到来を告げた事件であると認める点で一致している。その後のジャコバン独裁からナポレオンの登場へといたる時代は、一貫性をもつひとつの全体として理解すべきであり、恐怖政治の時代さえ、さまざまな状況によって不可避的に生じた必要悪にすぎない。また社会主義者たちにとっても、フランス革命が近代の黎明を告げる記念すべき出来事であることは同じである。自由主義派との大きな違いは、ジャコバン派の政策を積極的に評価し、そこに革命の真髄を見ようとしたことにある。ビュシェ／ルーの『フランス革命の議会史』（一八三四―三八）やルイ・ブランの『フランス革命史』（一八四七―六二）が、この潮流を代表する。

しかし、ミシュレはこれらの潮流のいずれにも属していない。

『フランス革命史』の射程

ミシュレが『フランス革命史』を執筆、出版した時期、彼の生涯は公的にも私的にもさまざまな波乱に満ちていた。

七月王政末期から、共和派や社会主義者たちによる政府非難の声が高まり、「改革宴会」がその流れを促した。カトリック勢力を痛烈に批判した『司祭、女、家庭について』（一八四五）は、発売後三カ月で禁書となり、教会当局との関係は悪化する。翌年に刊行された『民衆』は、フランス国民の友愛と連帯を説いて読者に熱狂的に迎えられたが、その民主的傾向は権力側の眉を顰めさせるのに十分だった。彼自身は政治的な活動をしたわけではないが、一八四八年一月二日、ミシュレはコレージュ・ド・フランスでの講義中止の命令を受ける。

二月革命によって第二共和政が成立すると、講義を再開し、学生たちの熱烈な歓迎を受けた。しかしその後の政情の推移を目の当たりにした彼は、共和政の未来をあまり楽観できなかっただろう。一八五一年、当時の大統領ルイ＝ナポレオンに対して敵対的であるという理由で、再び講義を中止させられる。同年十二月、ルイ＝ナポレオンがクーデタを断行し、翌年第二帝政に移行したのにともなって、ミシュレはコレージュ・ド・フランス教授職を罷免され、さらに国立古文書館の職も辞す。『フランス革命史』の最終巻を書いたのは、パリを離れて移住したフランス西部の町ナントにおいてである。ミシュレによる激動の革命史は立憲王政期に懐胎し、共和政期をつうじて書き継がれ、帝政に入ってから完成したのである。

私生活の面でも、この時期のミシュレの人生はドラマに事欠かなかった。一八四六年十一月には、愛する父親を失って悲嘆に暮れる。その悲しみを癒すかのように出現したのが、アテナイス・ミアラレという二十二歳の美しい女性。ウィーンで家庭教師をしていた彼女から、ミシュレのもとに最初の手紙（一読者からのファンレター）が届いたのが一八四七年暮れで、その後フランスに戻った彼女に、ミシュレはパリで一八四八年十一月に出会う。文字どおり父娘ほどに年齢差のあるアテナイスにミシュレは一目惚れし、情熱あふれる愛の言葉を幾度となく書き送る。その昂揚ぶりは家族や友人たちを心配させるほどで、一時期は執筆活動にも支障が生じた。しかしミシュレの気持ちは固く、二人は翌年三月に結婚する。アテナイスはその後、公的には不遇な夫を精神的に支え続けることになる。[12]

このような状況で書き継がれ、完成した『フランス革命史』の歴史叙述はきわめて詩的で、文学的である。歴史小説的、と言ってもいいだろう。現代のわれわれから見てそうだというだけでなく、同時代の他の歴史家たちと比較してもそのことは際立っている。

バスティーユ攻略や、一七九〇年七月の連盟祭といった革命史を彩る重要な出来事を記述するとき、あるいはパリの民衆がヴェルサイユに向かって行進したり、ルイ十六世が裁判の結果死刑になるといったドラマチックな挿話を語るとき、そしてまたマラーや、ダントンや、ロベスピエールなど革命の主役たちが死んでいく場面を描くときなど、ミシュレの筆はとりわけ劇的な調子をおびて冴えわた

ミシュレの妻アテナイス

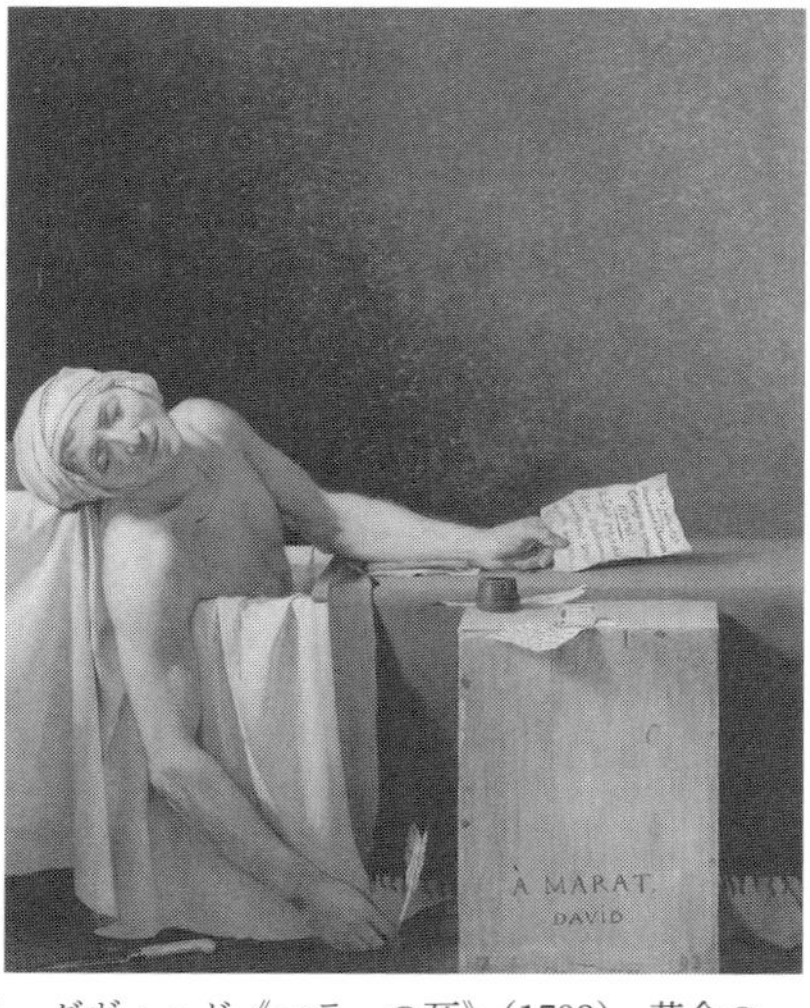

ダヴィッド《マラーの死》(1793). 革命の主役の一人マラーは，若い女性シャルロット・コルデーに浴室で暗殺された.

る。歴史上の人物たちにしばしば会話させること、彼らの言葉をまるで自ら耳にしたかのように報告するという叙述方法も、同じような効果をもたらす。著者のパトスと息遣いが直に伝わってくるような文体であり（邦訳でもそのことは感じとれる）、その魅力に感染する読者は多いはずだ。たとえて言えば、『フランス革命史』の叙述スタイルは司馬遼太郎の歴史小説に似ている、ということになろうか。

現代の歴史家は、けっしてこのような叙述をしない。文学と歴史学が虚構と真実、あるいは創作と学問として差異化されている現代において、文学的であることは科学的でないということに等しいだろうから、専門家のあいだで歴史叙述に文学性が求められることはない。

ミシュレがことさら歴史叙述に文学性を求めた、ということではない。彼は革命の同時代に身を置き、歴史の生成に参加した者たちの内面にまで深く潜入する。そこにはまるで革命時代のパリで生き、苦しみ、歓喜していたかのような息遣いさえ感じとれる。ダントン、サン゠ジュスト、ロベスピエールのような革命史を彩る人物たちの行動、感情、思惑を鮮やかに浮き彫らせつつ、しかし彼らを特権化することなく、等身大の人間として描きだす。彼らを生みだし、彼らが代弁する集団の利害や、異なる集団間の複雑な力学についても目配りが行き届いている。そして革命の進展にともなって繰り広げられたさまざまな政治的儀式（連盟祭、最高存在の祭典など）のもつ象徴性についても、ミシュレは驚くべき慧眼を示す。要するに、彼は革命を外部から観察するのではなく、内部から知性と、感覚と、情念で理解しようとした。それが結果として、『フランス革命史』に稀有なまでの文学性と劇的性格を付与することになったのである。

しかし、そうした文学性の背後にあるミシュレの地道な史料調査を軽視してはならない。『フランス革命史』が文学的だとしても、それは作者の奔放な想像力だけから生じた特質ではなく、着実で、忍耐強い史料の収集と解読作業にも支えられているのだ。

ミシュレはすべてを読んだ。革命時代の定期刊行物、同時代人の回想録などは他の歴史家たちも参照したものだが、彼はそれまで他の誰も参照しなかった史料を繙くために、さまざまな場所に足を運んだ。ミシュレの高弟だったガブリエル・モノによれば、[13] その場所は四つある。

第一に国立古文書館。その保管所主任だった彼には、容易に閲覧できる便宜があった。第二に、民衆の革命運動の拠点となった「セクション」の調書が保存されていたパリ警視庁。第三に、コミューン関係の文献が残されていたパリ市庁舎。この記録は一八七一年のパリ・コミューンの際に消失したので、ミシュレの記述はことのほか貴重なのである。そして最後に、ナントに住んでいた頃に、ヴァンデ地方の内乱を分析するための史料を参照したロワール＝アンフェリエール県文書館。これらの調査は文字どおり厖大な作業であり、ミシュレの博捜ぶりは疑いの余地がない。彼が典拠を明示しないと後の歴史家たちは批判したが、その彼らにしてもミシュレから大きな恩恵を受けたのである。われわれがフランス革命のハイライトと見なすいくつかの事件は、ミシュレが語り、論じたからこそ、革命史のハイライトとして現代まで記憶されているのである。歴史は語られることによって、初めて歴史になるのだ。

ミシュレにとって、革命を実現してアンシャン・レジームを打倒したフランスは選ばれた国である。一七八九年はフランスという一国の事件なのではなく、世界史において普遍的な意義を有する出来事である。革命は過去とのラディカルな断絶であり、新たな社会の到来を告げる。反教権主義者《アンチクレリカル》としてミシュレは、カトリック教会が反革命の中枢であるとして断罪することをやめなかった。聖職者たちがいかに反動的な役割を演じたかについては、数多くのページが割かれている。ただ現代の歴史家フランソワ・フュレも指摘するように、[14]キリスト教的な枠組みの外部で、革命勢力が社会的なものをいかに再構築しようとしたかという問いは充分に論じられていないし、「法」や「正義」という新たな宗教がどれほどの重みをもち、革命の流れを決定づけたかという点もはっきりと解明されていない。

フランス革命の前触れとなった事件「テニスコートの誓い」. 1789年6月20日，国民議会が憲法制定の誓いをおこなった. ダヴィッドによる素描.

他方、革命と土地制度の深い関係を指摘したのはミシュレの功績である。かつてマルクス主義史家たちは、『フランス革命史』の著者が経済史の側面を疎かにしたと難じたものだが、その批判は当たらない。彼以前の誰に較べても、いや十九世紀の歴史家のうちでも、ミシュレはこの問題にもっとも関心をはらった。フランス革命が第三身分による政治革命であると同時に農民革命でもある、ということを彼は理解していた。農民革命とはすなわち土地革命であり、当時の主要産業が農業であってみれば、それはすなわち経済的な革命でもあったという意味にほかならない。

一七八九年に土地もまた解放された。土地は領主の手を離れて（中略）、農民の手に渡った。土地と、土地を耕す者の結合こそ、革命の主要な出来事だった。歴史書も、新聞も、回想録もその点についてはほとんど何も述べていないが、この事実こそすべてだったのだ。[15]

だからこそヴァンデ地方の叛乱に際して、ミシュレは農民の愚昧を嘆かずにいられなかったのである。

革命・民衆・女性

「民衆 le peuple」は、十九世紀フランスを考えるうえで決定的に重要なテーマである。社会の表舞台に登場してきた民衆の位置づけと役割をめぐっては、一八三〇年代からジャーナリスト、行政官、思想家、作家たちがさまざまな議論を繰り広げていた。[16] ミシュレ自身、そうした渦中に身を置きながら『民衆』という書物を著したのだった。

パリの民衆として生まれ（彼の父親は印刷工だった）、民衆の労働と苦しみを熟知していた彼は、自分が民衆について語るにふさわしい人間であると意識していた。バルザックの作品や大衆文学（たとえばウジェーヌ・シューの『パリの秘密』）が、民衆を社会の辺境に位置づけ、ときには犯罪者集団であるかのように描くことに、ミシュレは不快感を覚えた。また、民衆を社会の秩序を脅かす危険な階級、文明を危機にさらす蛮族と見なすような保守的な論調に賛成できなかった。彼にとって、民衆こそが生命力の源泉であり、進歩の主体でなければならない。民衆こそが、社会に並存するさまざまな集団を統合し、社会の調和をもたらすだろう。フランスの未来、したがって世界の未来は民衆のうちにあると彼は主張する。

十九世紀半ばにあってきわめてアクチュアルだったこの主題は、そのまま『フランス革命史』の叙述の主旋律となって鳴り響くことになる。一七八九年五月の三部会開催から、一七九四年七月のテルミドール反動までの五年間を語るミシュレにとって、革命の主役はジロンド派やジャコバン派など特定のグループではなく、ダントンやロベスピエールといった個人でもなかった。

すべての人々に向かって言うべきこと、そして容易に証明できること、それは革命という人間的でやさしい時代の立役者は民衆自身、民衆全体、すべてのひとたちだったということである。(17)

確かに、誰もが知っている歴史的人物が存在するし、しばしば彼らが革命運動の方向性を決定づけたのは事実だが、「主役は民衆である」。序文で表明されたこの主張は、結論であらためて繰り返される。

大革命の歴史は、いままでのところ、すべて君主本位だった〔ある本はルイ十六世、ある本はロベスピエールといったふうに〕。偶像や神々を打ちくだいた本書こそ、最初の共和主義的な革命史だ。第一ページから最終ページにいたるまで、この歴史にはひとりの英雄しかいない。すなわち、民衆である。(18)

このように民衆という匿名の集団が果たした役割を特権化したミシュレは、歴史的人物の偉大さを矮小化したのではないか、と危惧するほどだった。

民衆といえば階級的な概念であり、一般的にそれは貴族や、僧侶階級や、ブルジョワジー(市民階級)と対立する概念である。ティエールやミニェの革命史は、フランス革命がブルジョワ革命だったという基本認識に依拠しているし、ギゾーやティエリーのような自由主義派の歴史家たちも、そこに貴族階級とブルジョワジーの抗争を見出し、ブルジョワジーの台頭こそが歴史の論理だとする哲学を展開した。そして彼らが生きた十九世紀前半は、そのブルジョワジーと民衆のあいだで対立が激化した時代である。

ミシュレにあって、革命の主体は民衆である。革命を解釈し、論じる者にとって、民衆こそが複雑に錯綜した出来事の網目を解きほぐすための鍵であり、導きの光にほかならない。「われわれはけっして揺らめかない光に向かって進む。その焔はわれわれが内部にもっている焔とまったく同じだっただけに、欠けることがなかった。民衆として生まれたわれわれは、民衆へと向かう」[19]。革命の昂揚を語るページのなかで、歴史家はつねに民衆を行動の主要な担い手とし、運動の統一性を強調する。

そのような歴史観は、たとえば一七八九年十月初め、民衆が国王一家をパリに連れ戻すためにヴェルサイユ宮殿まで行進する有名なエピソードに、典型的に露呈している。首都に住む雑多な職業に就く人々から構成されていたこの集団は、ひとたび始動するやその構成要素の雑多性を払拭され、民衆という名称のもとに一致した意志と運動の主体として提示されるのである。「この大運動は、七月十四日以後革命が経験したもっとも一般的な運動であった。十月のそれは、七月のそれとほとんど同じくらい、全国民一致の運動であった」[20]。

しかしながらミシュレにおいて、民衆は厳密に規定された概念ではない。彼が表象する民衆は特定の社会階層を指し示すというよりも、むしろ、見に見える差異と障壁を越えたところに位置する理想の共同体である。それは他の諸階級と対立するひとつの階級としてではなく、「みんな」、「すべての人々」として把握されているのだ。作品の冒頭、一七八九年五月の三部会開会に合わせて蝟集した民衆の動きについて、ミシュレは次のように記す。

1789年10月，パリの民衆がヴェルサイユに向けて行進した．

こんなに広大な、多様な、そしてこんなにも準備不足な運動が、全員一致になろうとは！　……すばらしい現象だ。みんなが参加し、そして〔目にみえぬほどの例外はあるが〕みんなが同じことを要求したのだ。

全員一致！　完全で無条件の一致だった。状況は単純そのもの、一方に国民、他方に特権があるだけだ。そして、このとき国民のなかには、民衆とブルジョワジーの区別などありえなかった。(21)

だからこそミシュレは、自分が典拠のひとつとしたビュシェ／ルーの『フランス革命の議会史』で、二人の著者がフランス革命のうちにブルジョワジーと「労働者階級」の葛藤を看取するという観点に、激しく異議申し立てをした。ミシュレによれば、十八世紀末に労働者階級など存在しなかったからである。彼は階級的対立を歴史の原動力とするような社会主義的歴史観を首肯できず、したがって、ルイ・ブランの『フランス革命史』をきびしく批判することになった。この点については、第三編冒頭に据えられ、ミシュレが著作の基本構想を解説した「本書の方法と精神について」と題された章に詳しい。「階級闘争」という概念は、マルクスが十九世紀フランスのロマン派世代の歴史家たちから得たものだが、それを認めなかったミシュレを唯物史観は評価しなかった。

民衆は国民統合の担い手であるから、革命を光輝あらしめた出来事にはかならず登場する。バスティーユ牢獄の陥落、ヴェルサイユ行進、そして連盟祭のエピソードが、それぞれ第一編、第二編、第三編の掉尾を飾っているのは、けだし偶然ではない。バスティーユ襲撃に関して。「信念をもっていたのはだれか。その信念をやりとげるために、献身と精神と力とをもっていた者はだれか。民衆である。すべての人々である」[22]。一七八九年十月の行進についても、民衆全体の行動であったことが指摘される。そのうえこの事件は、パリの女たちが先導したものであることが強調される。

民衆のうちでもっとも民衆的なもの、すなわちもっとも本能的なもの、それは疑いもなく女性だ。[23]

十月六日の革命、必要で自然で正当な革命〔そうしたものがあるとしてのことだが〕、まったく自発的で予想外で、真に民衆的なこの革命は、とりわけ女性のおこなった革命であった。七月十四日の革命が男性の革命であったように。男はバスティーユを奪い、女は王を奪った。[24]

政治と社会運動から疎外されていた女性が歴史の流れを変えた大事件、というわけである。民衆と女性が遭遇し、歴史をつくったという意味で、ヴェルサイユ行進は稀有の出来事だった。いや、この事件だけではない。ミシュレは無名の民衆であれ、あるいはジロンド派のロラン夫人のような著名人であれ、女性たちが革命の推移において無視しがたい役割を果たしたことを強調する。感情と、情熱と、理想によって女性たちは歴史の歩みを速め、共和国の誕生を促したのだ、と。

まえにもあとにも、女性がこんなに影響力をもったことはない。十八世紀には、百科全書派のもとで、精神が社会を支配した。もっとあとになると、行動が、殺戮的な恐ろしい行動が支配しよう。九一年には、感情が、したがって女性が支配する。[25]

一八五四年にミシュレは、『フランス革命史』の続編とも言うべき『革命の女たち』を著わし、ロラン夫人、コンドルセ夫人、シャルロット・コルデー、そして無名の女性たちなど、革命を彩った女性群像をあらためて登場させている。彼女たちもまた革命の担い手であり、同時に犠牲者だった。後に『魔女』や『愛』を書くことになるミシュレの感性は、こうしたところにもよく示されている。彼は「女性史」の先駆者でもあるのだ。

ミシュレと共和政

一七八九年から九四年にかけて五年以上にわたる時代の動きを記述しているとはいえ、ミシュレが真に評価したのは最初の一年間である。三部会の開催から一七九〇年七月の連盟祭までの時期こそ、革命がその理念を見失うことなく、まさしく革命的であった時期とされる。バスティーユ攻撃、封建制の廃止と「人権宣言」の採択(一七八九年八月)、教会財産の国有化(十一月)、貴族制度の廃止(一七九〇年六月)と、立憲議会は新たな社会を構築すべく矢継ぎ早にラディカルな政策を打ちだしていった。

それらは友愛と統一のなかで国民の主権を確立し、フランスという選ばれた国が法と正義という普遍性を実現するための輝かしい道程だった。それらは前例のない稀有の出来事であり、同時に、来るべき世界に向けての模範となりうる出来事として捉えられている。ミシュレは一八四五―四七年にかけて、つまり七月王政にたいする沸き立つような抗議運動と共和主義の希望のなかで、これらのページを執筆したのであり、その昂揚感がページにみなぎっているように思われる。

それに対して、一七九一年以降、革命は堕落していく。革命はみずからを見失い、対外戦争や、嘆かわしい社会的な分裂や、不毛な政治的対立を繰り返すようになってしまう。一七九三年から翌年にかけてのジャコバン派の支配が、革命精神を変質させる。エドガール・キネと異なり、ミシュレは一七九三年が一七八九年を否定し、その成果を無に帰せしめたとは考えない。またビュシェやルイ・ブランのように、ジャコバン派の理念と政策こそが革命の精髄だったとする主張にも与しない。ミシュレは断固として八九年の達成にオマージュを捧げる一方で、国民公会が革命精神の受託者であり続けたことを認める。そして、八九年から九三年にいたる流れに歴史の論理を見つつ、ジャコバン派による恐怖政治を忌まわしい独裁として断罪した。それは国民の名において行使される絶対権力がどれほどの危険をはらんでいるかを、如実に示す悲劇なのである。ミシュレにとって、革命は一七九四年のテルミドール反動で終焉を迎えたのであり、だからこそ彼の著作はそこで閉じられなければならなかった。

「最初の共和主義的な革命史」と自負していたミシュレの著作は、共和主義思想にたいするオマージュである。近代の民衆と共和主義を謳った叙事詩である。ブルジョワ的イデオロギーにも、社会主義思想にも回収されず、法と、正義と、友愛の新たな社会的理想を垣間見せた独自の運動として、フランス革命を定位しようと試みた。彼が待ち望んだ共和政とは、友愛によって、そして友愛のなかでフランスの国民性が実現されることだった。

『フランス革命史』が出版された時、こうした彼の思想はよく理解されなかったようで、実際、同時代の読者からはあまり高い評価を受けなかった。完結したのはナポレオン三世の帝政時代で、言論にたいする規制と検閲が厳しかったから、ミシュレの書物が歓迎される知的風土ではなかった。彼の予言的なメッセージが受け入れられたのは第三共和政に入ってからで、ガンベッタやジュール・フェリーといった時の指導者たちによって、ミシュレは共和国の精神的な父と見なされたのである。

ミシュレの著作が文学的であるにしても、それは歴史書としての価値を削ぎ落とすものではない。ヘイドン・ホワイトの『メタヒストリー』(一九七三)や、ポール・リクールの『時間と物語』(全三巻、一九八三—八五)によれば、歴史叙述の言説と物語の言説は本質的に同一のものである。(26) 史料に記録されている事実を選びとり、それを解釈する歴史家の作業は、叙述を統括する説話構造に従っているかぎりにおいて文学的な行為である、と彼らは主張する。歴史叙述の詩学を語りうる所以がそこにある。そうだとすれば、ミシュレの作品は比類のないやり方で、文学と歴史の幸福な結合を例証するものだ。ホワイトが『フランス革命史』を「隠喩」と「物語《ロマンス》」によって構築された歴史叙述と見なし、リクールがその浩瀚な著作においてしばしばミシュレに言及するのは、偶然ではない。

革命の叙事詩人、民衆の復権者、共和主義の教父、アナール学派の先駆者――ミシュレに冠せられたこうしたさまざまな呼称は、彼が今なお歴史学の分野で保つ重要性をよく示している。そしてそのような位置づけから離れても、『フランス革命史』という書物は過去に潜入し、歴史を読み解くのがいかに刺激的な冒険かということを、あざやかに証言してくれるのである。

第八章　二月革命と作家たち

一八四八年という分水嶺

ミシュレが『フランス革命史』を執筆中の一八四八年、二月革命が勃発する。ルイ゠フィリップの七月王政を倒し、第二共和政を樹立させた出来事である。

前年にはすでに最初の二巻が刊行されていたし、コレージュ・ド・フランス教授として革命史を講じていた「共和主義者」ミシュレは、共和政の成立によって知的威信を増大させることになった。第二共和政はわずか三年しか続かず、ルイ・ボナパルトのクーデタによって崩壊してしまうのだが、その短い時期のあいだに革命の昂揚、社会主義の夢想、ユートピアへの期待、反動、そしてなしくずしの後退がめまぐるしく継起した。思想的にも文学的にも、一八四八年とその挫折は、十九世紀前半を席捲したロマン主義の終焉を告げるとされる。ちょうど世紀半ばに起こったこの事件は、分水嶺のようにこの世紀を分かつ。その前と後では、フランスの文学的、知的風土がおおきく変貌したことは否定できない。『家の馬鹿息子』のサルトルや『芸術の規則』のブルデューは、そこに文学と芸術の近代性《モデルニテ》の起源を見ているくらいである。

実際、二月革命は、十九世紀フランスで勃発した他の革命的な事件よりもはるかに強く文学者や、思想家や、歴史家を刺激し、政治的、社会的な思索を誘発した。それらの思想を綴る言葉の多様性と深みは、今日の読者の興味を引きつけてやまない。レーモン・アロンは、一八四八―一八五一年の第二共和政が二十世紀の社会的、政治的葛藤の基本的な図式を予告しているとして、そこに瞠目すべき現代性を認めていた。確かに対峙する党派や集団は同一ではないし、彼らの抗争は異なった状況の下で繰り広げられはするものの、第二共和政の展開はすでに、二十世紀の典型的な人物像と対立関係を提示してくれるのである。(1)

既存の社会組織と価値体系を根本的に問い直し、新たな秩序を構築しようとする革命運動を前にして、作家や思想家は現実の政治に関わるかどうかは別にしても、まったく中立的な立場を維持することはできない。二月革命の目撃者だった者たちも、その点で例外ではない。この歴史的事件は衆目の見るところ、立憲王政から共和政へという政体の移行を実現させたことよりも、むしろ新たな社会制度の編成を象徴していたがゆえに、国民の記憶に刻まれるべき出来事だったからである。彼らは皆、何らかの反応を示すことを余儀なくされるだろう。

この章では、彼らの証言を読み解きながら、二月革命を前にして作家たちが何を思い、どのように振舞ったのかを考察する。その証言は書簡、日記、手記、新聞記事、回想録、理論書、歴史書などさまざまな形式に反映している。作家たちの思想傾向や行動もまた多様である。とりわけフロベールの『感情教育』がはらむ豊かさを明らかにしよう。一八四〇年から一八五一年にかけて、つまり七月王政後半と第二共和政時代のパリで展開するこの小説において、革命と社会思想は歴史を読み解くための重要な座標軸をなす。何人かの作中人物の政治的、イデオロギー的軌跡は、一八四〇年代の思想風土のなかに深く根ざしている。そして共和主義、社会的ユートピア、人道主義などの教説が、彼らを媒介にして巧みに物語の言説と融合している。フロベール自身、この作品は自分の世代の「精神史」であると自負していたことを付言しておこう。ひとつの時代の習俗と、精神風土と、集合心性をみごとに表象したこの作品を、現代の歴史家たちが、七月王政と第二共和政に関心を抱く者に読むよう推奨するのは偶然ではない。

マルクスの断罪

フランスの二月革命とその後の推移、そして一八五一年のクーデタと第二帝政の樹立という慌ただしい時代をめぐっては、長いあいだにわたって一冊の書物が人々の歴史観を強く規定してきた。マルクスの『ルイ・ボナパルトのブリュメール十八日』(一八五二)である。その冒頭の一節はとりわけ名高い。

ヘーゲルはどこかでのべている、すべての世界史的な大事件や大人物はいわば二度あらわれるものだ、と。一度目は悲劇として、二度目は茶番として、と。かれは、つけくわえるのをわすれたのだ。ダントンのかわりにコーシディエール、ロベスピエールのかわりにルイ・ブラン、一七九三年から一七九五年までの山岳派のかわりに一八四八年から一八五一年までの山岳派、叔父のかわりに甥。そして「ブリュメール十八日」の再版が出される情勢のもとでこれとおなじ漫画がえがかれる!(2)

人間はみずからの歴史を創っていくが、その過程でつねに過去のあらゆる伝統が悪夢のように喚起される。そうした現象は、社会が未曾有の変革にさらされる時ほど顕著に現われてくるかもしれない。未来に向かって未知の領域に踏みこもうとする際に、人間は過去の亡霊を呼び覚ましてしまう、とマルクスは皮肉った。こうして「一八四八年の革命は、あるときは一七八九年をもじり、他のときは一七九三年から一七九五年にいたる革命的伝統をもじるぐらいのことしかできはしなかったのである」(3)。

マルクスの分析は、二月革命の一面をえぐりだしているという点で正確で、辛辣だ。しかし「茶番」と形容されたために、二月革命は長いあいだその本質を隠蔽され、ルイ・ボナパルトはその功績を矮小化されてきたことは否めない。『ルイ・ボナパルトのブリュメール十八日』を同時代的に読んだフランス人はほとんどいないが、時代の証人となったフランス人のなかには、マルクスに劣らず犀利な診断を下した者たちがいたことを忘れないようにしよう。

二つの立場

二月革命が七月王政を崩壊させた時の反応によって、作家、思想家をおおきく二つのグループに分類できる。第一に、不意打ちを喰らって事件の意義を認識できず、共和政の成立にたいして留保をつけた、あるいは明白な反感を示した者たちがいる。第二に、二月革命を熱狂的に歓迎し、共和政に賛同した者たちがいる。ただし、その後の六月蜂起とその圧殺の結果、共和主義の理想から離れていった者も少なくない。例外はあるものの、この分極化は世代の違いにほぼ呼応していると言ってよい。

第一グループは十八世紀末から十九世紀初頭に生まれたロマン主義世代に属し、他方、第二グループはおもにポスト・ロマン主義世代から構成される。

二月革命がもたらした新たなイデオロギー的与件にたいして、ギゾーやオーギュスタン・ティエリーなど七月王政期を代表する自由主義的歴史家はまったく盲目であり、呆然自失状態のなかで硬化していく。彼らにとって、二月革命は不幸な偶然が重なったすえに生じた偶発事のようなものにすぎず、その結果、歴史の解読可能性は突如として失われてしまったからである。フランス革命以来の半世紀の流れを、貴族階級にたいしてブルジョワジーが実権を把握する合理的な歴史と捉えていた彼らからすれば、歴史はそこで終わるはずであり、民衆と共和政の台頭は歴史の論理から外れるものにほかならなかった。(4)

作家たちにも同じような当惑が看取される。革命の勃発は突発事であり、予想されていなかった出来事だった。バルザックは一八四八年七月十四日付の手紙で、次のように告白している。「思いがけない革命に私は不意を喰らった。まるで東シナ海で台風におそわれた旅人のようなものだ」。(5)ヴィニーは傍観者としての姿勢を崩さず、二月革命は「誰も予期していなかった嵐」のようなものだ、と考えていた。パリで起こった革命がフランス国内で終わらず、その後他のヨーロッパ諸国(とりわけオーストリアやポーランド)にも飛び火したのを知って、彼はある手紙に書き記した。「ヨーロッパ中が地震で揺り動かされているようなものです」。(6)バルザックとヴィニーは二月革命のうちに「台風」や「地震」といった自然災害を見ているのだが、こうした隠喩は、出来事の政治的、イデオロギー的な次元に無関心だったことを露呈している。

二月革命の戦闘．パリでは政府軍と民衆のあいだで銃撃戦が展開した．

他方、第二のグループであるポスト・ロマン主義世代を中心とする数多くの作家や思想家は、この歴史現象を擁護するためであれ、あるいは断罪するためであれ、とにかく理解し、解釈しようとした。そして、二月革命によってフランス社会が新たな歴史的段階に入ったと認識していた。一八四八年以降、歴史はそれ以前と同じような視点ではもはや読み解けない。現代の歴史家たちは、広義のロマン主義が二月革命の勃発と成就に際してもたらした貢献を強調するのを忘れない。それはたんに、幾人かの文学者が革命の日々を通じて、生成されつつある歴史に積極的に参加したためばかりではなく、ロマン主義時代の理論的言説が、一八四八年とその前後の知的世界に深い刻印を残したからである。そして、束の間の歴史的生命を享受した後、ルイ・ボナパルトの強権によって崩壊することになる第二共和政が、ロマン主義イデオロギーの理想と蹉跌を集約していることをここであらためて確認しておこう。

友人マクシム・デュ・カンの証言により、(7) フロベールは「芸術的観点」から革命を観察するためにルーアンからパリに駆けつけ、パリ市街での銃撃戦に立ちあったことが知られている。審美主義的な作家にとっては、歴史の地殻変動もまたひとつの美的観照の対象にすぎなかった、と主張するつもりはない。ここで想起しておきたいのは、デュ・カンによれば、革命下のパリを銃弾の危険に身をさらしながら彷徨し、歴史的瞬間の細部を視覚におさめたはずのフロベールであるにもかかわらず、同時期に書かれた彼の手紙にはこの劇的体験の痕跡がほとんど見あたらない、という興味深い事実である。一八四八年のフロベールにとって、二月革命は「滑稽な」出来事であり、彼は野心家たちの挫折をなかば嗜虐的な喜びを感じつつ、嘲笑することをためらわなかった。彼にとって唯一の不安といえば、成立したばかりの共和政府が「芸術」に好意的か否か、という若き作家にはさしてめずらしくもない疑問にすぎなかった。(8)

二月革命の歴史的意味を測定できるようになるまでには、長い時間を待たなければならないだろう。革命とその後の反動が「二つのフランスのあいだに深淵を穿った」(9)とフロベールがつぶやき、自分の世代にとってそれが一つの歴史的亀裂であったと自覚するのは、彼が一八六〇年代に『感情教育』を執筆している時のことである。実際この作品が、七月王政末期と第二共和政を歴史的背景に据え、二月革命を主要な挿話の一つとして説話構造に組みこんでいることは広く知られている。

1848年2月，パリ市内には数多くのバリケードが築かれた．

とはいえ、二月革命が因果論的にフロベールの小説の構想と生成を説明してくれるのではなく、逆にフロベールは『感情教育』を書きながら、そして創作のために厖大な文献資料を渉猟しながら、一八四八年が何であったかを発見したのである。フロベールにとって二月革命は所与の歴史的現実でも、既定性でもなかった。そうではなくて、彼は小説の執筆というきわめて個人的な経験をつうじてその歴史性を見出したのだ。フロベールが再構成した歴史像は、どのようなものだったのだろうか。その美学的装置とイデオロギー的射程を正確に把握するためには、同時代に生産されたテクストへの参照行為が有益な示唆をもたらしてくれるだろう。『感情教育』の少なからぬページは、それらのテクストとの共振関係あるいは葛藤状態のなかで書き綴られたからである。

二月革命を生きた人々を思索へといざない、『感情教育』において歴史の表象をになうテーマは次の三つである。

（1）二月革命と一七八九年のフランス革命の比較。
（2）社会主義をめぐる評価。
（3）歴史の表舞台に登場した「民衆」の役割。

革命か茶番か

フランス大革命と二月革命の比較は、後者の証人たちにとってはきわめて自然な行為であった。一八四八年に限らず、十九世紀を通じて大きな歴史的変動が生じた時期には、つねに一七八九年がすべての淵源として、したがって新たな歴史的、社会的状況の判断を可能にする準拠枠としてもちだされることになる。その意味では、十九世紀全体が革命を生き、革命を絶えず定義しなおした時代だったと言えるだろう。しかし参照の枠組みは同じでも、二月革命の歴史的な評価に関しては、同時代の作家たちは二つの集団に截然と区別される。

共和主義や社会主義にたとえ一時的であるにせよ賛同した者たちは、一八四八年の出来事のうちに自分たちの政治信念が聖別化されるのを認め、それを歴史的合理性の相の下に捉えようとした。一八四八年は一七八九年の原理との和解であり、それを新たな社会的条件にもとづいて永続化させようとするのであって、その限りにおいては、フランス革命が創始した歴史的論理の圏域に組みこまれるはずである。こうしてたとえばボードレールの目に、二月革命はたんにフランスの歴史においてのみならず、同時に世界史全体にとっても画期的な事件として映ずる。友人のシャンフルーリ、トゥーバンと共同執筆した新聞『サリュ・ピュブリック』（公共福祉という意味）の創刊号に、彼は昂ぶった調子で次のように書き記した。

国民議会広場で共和政が宣言された．

二月二十四日は人類のもっとも偉大な日だ！　まさしく二月二十四日をもって、未来の諸世代は、民衆主権の権利が決定的で取消し不可能なものとして到来した日付となすであろう。

詩人はさらに、一七八九年よりも一八四八年の方が価値が大きいとさえ主張する。「断乎として四八年の〈革命〉は、一七八九年のそれよりも偉大なものとなるだろう。そもそも今度の〈革命〉は、前のそれが終えたところから始めるのだから」(10)。

共和政の熱烈な支持者として、故郷であるフランス中部の町ノアンからパリに急いで駆けつけたジョルジュ・サンドもまた、一七八九年との比較対照によって二月革命を価値付けた一人である。

一八四八年の共和国は一七八九年に宣言された義務に、その後の半世紀間に成熟した義務を移植した。私たちが置かれている状況は同じではないが、類似している。私たちの責務はより重大で、より正しく理解され、そしてより美しい(11)。

世代も、感性も、美学も異なる二人の作家がここで共有しているのは、歴史的経験は国民の記憶として蓄積されるという理念、それぞれの時代は、過去の類似した経験を想起しながらそこに新たな集団的営為を付与していくという考え方である。彼らにとって歴史とは、絶えざる自己超越のなかで形成され、進展していく有機的プロセスなのだ。

このような歴史観は、しかしながら二月革命の解釈としてはむしろ例外の部類に属すると言わなければならない。大多数の作家、思想家たちは一八四八年を、一七八九年あるいは一七九三年の戯画化された模倣として捉えたからである。十九世紀中葉の革命家は、フランス革命期の国民公会議員によって形成された歴史的、伝説的な原型に依拠して振舞ったにすぎない。未知の状況に対処すべき責務をになわされた者たちは、十八世紀末の革命家たちの身振りと言説を鸚鵡《おうむ》返しに反復するだけに終わった、と彼らは侮蔑と憐憫を相半ばさせながら言う。
たとえばユゴーは、一八四八年の政治家たちを一七九三年の山岳党員の退嬰的な後継者と見なして、その擬態性を強調してはばからない。一八四八年三月の記述を引用しておこう。

マラーやクートンやカリエ以下に、ひとは成り下がることができる。どのようにして？　彼らを真似ることによって。彼らは恐ろしく、しかも謹厳だった。ひとは今や恐ろしく、かつ滑稽になろうとしている。何だって！　恐怖政治の茶番劇！　何だって！　ギロチンの剽窃！　これ以上醜悪で愚劣なものがあろうか。ちょっと見てみるがいい、これが君たちの望むものなのか。九三年には、それにふさわしい男たちがいた。あれから五十五年経った今は、猿どもだけだ。(12)

同様にメリメ（あの『カルメン』の作家）は、一八四八年三月三十日付の手紙において、政治家たちを辛辣に弾劾する。「独創性などまったくない。各人が、もっとも模倣しやすいものを模倣している。こうしてフランスの政治家連中は、大革命の愚劣さを模倣しているにすぎない(13)」。七月王政の崩壊を喜んだ社会主義者プルードンですら、二月革命の模倣性を指摘し、歴史的偉大さが欠落していると嘲笑してやまなかった。「二月二十四日は、いかなる理念もなしにおこなわれた(14)」。二月革命は理念なき革命、したがって明確なイデオロギーを欠いた革命であった。彼にとって二月革命は、大革命の幻想的威信によって誘発された時期尚早の出来事にすぎない。

今日人々の脳裏を去来しているのは八九年の思い出、大革命の歴史家、小説家の作品を読むことによって鼓吹された熱狂である。(15)

そして最後に、聡明な自由主義者《リベラル》トクヴィルもまた同一の主題を復唱しながら、痛烈な逆説を露呈させる。すなわち、危機と無政府状態の時期、新しい機軸を模索しなければならない瞬間にこそ、ひとは蓄積された過去の政治的遺産に行動の規範と準拠枠を求め、伝統的な言説と使い古された名前に依拠しようとするのだ、と。その議論の道筋は、先に引用したマルクスの『ルイ・ボナパルトのブリュメール十八日』と同じである。トクヴィルの『回想録』の一節を引用しておこう。

国民議会に殺到した民衆

最初の革命を成就させた者たちの姿が、すべての人々の精神のなかに生きており、彼らの行動と言葉がすべての人々の記憶に現前していた。その日〔二月二十四日〕私が目にしたすべてのものが、この思い出の痕跡を明白に示していた。人々はフランス革命を継続させるよりも、それを演じることに腐心しているように、私には思われた。(16)

一八四八年は、革命という相も変わらぬ政治劇の、新たな役者たちによって演じられ、付け加えられた新たな一幕にすぎない。何も変わりはしなかった。革命の演劇化は、その歴史性を稀薄にし、社会的次元を萎縮させる。ユゴーからトクヴィルまで、異なった資質をもち、一八四八年以前においても以後においても多様な行動をとった作家たちは、一八四八年をフランス革命の頽廃的な反復と見なす点であざやかに一致するのである。

《知性クラブ》

フロベールの『感情教育』もまた、政治の領域における個人的、集団的な模倣の側面を繰り返し析出させている。その析出を美学的に媒介するのは、これまで見てきた作家たちのように書簡や回想録に見られる直截な言葉でもなければ、理論的な言説でもなく、作中人物の肖像と行為を内部に組みこんだ物語のレトリックと、具体的な状況がはらむ象徴性である。少し細かく調べてみよう。

小説の主人公フレデリックは、一八四八年四月の憲法制定議会議員の選挙が近づくと、身のほど知らずの政治熱に感染し、友人たちに促されるままに立候補を思い立つ。そしてある日、演説がどのようになされるのか知ろうと、革命直後に乱立した政治クラブのひとつ《知性クラブ》の集会におもむく。知性クラブとは、いかにも期待を抱かせる名前ではないか。しかしこの名称の反語性は、挿話の始めから露呈してしまう。

彼らは路地を通って、やがて、ふだん指物師の使っていると思われる大きな部屋に入った。ま

1848 年の二月革命直後に，数多くの政治クラブが誕生した．女性の諸権利を主張するフェミニズム運動が芽生えたのも，この頃である．

だ新しい壁から石膏の匂いがした。平行に吊り下げた四つのケンケ・ランプが不愉快な光を投げていた。正面の壇上に、呼鈴をのせた事務机があり、少し下がって演壇のつもりのテーブル、そして両側に書記用のもう少し低い机が二つあった。[17]

厳粛な名を戴く政治クラブは、それにふさわしい場所をもっていない。雄弁な政治家の勇ましい演説を響かせもするだろう集会の場は、奥まってあまり人目につかない、卑近な職業空間にすぎない（指物師の部屋）。国家とその制度について議論を上下するだろう場は、日常生活の空間と区別がつかない。人々の壮大な意図と、質素な室内装飾の対照はこうしてあざやかに示される。政治的な象徴性がまったく不在というわけではない。弁士のための演壇と、書記用の机が設置されているからだ。しかし、審議の場を思わせる外観はまやかしで、かりそめの仮面にすぎない。

実際、《知性クラブ》の集会は時を移さず、混乱をきわめるバベルの塔に変貌してしまうだろう。そこでは、誰もがわれ先に発言の権利を主張して他人の意見に耳を傾けようとせず、その挙句、読者は愚かしい対話に立ち会うことになる。スペイン語で発話され、したがって聴衆の誰ひとり理解できない「バルセロナの愛国者」の演説が、この言語的な混乱に拍車をかける。《知性クラブ》の参加者たちは、十八世紀末の革命家＝雄弁家たちを模倣しようとしてその試みに失敗し、革命は劇的な緊張を失い、今や倭小な笑劇と化してしまう。政治的言説の無効性は、この場面で示されるテーマの増幅におおきく貢献している。フロベールは、政治的象徴の過剰性と出来事の愚劣さの対照を際立たせ、革命という偉大な歴史的神話がその幻想的な再生によってパロディになっていることを、強調したのである。

クラブの議長、社会主義者セネカルは、聴衆にたいするその相対的な知的優越にもかかわらず――あるいはむしろそれゆえに――、このような模倣の遊戯から解放されるどころか、まさしくそこに惑溺していく。

当時、誰もかもあるモデルを手本に行動していて、ある者はサン・ジュストを、ある者はダントンを、またある者はマラーというふうに真似ていたのだが、そこでセネカルはブランキに似ようとつとめていた。そしてこのブランキ自身はロベスピエールを手本としていたのだ。(18)

フランス大革命の主役たちの名前が、一八四八年の端役たちの振舞いを規定してしまうという、歴史のメカニズムがここで露呈している。《知性クラブ》の挿話は、反復された国民公会の戯画として読まれるだろう。輝かしい革命への郷愁が執拗に人々の政治的記憶のうちに根ざしているから、世界を変革しようと主張する者は、われ知らず過去の亡霊たちを呼び起こすのである。

政治集会が、革命の擬態を集約的に現出させる空間であるにしても、しかしそのための唯一の物語装置ではない。セネカル以外にも何人かの作中人物たちが、一八四八年の世代の歴史的病弊を析出させる役割をになっている。主人公の親しい友人デローリエは、「あの八九年の再来がいま準備されているんだ」(19)と口にする。小説の年譜にしたがえば一八四〇年九月につぶやかれるこの予言は、来たるべき革命の模倣性をすでに暗示していると言えるだろう。しかもデローリエは、その立場決定においても政治的言動においても、意識的、無意識的にセネカルを真似てしまう。

また、この小説にはデルマールという大根役者が登場する。「ルイ十四世に意見をし、八九年を予言する下層民の役をつとめた芝居以来、たいそう認められた」(20)彼は、絶えず諸国の君主を罵倒する役を託され、さまざまな仮装のもとに同じ蜂起の場面を演じ続ける破目におちいる。革命を舞台で演じ続けたデルマールは、ひとたび実際に革命が勃発するや、いかなる整合的な言説もみずからは構想できない。しかし、そのような一種の失語状態への転落も、思わせぶりな仕草と虚飾によって、彼が政治クラブの演壇という新たな舞台で喝采を浴びることを妨げはしない。この民衆の英雄の成功は、二月革命がいかに芝居的で、模倣的性格のものであったかを際立たせているのである。

『感情教育』が表象する二月革命から引き出される歴史観は、以上のとおりである。そこには明らかに、マルクスやトクヴィルとの類似性を看取できる。誤解のないように断っておくが、フロベールがマルクスやトクヴィルを読んだから、このような歴史観を表明したわけではない。フロベールはマルクスを知らなかったし、トクヴィルの『回想録』が出版された時はすでに物故していた。『感情教育』は文学的言説とレトリックをつうじて、同時代の思想家たちと共鳴する歴史哲学を展開したのである。

一八四八年の一連の出来事に立ち会った作家や思想家たちは、多様な反応を見せたにもかかわらず、ある一点において共通の認識に達していた。二月革命が本質的に社会主義理論の磁場で達成された、という点である。その共通の認識から、しかしながら彼らは異なる結論を導きだした。

ある者たちにとって、社会的平等への志向は合法的で、当然の権利要求にほかならない。だからこそ、共和政樹立の直後にできた内閣にはルイ・ブランなど社会主義者も数人含まれていた。プルードンによれば、このような希求を基底にすえる二月革命は、社会をおそった偶発的な出来事であるどころか、フランスの社会的進展を統御する一般的趨勢に照応しており、その限りで「革命的弁証法の法則」[21]を例証するものである。彼の主著のひとつ『十九世紀における革命の一般概念』（一八五一）は、十九世紀の革命は政治的であるよりも、まず社会的、経済的でなければならない、という主題をいたるところで復唱している。[22]

これに反して他の作家たちは、社会主義を二月革命のイデオロギー的機軸と同定しながらも、来るべき社会の再編成においてそれがどこまで有効かという点では懐疑的であり、さまざまな留保をつけることになる。一八四八年のユゴーは、穏健な共和主義の名において社会主義の過激性を断罪し、社会変革を企図する理論家たちが、自分たちによって提出された理念の高みに到達していないと嘆く。彼らは、長いあいだ待ち望んでいた出来事に乗り越えられてしまった。理念を練りあげた者の意図よりも、事実の方が先に進んでしまったとユゴーは指摘したのである。[23]

臨時政府で一時期、外務大臣の職についたトクヴィルの判断はもっと陰影に富んでいる。彼は確かに、社会主義が一八四八年二月から六月にいたる時期を特徴づける教説であることを理解していた。

社会主義は、二月革命の根本的な性質、そのもっとも恐るべき思い出として残るだろう。共和政は遠い将来、目的ではなく手段として映ずることになろう。(24)

社会主義がさまざまな経路をたどって民衆のあいだに浸透していった事実のうちに、トクヴィルは歴史の必然性を認めることさえやぶさかではない。一七八九年以来、民衆の知識と社会的な力は増大することをやめなかったのであるから、彼らが政治機構のみならず、社会を構成する基本的な制度と規範までも改変することによって、自分たちの強いられた劣等性を克服しようと考えるようになったのは、当然の成り行きではなかっただろうか。しかし歴史の論理に合致することは、社会的にはかならずしも正当でないし、また正当化もされえないだろう。こうしてトクヴィルは社会主義を、当時の状況においては時期尚早の思想と見なし、その結果、自由の名において彼が擁護しようとした社会の原理にたいする潜在的な脅威として忌避した。(25)

ユゴーやトクヴィルに較べて一世代若いエルネスト・ルナン（一八二三―九二）は、一八四八年の出来事に触発されて一気呵成に執筆した『科学の未来』で、やはり社会主義が二月革命の主導理念であることを見抜いていた。この理論の生成と流布は、十九世紀の精神的、政治的風土においては不可避であった、と若きルナンは言う。

社会主義の活力を生んでいるのは、それが現代精神の完全に正当な趨勢に一致しているという事実であって、その意味で、この趨勢の当然の発展である。[26]

トクヴィルとルナンでは表現や用語は同一でないし、観点もいくらか違う。『回想録』の著者トクヴィルが、一八四八年の危機にまでいたったフランス社会の変遷のうちに、歴史の連続性を見るのに対し、『科学の未来』の著者ルナンは、そこに進歩へと向う哲学的論理の現われを認める。一八四八年当時のルナンは、十九世紀が啓蒙時代から思想的遺産として受け継いだ「進歩主義」を支持していた、ということを付言しておこう。両者とも、社会主義が権利としての平等という、十九世紀の人間にとって本質的な課題を明瞭な言葉で定式化したことには同意する。ただしルナンに言わせれば、一八四八年の社会主義者たちは、この課題を解決するための手段において誤謬に陥っている。一八四八年の暮、十二月二十九日付の姉アンリエット宛の手紙のなかには次のような一節が読まれる。

理論的な傾向と原理に関しては、私は社会主義者たちに完全に賛同しますが、彼らがそのために提案する手段はすべて幻想であり、彼らが追求する目的に背馳するものだと思います。[27]

すなわちルナンは、提起された問題の適合性は認めるものの、社会全体が不安定さのなかに置かれているという現状のもとでは、社会主義者たちが提案する解決策は実行に移せないと判断していた。社会主義の現実化は当面の状況では望むことはできず、無限定の未来にまで延期されているのだ。

そして最後に、価値ある辞典の編纂者として有名なエミール・リトレ（一八〇一―八一）がトクヴィルやルナンと共鳴しながら、同じ主題による変奏曲を響かせてくれる。その著書『保守、革命、実証主義』（一八五二）は、彼の師だったオーギュスト・コントの実証主義の立場からなされた歴史哲学的な考察に多くのページを割くと同時に、二月革命に関する鋭い解釈を含んでいる。社会主義がどのような条件の下で十九世紀の政治圏域に導入されるにいたったか、という問いはそのなかでも中心的な話題である。リトレによれば、労働者階級の社会上昇は、十八世紀までのカトリック的統一性が破綻したことによる当然の帰結であった。腐朽した諸制度が揺らいできたところに科学的知の発展が加わり、その相乗作用のなかで「下層階級の解放と、彼らのより完全な生活への到達」[28]が現実的な課題となる。下層階級は旧くなった信仰を棄て、自分たちの惨状と、潜在的に具えている政治的影響力をはっきり自覚するまでになったのであり、そこに社会主義が生成する歴史的な温床が形成された。

下層階級の増大しつつある主導性こそが、政治に道徳的傾向を付与し、明らかな必然性によって社会主義思想を招来したのだ。この思想を誘発した感情は、われわれの父祖が始めた革命の直接的な延長であるのみならず、また同時に、当然そうなるはずであったように、民衆の要求の表現であり、過去の倫理よりも優れた倫理によって吹きこまれたものである。[29]

リトレは社会主義の登場とその普及を、歴史的、倫理的な必然であったとして正当化している。すなわちプルードンやルナンと同じく、社会的な平等を志向する教説は時代の要請だったと見なすのである。しかし彼は、この教説の価値付けに関しては同時代の思想家と袂を分かつ。事実判断の一致は価値判断の相違を妨げない。当時リトレが信奉していた実証主義哲学の体系に照合すれば、社会主義とは、より良い社会組織を建設するために通過すべきひとつの階梯にほかならない。そして「解体する過去と、未来の宗教たるべき人類という至高概念のあいだに存在するひとつの輪」[30]として把握される。換言すれば、社会主義はそれ自体が最終的な解決策ではなく、コント流の「人類教」を近い将来において実現するために不可欠で、同時に超越しなければならない歴史の哲学であり、その意味ではすぐれて過渡期のイデオロギーなのである。

社会主義者の肖像

これまで分析してきたテクストは、それぞれの著者による現実観察と歴史哲学を分節化し、二月革命期に社会主義が果した役割についての考察を報告してくれる。テクストはいずれも革命勃発の直後に執筆されたものであり、時間的な距離を置くことによってしばしば可能になる客観化や、それにともなう修正は入っていない。他方、一八六〇年代に『感情教育』を執筆し、そのために数多くの文献に目をとおしたフロベールには、一八四八年前後の思想潮流を俯瞰し、整理するだけの時間があった。作家フロベールはトクヴィルや、ルナンや、リトレとは異なるやり方で社会主義を問いかけ、それを小説のなかで表象した。『感情教育』という作品は、作中人物の政治的相貌と経歴をつうじて社会主義を現前させ、それをさまざまな主義と思想が衝突する物語空間の中枢に位置づけている。

この小説には、社会主義に賛同する、あるいは親近感をおぼえる人物たちが登場する。そのなかでも、さまざまな理論的主張と過激な立場表明によって社会主義のすべての潮流を体現しているかに見えるのが、セネカルという男だ。フロベールは一八四〇年代の一社会主義者の肖像を次のように描いてみせる。

セネカルの考えていることは、もっと私欲を離れていた。毎晩、仕事がすんで屋根裏部屋に帰ると、さっそく、書物のなかに自分の夢想を十分裏書きしてくれるものを求めるのだった。彼は『社会契約論』にみずから注を入れ、『独立評論』に読みふけった。マブリー、モレリ、フーリエ、サン゠シモン、コント、カベ、ルイ・ブランなど、荷車一台に積みきれぬほどの社会主義評論家をよく知っていた。人類のために兵営生活の水準を理想とし、楽しみは公娼の家でとらせ、勘定台の上にかがみこませようと欲する人たちを、である。そして、こうした思想の混合から、彼は道徳的な民主主義を理想として考えていて、それは小作地と製糸工場の二つの形相をもって、そこでは個人はただダライ゠ラマやナブコドノゾール王より専制的で、絶対で、確実で神的な社会のためにのみ存在するという、一種のアメリカ式なラケダイモン〔古代スパルタのこと〕であった。セネカルはこの理想が近い将来に実現することを少しも疑わない。そして、自分の敵と考えるすべてのものに、彼は幾何学者のような推理と異端審問官の信念とをもって、真っ向から打ってかかった。(31)

セネカルは、ルソーやモレリなど十八世紀の社会思想家から、十九世紀前半の社会主義を代表する思想家たちをあまねく読んでいる。『独立評論』は、サン＝シモンの弟子ピエール・ルルーが創始した雑誌で、彼に影響された作家ジョルジュ・サンドも一時期寄稿していた。粗末な屋根裏部屋に住みながら、まじめな労働者であるセネカルは書物から得た知識と理論によって、理想社会のイメージを創りあげていく。そのこと自体に非難すべきものはない。

しかし、フロベールのテクストは重層的だ。勤勉な読書家であることは、そこから紡ぎだされる思想が一貫したものだということを保証しない。それどころか「荷車一台」、「思想の混合」といった表現は、この男の社会主義が寄せ集めにすぎず、説得性を欠いていることを暗示していないだろうか。彼が夢想する「道徳的な民主主義」には、民衆への配慮がない。自由と平等を唱えるどころか、彼の民主主義は十八世紀にモンテスキューが論じた「東洋的専制主義」の雰囲気をまとう。そして異端審問官のような信念をいだく彼は、何かしら冷徹な近づきがたさを漂わせている。

実際、『感情教育』のその後の諸章をつうじて、セネカルの言動は不寛容な教条主義によって特徴づけられる。彼は人々が目にし感じる現実を無視して、つねに理論を、そして体系を特権化しようとする。社会主義者セネカルの理論信仰は、個人主義や自由主義を排撃する姿勢と表裏一体をなしている。こうして、義務の感情と専制主義への欲求が混在するセネカルは、友人のとりなしでアルヌーの瀬戸物工場の監督官になるやいなや、労働者たちにたいして不当なまでの峻厳さを示してしまうのだ。「理論一点張りの男だけに、ただ大衆のことが頭にあって、個人個人には何の容赦もしなかった」(32)と、フロベールはさりげなく書き記す。一方には、体系化された理論と集団の目標があり、他方には、セネカルが関知しようとしない情動と個人の世界があって、この作中人物にあっては両者のあいだにいかなる和解も成立しえない。

語り手によって社会主義者、民主主義者、あるいは共和主義者と形容されるこのセネカルにおいては――あたかもこの三つの呼称が、つねに補完的で代替可能であるかのように！――、極端な法治主義への志向が行動と言説においてしばしば浮上してくる。前節で触れた政治クラブのひとつ《知性クラブ》の議長となったセネカルは、「法令のようないかめしい文句を用いつつ、独断的な調子[33]」で聴衆を威圧する。そこで彼の言説は、きびしい束縛と自由の欠落を示唆する言語学的な記号を増殖させるのである。十九世紀の社会主義はその客観主義的および科学的な主張において、社会ないし集団を歴史の絶対的な主体と見なし、しばしば個人には進歩への参画を禁じており、その意味で自由主義イデオロギーに真っ向から対立していたことを、ここであらためて喚起しておこう。

セネカルは「ダライ＝ラマやナブコドノゾール王より専制的で、絶対で、確実で神的な社会」、個人が社会のためにのみ存在するような社会を夢みる。社会が個人よりも優先される、集団の目標が個人の意志よりも重んじられるというこの思考が、その後の彼の変節を説明してくれる。革命の理想が風化し、社会主義が色褪せるにつれてセネカルの態度も変わっていく。権威の使徒とみずからを任じて「民衆の未熟性」を嘆く彼は、その民衆を救うための暫定的な政体として独裁制を容認するにいたる。社会主義のユートピアを夢想していた彼は、民衆の名において専制政治を顕揚するという姿勢へと地滑り的に移行していく。「結果がよければそのことを正当化する。独裁も時にはぜひ必要だ。圧制者がいいことをしてさえくれれば、圧制政治も万歳さ[34]」。

ルイ・ボナパルトのクーデタ（一八五一年十二月二日）の直後に、セネカルは武装した警官となって、つまりボナパルト派の手先となって読者の前に姿を現わし、主人公フレデリックの眼前で、かつての仲間である共和主義者デュサルディエを銃剣で突きさす。社会主義者セネカルが独裁者の権力にすり寄ったのは、彼が思想的に変節したからではなく、むしろ彼の思想の論理的帰結にほかならない、ということを『感情教育』は示唆しているのだ。フロベールは、セネカルの変貌を当初から説話的展開のなかに必然的なものとして組みこんでいたのである。過激で、寛容さを欠く革命家の遍歴と、軍事クーデタという非合法な手段によって樹立された独裁権力への賛同が矛盾するように感じられるのは、表面上のことにすぎない。そこには、深いところで同一の心性が通底しているのである。

政治と宗教

一八四〇年代と二月革命を特徴づけた社会主義、および多様な思想を文学的に形象化した『感情教育』の最大の独創性のひとつは、そうした思想体系の内部で政治的なものと宗教的なもの、俗権と教権がときに胡散臭いしかたで結びついているのを明らかにしたことであろう。この点でも、セネカルは意味深い人物である。初めて作中に登場した時点から、彼はおごそかな聖職者の雰囲気を漂わせ、敵にたいしては「異端審問官」のように絶対的な信念をもって挑みかかる。ここでは、隠喩の価値が決定的に大きい。セネカルの肖像と言説は、社会変革をめざす思想とキリスト教精神が同居していることを示しているのだから。

しかも彼は、宗教と政治の連帯関係を体現する唯一の作中人物ではない。三流画家のペルラン、あらゆる様式に誘惑されながら、価値ある作品をひとつも創造できないこの老画家は、革命がもたらした昂揚感のなかで「《共和国》あるいは《進歩》あるいは《文明》を象徴し、原始林を走る一台の蒸気機関車を操縦しているイエス・キリストを表現[35]」する絵を描く。進歩と文明化は共和主義が唱えた理念であり（そして十九世紀末、第三共和政はこの進歩と文明化の名において植民地主義を推進することになる）、産業革命の象徴である蒸気は、その進歩と文明化を保証するはずの科学装置だった。キリストが蒸気機関車を運転する……。その荒唐無稽な時代錯誤性を嗤ってはならない。ペルランはいたって生真面目なのだから。この絵画図像においては、共和国の理想と人道主義的な理念が新たな福音書の伝道と結びついている。画家はやがて、芸術の名において中世と王政への郷愁を表明するにいたるだろう。

さらにもう一人の作中人物、役者のデルマールまでが、宗教性と政治的情熱の連鎖を露呈させる役目をになう。民衆の代弁者としてパリの庶民に愛される彼は、「聖ヴァンサン＝ド＝ポールと、ブルータスと、ミラボーをつきまぜたような人物[36]」、すなわち聖者の相貌と、政治的な英雄のカリスマ性を兼備した人物として観客の前に立ち現れ、ついにはキリスト扱いされるまでになってしまう。セネカル、ペルラン、そしてデルマールが共通して示してくれるのは、二月革命前後の時代において、政治と、社会思想と、キリスト教は分かちがたく繋がっていたということである。

そしてまさにそれが、フロベールを苛立たせたのだった。

一八六〇年代に書かれた数多くの手紙のなかでフロベールは、無謬性を僭称する科学的定式を援用して、来たるべき社会の理想モデルを考案する思想家たちに異議申し立てする。彼にとって、社会主義とは専制と同義語であり、したがって芸術と道徳性の破壊に通じるとされた。さらに作家は、社会主義思想の内部で政治と宗教が縒りあわさっていることを指摘し、それが二月革命の推移に致命的な影響を及ぼしたと強調する。書簡から興味深い一節を二つ引用しておこう。

私は今、一八四八年の革命に取り組んでいます。そしてその時代を研究しながら、現在の状況を説明してくれる過去の事柄がたくさんあるのを発見しました。カトリック教の影響は甚大で、嘆かわしいものだったと思います。

私が革命家たちのうちに見出すキリスト教の比重にはぞっとします。(37)

この一文に続いて作家は、自分の見解を裏付けるためにルイ・ブランとプルードンの著作から引用している。ここでのフロベールは、事実判断の地平では誤っていないし、社会主義および人道主義的思想の本質的な一面を把握した功績を認めてやるべきだろう。なぜなら十九世紀前半の社会ユートピア思想は、宗教性を包摂した教説としてみずからを定位する志向を隠さなかったからである。みずからが明らかにしたと称する歴史法則の論理に社会の進歩を組みこみながら、この思想はキリスト教神学と終末論の磁場から解放されてはいない。過去の社会の分析において科学性を主張し、未来社会の構図において宗教性を援用するユートピア思想は、こうして絶対的な教権として構築されることを望んでいた。(38)

このような思想的次元は、とりわけサン＝シモン主義者たちにおいて鮮明に表われた。彼らは、フランス革命によって惹き起こされた社会の変化に対応するような、新たな宗教的時代の聖職者たろうとしていたからである。サン＝シモンの主著のひとつが『新しいキリスト教』（一八二四）と題されているのは、偶然ではない。サン＝シモン主義者たちの言語と行動様式、そして彼らの共同体組織の様態は、明らかに原始キリスト教社会のそれを模倣していたのだ。

社会主義の形成に際して、キリスト教が浸透していたことを強調するのは、したがって見当違いの指摘ではなかった。しかし反教権主義者《アンチクレリカル》であるフロベールの目には、政治と宗教の混淆は許容しがたい逸脱でしかなく、したがってそれを告発する言葉は痛烈な調子をおびることになった。「一方ではネオ・カトリシズムが、他方では社会主義がフランスを愚かにした。すべては、無原罪の御宿りの教義と労働者の飯盒のあいだで動いている」[39]。二月革命の実現は、イデオロギー的には社会主義に多くを負っていたとはいえ、このイデオロギーの構成要素たる宗教性ゆえに流産する運命にあった。フロベールは、トクヴィルやルナンのように整合的な歴史哲学を定式化したわけではない。しかし社会主義の教権主義的な性格を浮き彫りにし、一八四八年の革命家たちに辛辣な審判を下したという意味で、彼らよりも徹底していたと言えるだろう。

民衆の神話とその解体

一八四八年に民衆が果した役割をどのように評価するかが問題になる時、同時代の作家、思想家たちの意見はことのほか多様であり、その振幅もまた大きい。民衆の歴史的な任務と政治的な能力に関する省察は、人々のイデオロギー的な分極化を際立たせることになった。もちろん、民衆をめぐる論争は一八四八年の状況に限定されるものではない。前章でミシュレの『フランス革命史』を論じた際に触れておいたように、民衆は十九世紀の文学、思想、歴史学における巨大な神話であり、想像力と社会性を分節化する概念として激しい議論を誘発し続けた。しかし一八四八年に、民衆は革命の実現に決定的に貢献したことにより、一躍歴史の前景に踊りでたのだった。民衆をどのように定義するかという問いかけは、二月革命の本質に関わるのである。したがって民衆の行動をどのように意味づけ、表象するかというのは単純な身ぶりではありえなかった。

第二共和政の成立を、待ち望んでいた新たな時代の到来として歓迎した作家たちは、民衆（しばしばPeupleと大文字で記される）を神聖化し、革命運動の中心的な主体、共和主義の担い手として称賛する。ジョルジュ・サンドは典型的な一例で、革命直後の書簡や新聞記事で彼女は民衆に最大限の賛辞を呈した。サンドによれば、フランスの民衆こそが世界のあらゆる民衆を導くはずである。

> 私は偉大で、崇高で、素朴で、寛大な民衆をこの目で見ました。それはフランスの中心、世界の中心に集まったフランス国民、この世でもっとも素晴らしい民衆でした。(40)
>
> 民衆は崇高なまでに勇敢で、同時に穏やかでした。

作家ルコント・ド・リールの親しい友人で、フーリエの思想に共鳴していた詩人ルイ・メナール（一八二二―一九〇一）も同じように、『革命への序曲』のなかで、民衆を革命の大義の受託者、歴史的過程の導き手として規定し、民衆はフランスが待望している新しい宗教の司祭たるべきだと主張する。そして革命の日々において、民衆が秩序ある行動を貫いたことをしばしば強調した。[41]

ルナンでさえ、母親宛の手紙に示されるように、当初は民衆にたいするほとんど無邪気なまでの賛辞を惜しまなかった。「パリの民衆は善良で、聡明で、良識と廉直さに満ちています。怒った時には恐ろしい民衆も、勝利の後は笑い、歌うことしか考えていません」[42]。歴史の先導者として民衆を称揚するのは、ミシュレに代表されるような人道主義的な民主主義の教説との親近感を証言するものである。

しかし、ルナンの幻想は長く続かなかった。彼はまもなく、庶民階級にたいする昂ぶった賛辞を撤回することになる。ルナンは今の民衆ではなく、未来の民衆が示してくれるだろう可能性に賭けると言う。姉アンリエット宛の手紙から、一節を引用しておこう。

親しい友よ、私が現在あるがままの民衆を愛しているとか、社会を粗雑で下品な類型に引き戻そうとしているなどと思わないで下さい。私が民衆を愛するのは、彼らが今後成りうるもののゆえにであり、彼らが主要な構成要素になるであろう未来の状況のためなのです。[43]

一八四八年十二月十日、ルイ・ボナパルトがフランス史上初の普通選挙（ただし選挙権は二十五歳以上の男性のみ）で大統領に選出されると、ルナンの幻滅は決定的となる。二月革命の直後に社会的蘇生の希望として讃えられた民衆は、今や彼から見れば「盲目の群衆」に変貌してしまったのである。

ルナン以前に、他の多くの作家たちはすでに民衆を無思慮な「群衆」、あるいは「暴徒」と同一視し、民衆のうちに革命運動の主役を認めまいとしていた。一八四八年の民衆は、何を望んでいるのかはっきり自覚しないまま、パリで蜂起し、バリケードを築いた。それは誰によって計画されたのでもない自発的な運動だったが、明確な目標とヴィジョンを欠いていた。庶民階級の歴史的、政治的機能を矮小化しようとするこのような傾向を、ヴィニーの回想録の一節は雄弁に物語ってくれる。

この名もない群衆が、あらゆる障害を打ち破る訓練をしていた自分自身の重みに押されて、いたるところに殺到した時、そして群衆が政府の二つの拠点〔議会とパリ市庁舎〕に押し寄せ、何の抵抗もなくパリの街路を埋めつくした時、群衆が茫然とした様子であちこち彷徨し、頭をかかえて座りこむのが見えた。広場はこのような群衆で溢れかえっていた。それは、無為で、戦闘も敗者もなく得た勝利の罰を受け、目標も意志もなく動物のように愚鈍な呑気さで歩き回っている群衆であった。(44)

ヴィニーは「民衆」(peuple)に、絶えず「群衆」(foule あるいは multitude)という語を置換しているのだが、こうした語彙の選択自体が、著者の社会観と価値判断を証言しているといえよう。また、引用文において作家が民衆の役割の歴史性を減殺するために用いている戦略は二つある。第一に、二月革命が「戦闘も敗者もなく」実現したと見なし（これは史実に反する）、七月王政がそれ自身に内在していた欠陥のみによって自己崩壊したかのように主張して、民衆の行為の射程を無化していることである。第二に、ヴィニーは民衆の運動に指導理念が欠落していると指摘し、共和政成立に際しても、偶発要因を重視して民衆に行動主体の地位を認めようとしない。パリの主人となった民衆が虚脱状態に陥り、それをあたかも動物的な愚鈍と同一視するのは、民衆が歴史的事件に参加したという次元を稀薄にすることにほかならない。

チュイルリー宮殿の民衆

このような民衆をめぐる表象システムは、われわれを再び『感情教育』へと引き戻してくれる。フロベールの作品は、そこに描かれている民衆の姿と言動を媒介にして、民衆という神話が誘発した歴史的論争に参加しているからだ。

『感情教育』は、その第一部と第二部をつうじて民衆を匿名性のなかに埋没させている。語り手は民衆の存在を喚起するが、その相貌と行為を具体的に描写することはない。民衆は遠くから、あるいは近くから見られる対象であり、行動の主体としては現れない。彼らが匿名の集団という地位から脱けだし、ついに物語の前景に躍りでるのは、第三部の冒頭、二月革命の挿話においてである。国王ルイ＝フィリップが退位して革命が成就すると、パリの民衆は国王一家が住み、宮廷が置かれていたチュイルリー宮殿に侵入する。それはあらゆる革命の時になされる、象徴的な行為にほかならない。この時フロベールのテクストは、民衆を革命運動の主役に昇格させ、まさに共和主義的、民主主義的な歴史学が創りあげた神話に積極的に加担するように見える。しかし性急に結論づける前に、テクストがどのような言葉で民衆によるチュイルリー宮殿占領を叙述しているか読んでみよう。

突然、「マルセイエーズ」が響きわたった。ユソネとフレデリックは手すりにもたれてのぞいた。それは民衆だった。みんな階段におしよせてきた。無帽の頭、ヘルメット帽、赤い小帽子、銃剣、何もかもがまばゆい波のように揺れている。あまりの勢いに、宮廷の従僕も蝟集する群衆のなかに姿を没してしまった。人波は春分の潮におされて逆流する川のように、抵抗しようもない勢いで咆哮しながら上へ上へと昇ってきた。(45)

チュイルリー宮殿に侵入した民衆

ユソネはボヘミアン的なジャーナリストで、主人公の友人である。勝利した民衆の行進は、体系的な隠喩の使用によって、押しよせる大波、氾濫した急流、あるいは猛り狂った獣と同一視される。革命の主役であるかに見えた民衆を描くために、フロベールは自然の天変地異、あるいは動物の本能の領域に属する比喩を使用しているのだ。後年ゾラも『ジェルミナール』(一八八五)のなかで、飢えた炭鉱労働者たちのストライキを描写する際に援用することになる技法によって、『感情教育』の作家は、読者の眼前で人間の行為を自然化し、それがまるで物理的な地殻変動であるかのように提示するのである。歴史的、社会的な次元は、自然的、生物学的な含意によって中和され、政治的反乱は動物性の表われに還元されてしまうかのようである。物語は民衆の政治的で、象徴的な行為を自然の脅威と同一化することにより、その歴史性を稀薄にしていると言えるだろう。

民衆はまもなく無秩序な「群衆」に変わる。崩壊した王政の寓意である玉座が窓から放り投げられた後は、それまで抑圧されていた衝動が一気に解放されたかのように、破壊行為にうち興じることになるのである。そしてとりわけ華やかな「元帥の間」に足を踏み入れた群衆は、その雑多で異質な構成要素を露わにし始める。チュイルリー宮殿に侵入した民衆、ユソネに嫌悪の情を催させ、フレデリックが「崇高」だと見なす民衆は「労働者」、「鍛冶屋」、「売春婦」、「徒刑囚」、「無頼漢」、「ごろつき」の集合体にほかならない。労働者や鍛冶屋が職業的カテゴリーを示すのに対し、売春婦、徒刑囚、無頼漢、ごろつきは、何よりも社会的、倫理的な価値判断を含んでいる。

ここで描かれた民衆とは、社会の底辺あるいは周縁に位置し、犯罪世界と関わりをもつ人々によって代表されている。歴史家ルイ・シュヴァリエを引き合いに出すならば、民衆すなわち「危険な階級」ということになるだろう。それは、たとえばシューの『パリの秘密』で語られた世界である。つまりフロベールの作品では、「民衆」という語の政治的、イデオロギー的な含意が巧みに減殺され、民衆は社会の危険分子からなる無秩序な集合体として表象されているのである。チュイルリー宮殿における民衆は、政治的な統一体としてではなく、異質で不安をもたらす集団として『感情教育』のページに立ち現れる。こうしてフロベールのテクストは、ロマン主義的な民衆の神話をつき崩す。

この既定方針は、興味深い細部を意図的に削除することによっていっそう強調されている。今問題になっている挿話を物語中に組みこむためにフロベールが参照し、それについての詳細な読書ノートも残っている歴史書や、回想録の作者たちは、暴力的な群衆とは一線を画して、秩序ある振舞いをもった民衆が存在したことを報告している。たとえばダニエル・ステルンや、ガルニエ゠パジェスの『一八四八年革命史』がその例で、フロベールは確かに読んでいた。[47] ところが『感情教育』は、民衆の功績に数え入れてもよいであろうこの行為を抹消し、民衆の歴史的な胎動を自然の諸要素の無秩序に同一化して、民衆を「下郎の徒 canaille」あるいは「下層民 populace」に変えてしまう。「下層民は暴動を起こすにすぎない。革命をおこなうには民衆が必要である」と『レ・ミゼラブル』の草稿に書き記し、まさに「民衆」を「下層民」から峻別することこそが、民衆の社会的復権のために不可欠な条件だと主張するユゴーなどと違い、[48] フロベールの小説は、革命で蜂起した民衆を蛮族の群れと同列に置くのである。

詩学と歴史哲学

民衆が政治と歴史の場に登場してきたという事実を、歴史とは無関係な自然の圏域にすり替え、民衆を構成する人々の多様性を意図的に弱めて、違法性と犯罪の領域で暮らす集団であるかのように提示すること――それこそが『感情教育』に含まれる民衆の表象をつかさどる戦略であり、修辞学的な装置である。ルナンやヴィニーは、庶民階級を自分たちの行動の意味と重要性を認識しえない者と見なし、彼らの政治的な未熟さと無思慮を慨嘆するにとどまっていた。それに対しフロベールは、チュイルリー宮殿の民衆という象徴的なシーンを語りつつ、民衆の無軌道な逸脱と抑制しがたい暴力性を際立たせるのである。

書簡集や手記のなかでも、フロベールは民衆の反＝神話化という主題をさまざまに変奏させている。彼にとって、民主主義的な歴史学によって神聖化された民衆は、「群衆」や「動物の群れ」から区別されず、「愚鈍で、忌まわしいほど残酷」で、したがって「つねに憎むべき」対象にほかならない。民衆はまた「永遠の未成年」だから、社会において主導的な役割を果たすことはできない。暴動の日にかぎって大衆が何がしかの共感をフロベールから得られるのは、「その日には空に一陣の大風が立ち」、「自然の詩情と同じほどに雄大で、それ以上に熱烈な人間的詩情がひとを酔わせる」[49]からだ、という。先に見た民衆の運動と自然の相同性という主題は、ここでも反復されている。

民衆のあらゆる神話化を拒むフロベールは、「神政的な専制主義の時代のように、個人をすっかり衰弱させる」民主主義に、心から賛同することはなかった。個人主義の価値に依拠して民衆の台頭にかすかな不安を覚え、民衆を歴史的過程の主役、あるいは進歩の担い手と見なそうとはしなかった。ある手記に、作家は次のように記している。「民衆は、個人よりも狭隘な人間性の表現であり、群衆はもっとも人間に対立するものである」[50]。『感情教育』の革命シーンにおいても、書簡においても、フロベールは一貫して民衆にたいする不信感を隠さなかった。

第二帝政期に発表された、二月革命前後を時代背景とする数少ない小説のひとつである『感情教育』は、フランス大革命という近代史の祖型との比較で一八四八年を過小に評価し、社会主義の有効性にたいして異議を申し立て、民衆の歴史的な重要性を貶める。そのかぎりで、フロベールと同時代の幾人かの作家の言説と共振している。ただしそれは、物語に介入する語り手の直接的な註釈によってではなく、作中人物の言動と軌跡を媒介にしておこなわれる。歴史小説は、歴史的な事実を正確に再構成し、提示するだけではない。それは架空の人物たちの物語をつうじて、歴史を読み解き、ときには診断を下すのをためらわない。文学作品としての『感情教育』は虚構の表象とレトリックをつうじて、二月革命の歴史を解釈するひとつの手掛かりをもたらしてくれる。歴史小説においては、詩学と歴史哲学は密接に繋がっており、相互に条件づけられるのである。

第九章　知の生成と変貌――『感情教育』のなかの社会主義

物語と書物の知

前章では、二月革命を前にして作家、思想家たちがどのように反応し、何を考えていたかを三つの主題にそくして考察した。ユゴー、メリメ、ヴィニー、サンドといった作家、そしてトクヴィル、プルードン、リトレ、ルナン、マルクスなどの思想家は同じ知的系譜に属していないが、二月革命のイデオロギー的争点と歴史的意味づけにおいては、しばしば認識を共有していた。一八四〇年代のパリ社会を舞台にする『感情教育』は、彼らの思想と時には共振し、時には距離を取りながら、この事件を表象した代表的な小説である。言論と出版にたいして厳しい検閲制度を設けていた第二帝政下において、ナポレオン三世の権力の正当性を問題視するような文学が難しかったことを考慮するならば、フロベールの作品の意義はいくら強調しても足りない。

『感情教育』に社会主義者が登場し、その肖像と言説をつうじて作家が社会主義をめぐる一定のイメージを提示していることを、前章で確認した。その際にも簡単に触れたように、社会主義者の文学的形象化は、それに先立ってなされた文献調査から得た知識にもとづいている。フロベールは社会主義の理論家たちの著作を渉猟しながら、詳細な読書ノートを作成し、そこで練られた考察が物語の要素として活用されることになった。そこで本章では、この読書ノートを読み解くことで、作家と社会主義の関係をより詳しく分析してみよう。

この読書ノートは未刊で、現在はフランスのルーアン市立図書館に保存されている。このような資料を対象とする文学研究を、フランス語圏では「生成研究 étude génétique」と呼ぶ慣わしである。Génétique とは本来、生物学の発生論を意味する語だが、それを文学研究の領域に転用したもので、文学作品の誕生から完成までを、あらゆる種類の草稿にもとづいて再構成しようとする研究方法を指すようになった。完成作に先立つテクスト（プラン、粗筋、下書き、さまざまなメモ、読書ノート、校正刷りなど）は「アヴァン・テクスト」（前テクスト）と呼ばれるが、このアヴァン・テクストは、創作の過程で作家自身がつねに意識しているとはかぎらない美学や、イデオロギーを露呈してくれるという意味で、きわめて興味深い。(1)

以上のことを踏まえたうえで、本章の課題は次のように定式化されよう。第一に、フロベールが参照した文献と彼の読書ノートを突きあわせて、実際のところ彼がどのような思想家の、どのような著作を参照したのか、そして彼がそこから何を摂取し、逆に何を捨象したのかを問いかける。フロベールの読書ノートの取りかた、資料的な知の形成方法が、彼の思考を照らしだしてくれるのではないか。第二に、粗筋から下書きを経て決定稿にいたる過程で、社会主義にかんする知がどのようにして物語のシステムに統合されていくかを考えてみよう。

フロベールは文学史的には「写実主義」、「レアリスム」の潮流に属するが、その小説は作家の実体験や観察だけでなく、それ以上に書物によって得た知や情報に依拠している。ミシェル・フーコーは正当にも有名なフロベール論『幻想の図書館』において、『聖アントワーヌの誘惑』の幻想性が、ロマン主義にありがちな神秘的な闇や、夢幻状態のなかで誕生したのではなく、入念に蓄積された知によって培養された果実であることを示した。(2) フロベールが生涯に三度も書き、みずから「わが生涯の作品」と見なした『聖アントワーヌの誘惑』は、すでに書き綴られた言葉の広大な網状組織の内部にうちたてられた虚構の物語である。

ことはこの作品に限らない。『聖アントワーヌの誘惑』が古代宗教の教義と、キリスト教神学を百科全書的に提示しているように、未完に終わった遺作『ブヴァールとペキュシェ』は、近代科学の言説を断片化し、戯画化したかたちで小説に組みこんでいる。『ボヴァリー夫人』を除外すれば、フロベールのすべての作品は、厖大な量にのぼる知と情報のうえに組みたてられた物語であり、彼の想像力は参照された書物の行間にこそ、無軌道なまでの飛躍の場を見出したと言えるだろう。

体系的に構築された知が、文学的な想像力の展開を阻害するどころか、むしろそれを支える要素として価値づけられるという状況は、知の領域と調査の密度に違いこそあれ、その後ゴンクール兄弟やゾラによっても共有されるだろう。作家が創作のために読書し、ときには現地に赴いて取材するという姿勢は、現代文学では日常的な光景だろうが、フランスでは十九世紀半ば頃に生まれたのだ。そのかぎりでフロベールは、確かにひとつの新しい小説美学を創造した作家である。そしてさらに、『聖アントワーヌの誘惑』と『ブヴァールとペキュシェ』が、人間の所有しうる知の総体を文学的に形象化し、いわば存在する書物のすべてを包摂しようとするかぎりにおいて、すなわち、ひとつの図書館と競合しうるような空間を提示しようとするかぎりにおいて、フロベールの文学的営為は遠く二十世紀のジョイスやボルヘスを予告しているのだ。

『書簡集』は何を教えてくれるか

社会主義への関心は、『感情教育』の執筆によって初めてフロベールの知的世界に浮上したわけではない。すでに『初稿感情教育』（一八四五）の最終章において、主人公ジュールはサン＝シモン主義者やフーリエ主義者たちと戯れ、ピエール・ルルーを読むし、彼の友人アンリは人道主義者や社会主義者とともに、人民のために福音に満ちた未来を夢想するだろう。(3)一八四九年に書かれ、未完に終わった戯曲『過激な人々』は、舞台を二月革命直後のパリに設定し、「人類の医者」とみずから名乗って新しい社会を予言するレスパンゴルという人物を登場させている。(4)しかし、これら二作品に組みこまれている社会主義への言及はきわめて断片的であり、当時流布していた通念の域を出るものではない。

フロベールが社会主義者たちの著作を体系的に読み始めるのは、一八六四年の夏である。律儀な手紙の書き手だった彼の書簡集が、その経緯をよく伝えてくれる。読書への最初の言及が現われるのは、一八六四年七月の手紙においてである。

あなたの友人〔フロベールのこと〕は、フーリエやサン＝シモンなど社会主義者の著作を読み続けています。この人たちは私にとってなんと耐えがたいことでしょう。なんという専制君主、そしてなんと粗野な人たちでしょう。現代の社会主義は舎監の臭いがします。彼らは中世と特権階級意識にどっぷり浸かった連中です。彼らに共通する特徴は、自由とフランス革命への憎悪です。(5)

同時期の他の手紙では、非難の口調がもっと痛烈になる。

> なんらの改革もしなかった近代の改革者たちにたいして、私はだんだん憤りを覚えてきました。サン＝シモン、フーリエ、ルルー、プルードンらは皆中世に首まではまりこんでいます。彼らは皆（誰も気づいていませんでしたが）、聖書のお告げを信じています。[6]

『書簡集』のなかに類似した文章は他にもあり、フロベールがサン＝シモン、フーリエ、ピエール・ルルー、ラムネ、プルードン、ルイ・ブランなど、社会主義思想の代表的な論客たちをすべて読んだらしいということを示唆してくれる。『書簡集』の記述から判断するかぎり、フロベールの徹底した文献渉猟には疑問の余地がなく、今や「社会主義について講義ができる」ほどであり、「その精神や意味を熟知している」[7]という自負は、根拠のないものではなかった。

では、具体的にどのような著作を参照したのだろうか。

フロベールは何を読んだか

『感情教育』を準備するに際して用意された読書ノートは、ふたつの異なるコーパスに分散したかたちで保存されている。ひとつは、『ブヴァールとペキュシェ』の草稿の一部として『「ブヴァールとペキュシェ」の準備のためにフロベールが集めたさまざまな資料集』という標題を冠して、ルーアン市立図書館に保管されているもの（整理番号 Ms g 226^{1-8}）。ノルマンディー地方における二月革命の挿話を語るこの小説の第六章の執筆と、計画されていた第二巻の準備のために、フロベールは読書ノートを再利用したからである。[8] 社会主義の理論家たちについて取られた読書ノートは、大部分が整理番号 Ms g 226^{7} の下に分類され、『資料集』のかなり重要な部分を形成している。もうひとつはフロベールの『作業手帳《カルネ》』、その第八、十三、そして十四番であり、社会主義作家についての覚え書はとりわけ第十三番の『作業手帳』に記載されている。分量としては前者が圧倒的に多いが、社会主義にかんする部分は未公刊である。

この読書ノートを検討することにより、フロベールがおこなった社会主義思想の作家と著作の選択について、われわれはふたつのことを確認できる。

第一に、『感情教育』の著者は実際に、社会主義の諸潮流を代表する作家たちや定期刊行物を読んだのであり、フロベールの文献調査の体系性と目配りの広さがあらためて裏付けられる。著作家の選択もきわめて多様であり、その点でフロベールの偏りを非難することはできない。知識と情報の収集という計画から生まれたこの読書ノートは、引用、要約、註釈、そして分析を同じ紙面上に並べ、準備作業が綿密だったことを証言している。多くの場合、作家は参照した著書からの引用を正確に筆写し、典拠とページ数を明記する。

しかし豊富な資料をより綿密に検討してみると、二番目に確認できることとして、フロベールが書簡のなかで主張していたほどに、彼の読書作業が網羅的ではなかったのではないか、と推測させるような欠落が見出される。

たとえば、フーリエについての知識はほとんど孫引きによって得られたものである。確かに『サン＝シモンおよびオウエンの二党派の策略と山師行為』（一八三二）という著作についての簡潔な読書ノートが、前述の『作業手帳』十三のなかに含まれている。[9] この書物においてフーリエは、生産を飛躍的に増大させるために必要な、産業と労働の組織化の見取り図をかなり独断的に提示し、同じ時期に「進歩」と「共同社会」を旗印に、やはり民衆の生活条件を改善しようと企図していたオウエンやサン＝

クールベ《1853 年のプルードン》(1865). クールベは社会主義に傾倒した時期がある.

フーリエ

シモン主義者たちを、新たな神政政治を画策する者たちだと論難している。標題が示すように、典型的な諷刺攻撃文書《パンフレ》であり、とりわけサン＝シモン主義者の理論と実践にたいする批判は痛烈だが、フーリエ自身の思想が体系的に展開されているわけではない。フロベールは読書ノートに、フーリエの作品からの断片的な引用を字義通りに、あるいは凝縮したかたちで記し、しかも彼が他の作家に下した判断を無批判に書き留めているだけで、フーリエの理論に肉迫していこうとする姿勢は稀薄である。

しかも、『サン＝シモンおよびオウエンの二党派の策略と山師行為』は、サン＝シモン派との論争に誘発されて執筆されたきわめて状況的な著作であり、フーリエの主著である『四運動および一般的運命の理論』や『産業的共同社会的新世界』をフロベールが参照した形跡はない。ルーアン市立図書館所蔵の『資料集』のなかには、フーリエの弟子ヴィクトル・コンシデランや、フーリエ派の定期刊行物（たとえば『平和的民主主義』）に関する読書ノートも見出されるが、フーリエ主義についてフロベールがもっとも実質的な知識を獲得し、結果的に彼のフーリエ観を規定することになるのは、ガティ・ド・ガモン夫人著『フーリエとその体系』（一八三九）である。全体としてフーリエに好意的なこの著作において、ガモン夫人は註釈を加えながらフーリエ理論を解説し、数多くの章句を引用しているのだが、フロベールは読書ノートのなかで、[10] ガモン夫人が引用しているフーリエのテクストを筆写し、その箇所をめぐって否定的な註解を余白に記入している。この余白の書き込みこそが、フロベールによるフーリエ理解を要約しているのである。

次にプルードンについてフロベールは、「私はプルードンを隅々まで読み返しています」[11] と主張している。この一節は、作家が彼の著作を網羅的に読んだかのような印象をあたえるが、実際にフロベールが参照した著書は、『所有とは何か』を除外すれば、プルードンの重要な作品と見なしえないものばかりである。

『所有者への警告』第二版、『労働権と所有権』、『社会問題綱要』そして『信用・流通の組織化と社会問題の解決』に関してのかなり詳しい読書ノートが残っているが、これらはすべて一八四八年の激しい政治論争の渦中に生まれた小冊子であり、フロベールは二月革命の年に出版されたプルードンの著作をことさら特権化したように思われる。それに反し、プルードンの社会思想や経済理論、また彼の二月革命についての分析を知るために不可欠な文献は、フロベールの読書プログラムから除外されていた。たとえば、『経済的諸矛盾の体系または貧困の哲学』、『革命家の告白』そして『十九世紀に

サン＝シモン

ラムネ

おける革命の一般理念』などである。

サン＝シモンとラムネの場合、フロベールの読書作業は広範囲にわたり、著作の選択も妥当であるように見える。他方、『書簡集』のなかで何度か言及されているピエール・ルルーについては、『政治家たちへ。現代に妥当する社会的および宗教的政策について』の読書ノートしか存在しない。ルルーは社会主義 socialisme という語の創案者とされ、一時期ジョルジュ・サンドが彼の思想に傾倒した。労働の組織化の理論家として有名だったルイ・ブランに関して言えば、『フランス革命史』第一巻がフロベールのほとんど唯一の典拠である。

以上、フロベールが渉猟した社会主義文献の目録を、『書簡集』に見られる記述と、残された読書ノートにもとづいて作成してみた。もちろん、一部の読書ノートが散逸あるいは紛失した可能性は否定できないし、また、読書ノートが存在しない著作はフロベールが読まなかったものだ、と強く断定することもできない。しかし『感情教育』の作家の創作スタイルと、あらゆる類の覚え書や草稿を注意深く保存するという彼自身の告白を考慮に入れるならば、現在残っている読書ノートは、フロベールの文献調査の全体像を忠実に映しだしていると考えたくなる。そうだとすれば、フロベールの読書範囲は賛嘆に値するくらい広いとはいえ、そこには欠落があり――誰がそれを非難できようか――、『書簡集』の文言が示唆するほどには網羅的でなかったということである。

読書ノートの美学と戦略――サン＝シモンをめぐって

次に、作家が読書ノートによって資料的な知を構築したその手続き、つまり彼が参照した文献から何を摘出し、その摘出の段階で原著がどのような変容をこうむったかを調べてみよう。その手続きを具体的に把握するための例として、サン＝シモンの『産業者の教理問答』(初版の標題は『産業者の政治的教理問答』)について取られた読書ノートの一部を、以下に訳出してみる。

この読書ノートは、フロベールがどのようにひとりの社会主義作家を読み、『感情教育』のための準備資料を作成したかを鮮やかに示してくれるし、また未公刊の文献でもあるので、ここに発表する価値があると判断した次第である。周知のようにサン＝シモンは近代社会主義の始祖のひとりで、十九世紀思想史において彼の社会・経済理論が惹起した衝撃の大きさはあらためて強調するまでもない。しかも、フロベールがもっとも体系的に繙読した思想家である。

『産業者の教理問答』(一八二四)は、『産業体制論』や『新しきキリスト教』と並んで、サン＝シモンが同時代の社会、政治状況についての省察と、歴史哲学と、社会組織の再編成のための綱領を叙述している、著者の代表作である。また、アルベルト・チェントの研究と、[12]われわれが参照した『感情教育』の草稿から、この小説の幾人かの作中人物の肖像とイデオロギーの創出にあたって、サン＝シモンはもっとも重要な貢献をした理論家のひとりであることが分かっている。読書ノートは、社会主義思想にたいするフロベールの反応を際立たせ、彼の知性の動きを析出させてくれるのである。

フロベールの草稿は四ページから成り、二枚のルーズリーフの表裏が使用されている(整理番号 Msg 226[7] F^{os}194-195)。以下に訳出するのはその第一ページ、本文上のゴチック体で表示した字句は、草稿の左側余白に記入された書き込みに相当する部分であり、文中の傍点はすべてフロベール自身による強調である。フロベールが使用した刊本は、一八三二年ナケ書店から出版された『サン＝シモン全集』の初版であり、訳文中の漢数字は作家自身が記入しているそのページである。

『産業者の政治的教理問答』一八二四

産業者　産業者とは農民、製造業者そして商人である。この階級は第一級の地位を占めるべきである。この階級に生活を扶養してもらっている他の諸階級は、この階級の被造物である。

理想　もっとも重要な産業者たちが、公共財産の管理を託されるべきである。なぜなら、国民はできるだけ安価に支配されるべきだから。産業者たちは節約に心がけ、役人の俸給を減じるだろう。

歴史についての考え　なぜ産業者たちは今まで連帯しなかったのか。産業者の歴史（きわめて浅薄一六―一八）。サン＝シモンにとって、ルイ十一世統治下のすべての産業者たちはガリア人、つまり被征服民であり（二二）、産業者階級は軍人階級から分離した。

ルイ十四世への好意　産業を振興したとルイ十四世を礼讃。彼が産業にたいしてなした害悪については一言も触れていない（二八）。

銀行家の誕生。信用貸しの時代。現在では、「ガリアの子孫、すなわち産業者は金銭力と支配力を確立した。この力を所有しているのは産業者である。しかし政府はフランク人の手中にとどまった。公共財産を管理しているのはフランク人の子孫であり、その結果、社会は次のような異常な現象を呈している。すなわち国民は本質的に産業的であり、その政府は本質的に封建的だということだ。

フランス革命への憎悪

ブルジョワ　ブルジョワ階級は、法律家、平民出身の軍人、そして貴族でも農民でもない土地所有者を起源とし、フランク人の子孫の一部を虐殺させた。そして自己の利益のために封建制を再建し、貴族階級とともに産業者階級に重くのしかかっている。(13)

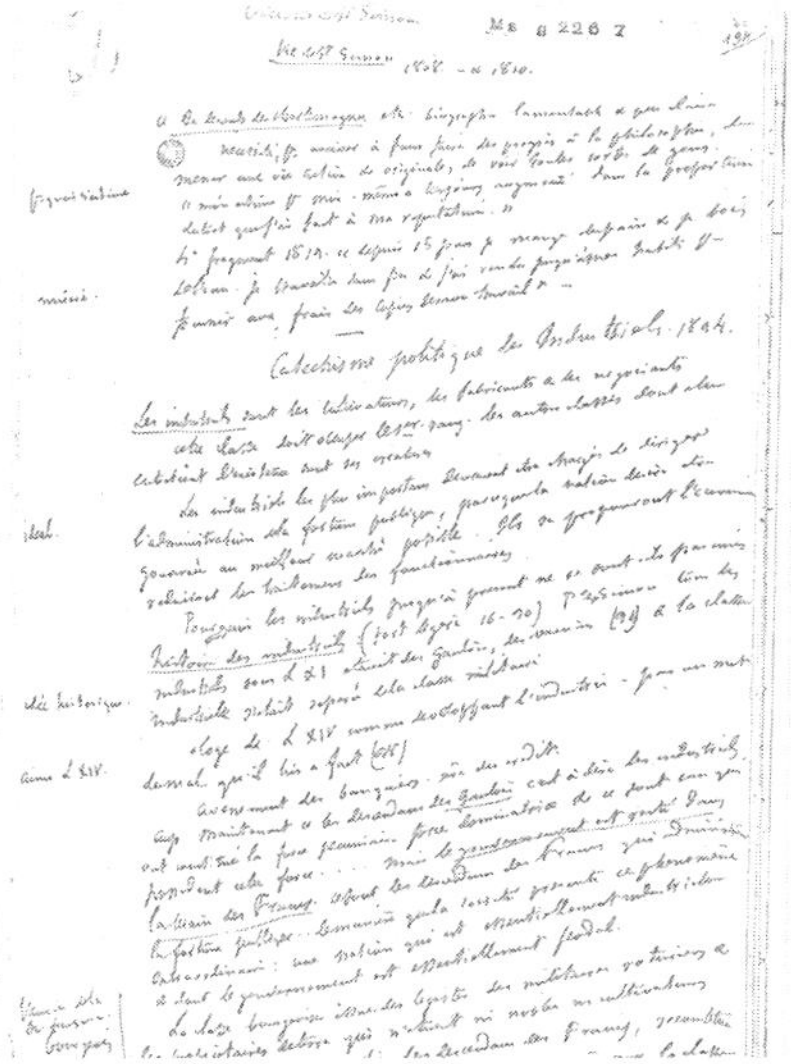

サン＝シモン『産業者の教理問答』に関するフロベールの読書ノートの草稿．本文と，左側余白の書き込みがはっきり区別されていることが分かる．

読書ノートは、作家が獲得した知識と情報をたくわえる空間であり、引用と要約が大きな位置を占めることには何の不思議もない。(14) フロベールはしばしば引用文を注意深く引用符(ギュメ)で囲み、ページを明記する細心さを見せる。これらの引用と要約は、作家がサン＝シモンの著作から何を読みとっていたかを示してくれるという意味で、貴重である。

しかしフロベールの手による註記は、それ以上に興味深い。註記は、引用や要約の文章のあいだに挿入された文章と、原文ではページ左側の余白に記載された字句から成りたっている。どちらも短い言表だが、サン＝シモンの思想の構成要素だとフロベールが見なす言説を際立たせ、分類することを可能にしてくれる。フロベールのあらゆる読書ノートに見出される余白の書き込みは、今の場合、サン＝シモン主義の要点を検証する一種の目録、あるいは一覧表として立ち現れるのであり、そのかぎりにおいて、読書ノートを作家が再読する時の符標として役立ったにちがいない。要約のために同一の表現や定式が用いられることは、余白の記載が果す分類的な機能をよく示している。そのなかでも、「……への憎悪」という表現は頻繁に使用されている（「革命への憎悪」、「自由主義者への憎悪」など）。この表現の使用頻度は、社会主義の他の思想家について取られた読書ノートにおいてもきわめて高く、まるでフロベールにとって社会主義は憎悪と否定性によって規定されていたかのようだ。

フランス革命へのまなざし

『産業者の教理問答』は全部で四分冊から成り、フロベールが精読したのは最初の二分冊である。第三分冊は、一時期サン＝シモンの弟子であったオーギュスト・コントの手になるもの、第四分冊は未完のまま残され、著者の死後出版された。フロベールが参照した版にはどちらも収録されていない。『産業者の教理問答』の著者によれば、十八世紀末期までは政治体制と経済的現実のあいだに不均衡が存在し、フランス革命は産業者たちにとって、この不均衡を是正して、産業体制を樹立するために絶好の機会となるはずだった。しかし実際は、ブルジョワジーが貴族階級に取って代わって政権を掌握し、公共財産の管理者となる。したがってフランス革命は、歴史過程の論理という光で照射してみれば不完全であった、とサン＝シモンは考える。

政治闘争よりも経済改革を優先する彼にとって、人口の点でも、生産力の面でも他の諸階級に優る産業者階級――サン＝シモン自身の言葉によれば「総人口の二十五分の二十四を占める階級」――は、政権を奪取して産業体制を確立するという歴史的な任務を託されている。そしてそのために、サン＝シモンは産業者と王権の同盟を推奨するのだ。産業体制と王政の原理は両立可能であり、一千年来の政治制度を温存しながらも、社会的、経済的な再編成を実現することは可能であろう。こうしてサン＝シモンの教説は、社会改革への強い志向と、政治的な保守主義が結合したものとして現われてくる。

政治において保守的なサン＝シモンは、軍事行動を嫌い、軍人は産業者に寄生する集団だと言明してはばからなかった。一七八九年の革命にたいしては留保つきの評価を下す。それが近代への道を拓いたことを認めつつも、「危機の時代」から「組織化の時代」への移行を生きる同時代のフランスにおいて、革命と異議申し立ての精神は場違いであり、平和的で組織的な精神こそ必要なのだと主張した。サン＝シモンが活躍した王政復古期に反体制派のイデオロギーであった、ギゾーに代表される自由主義思想にたいする痛烈な批判はそこに由来する。そしてサン＝シモンは、集権化された政治権力と機能的な経済システムが結びつくことを希求し、その模範として「産業王政」を提唱するにいたるだろう。これは後に、ナポレオン三世の第二帝政によってかなりの程度まで実現されることになる。皇帝の側近に経済学者ミシェル・シュヴァリエ（一八〇六―七九）のようなサン＝シモン主義者がいたことは、けっして偶然ではない。

フロベールは読書ノートのなかで、サン＝シモンがフランス革命や自由主義を糾弾し、産業者階級と王権の連合を唱えている文節にたいして、きわめて敏感に反応している。「革命への憎悪」、「自由主義への憎悪」、「革命精神への憎悪」そして「立派な王党主義者サン＝シモン」などの書き込みが、それを裏付けている。しかしフロベールが、たとえば「王権とプロレタリアの同盟」と余白に書き記す時、その言葉はいささか妥当性を欠く。サン゠シモンが定義した「産業者」は商業ブルジョワジーと手工業ブルジョワジーを包摂し、「プロレタリア」の同義語ではないし、そもそもサン゠シモンは『産業者の教理問答』のなかでこの語を一度も使用していない。

このような判断は、フロベール自身の歴史観を照射してくれるという意味で興味深い。彼にとってフランス革命とその帰結は、十九世紀が十八世紀から受け継いだ歴史的遺産であり、同時代人にたどるべき道程を示してくれるはずだった。しかし社会主義者たちはこの価値ある遺産を手放そうとしている、とフロベールは述べる。「彼らが一八四八年に失敗したのは、偉大な伝統の流れから外れていたからです」[15]。偉大な伝統の流れは、フロベールによってヴォルテールの哲学に結びつけられる。そのとき彼が社会主義について下す判断は、一八四八年の二月革命の否定的側面に向けられるのみではなく、『感情教育』の執筆時期に当る第二帝政末期のフランス社会にたいする、より一般的な判断にまで拡大される。一八六八年一月付のある手紙の一節を引用しておこう。

私たちが道徳的、政治的にかくも低劣なのは、ヴォルテール氏の大道すなわち正義と権利の道を行くかわりに、感情によってカトリシズムに導いていったルソーの小道を選んだからです。博愛ではなく、公正にたいして心を用いていていたら、もっと高尚な世界になっていたでしょう。[16]

第二帝政下、一八六〇年代の社会は、一八四八年に社会主義者たちが犯した誤りの影響を蒙っているのであり、一八四八年における社会主義の破産は哲学的に説明される。すなわち、正義と公正という ヴォルテール的理念に拠らず、感情と博愛というルソー的理想にもとづいて行動したことに、社会主義が挫折した原因が求められているのである。こうしてフロベールは、『感情教育』のなかで形象化していた時代と、みずからが生きていた第二帝政後半の社会状況のあいだに、驚くべき相同性を認める。

これほどの愚鈍さを見出すためには、一八四八年まで遡る必要があります。私は現在この時期について多くのものを読んでいますが、そこから引きだされる愚かさの印象は、現代の精神状況が私にあたえる印象に重なるのです。(17)

あらゆる時代は、部分と全体、統一性と多様性が呼応し、相互に決定づけられる有機的総体である。フロベールにとって、愚かさは一八四八年と第二帝政崩壊前夜に共通する集合心性なのだ。

断片化される社会主義――プルードンの場合

またフロベールは、サン゠シモン主義の中心思想をその相互連関において捕捉しようとしていないように思われる。彼は、新しい原理に立脚して社会を再建しようと理論が、王政への支持を表明していることを強調はするが、そのような考え方の基底にあるサン゠シモンの歴史哲学にまで遡ることはしない。読書ノートは、文脈から切り離された断片的な言表を並置するばかりで、サン゠シモン主義全体の論理を明示してはくれないのである。そしてまた、政治制度と歴史発展の観点からフランスとイギリスを比較検討した『産業者の教理問答』第二分冊は、フロベールの注意をほとんど引かなかった。王政復古期の自由主義者たちはイギリスの諸制度を称賛したが、サン＝シモン自身はそれに強く反駁した。そうした思想的論争にフロベールは注意を払っていない。

フロベールが社会主義者たちの著作の理論的次元に、どちらかといえば無関心であったという事実は、プルードンの名を一躍高め、今日でも彼の主著であり続ける『所有とは何か』について取られた読書ノートによっても裏付けられる。(18)

サン＝シモン同様、プルードンもフランス革命の解釈を試み、一七八九年に起こった出来事は革命というより改革だったと結論づける。彼は三つの理由から、一七八九年に真の革命という呼称を与えまいとする。まず、民衆は国王の主権を廃絶して、それに国民多数の主権を置換しただけであり、法が主権者の意志の表現であるという点で原理は変わっていない。次に、法の前の平等を確立した国民は、身分と富の不平等を温存した。そして第三に、アンシャン・レジーム下と同じように所有権は聖別化された。

フロベールは最後の第三の理由にのみ着目して他の二つを看過し、のっけから、プルードンはフランス革命を弾劾していると結論づけて、彼の論述の射程を狭めているように思われる。『所有とは何か』においてプルードンが示そうとしたのは、一般に自然権と見なされ、社会の基盤として認められている所有が正義に反する装置であり、所有の制度化は何ものによっても正当化されえない、ということであった。自説を支えるために、プルードンは資本主義制度を綿密に分析し、この旧くからの制度が正当だと主張した自由主義や共和主義の理論家たちに反論した。『所有とは何か』は経済理論の書であると同時に、所有の原理そのものの合法性を問いかけたのだった。しかし、プルードンと彼の論敵のあいだで繰り広げられる激しい議論を報告するページは、フロベールによってほぼ完全に黙殺されている。彼は、プルードンの著作の論争的な次元には無関心だった。

読書作業に際してフロベールの注意を引きつけたのは、彼が社会主義に特有の精神を啓示してくれると見なす言表や挿話である。彼は時に引用を羅列するだけにとどまって、言説の論理的な繋がりを等閑視する。サン＝シモンやプルードンの思想を総体的、整合的に提示するように組み立てられてはいない。こうして読書ノートは、断片的で、非連続的な文章の集合になっていく。

言うまでもなく、フロベールの読書ノートは一定の知を構成することをめざしていた。たんに技術的な情報を集める場合と異なり、新たな社会編成のプランを提唱する理論的著作が対象になっていたのだから、作家は引用や要約を羅列するだけでは満足できなかった。こうして社会主義の作家について作成された読書ノートは、批判と、反駁と、異議申し立ての空間となる。人はけっして、根拠のないやり方で読書ノートを取ったりはしない。フロベールもまた、自己のイデオロギー的前提から出発し、『感情教育』において表象することになる精神世界を念頭に置きながら、読書に着手した。読書ノートの一見したところ平板な言説の背後には、フロベール自身の思想的立場がくっきりと浮き彫りになる。

社会主義について構築された知の全体像

以上で確認したことは、他の社会主義思想家の著書について取られた読書ノートにも同じようにあてはまる。数多くの引用文は、後に『ブヴァールとペキュシェ』第二巻のために暫定的な項目にしたがって分類され、あらためて筆写されることになるだろう。そこでもまた、本文中やページの余白に記された註釈は、フロベールが社会主義にかんして下した解釈を報告してくれる。それらの解釈の概要は以下のようになるだろう。

（1）社会主義者は社会的平準化と、個人の平等化を志向する。そのため、たとえばプルードンはすぐれた知性や、あらゆる意味での優越性を憎む。

（2）社会主義者は王政の原理に同意する。フロベールによれば、彼らは権威主義的な傾向において王党派と変わらない。

（3）社会主義者たちによる君主制の容認は、フランス革命という歴史的な達成にたいする否定的評価につながる。フロベールの読書ノートの余白に、しばしば「革命への憎悪」という書き込みが読まれるのは、そのためである。

（4）したがって社会主義者は、フランス革命の理論的支柱であった十八世紀の哲学者たちに好意的ではない。プルードンやルイ・ブランはヴォルテールを矮小な作家だと断罪したが、フロベールがヴォルテールを崇敬していたことを思えば、こうした判断がどれほど彼を憤激させたかは容易に想像できる。

（5）「自由への憎悪」、「自由主義者への憎悪」などの註釈に示されるように、社会主義は自由主義を敵視する。フロベールがこの特徴を認めるのは、主としてサン＝シモン主義者とラムネの著作においてである。彼の目には、社会主義が個人を犠牲にして集団的な機構を特権化するかぎりで専制主義と軌を一にし、強制と束縛に傾く思想として映じる。共同体こそが理想を実現する場となり、個人には幸福と進歩の名において均質性が押しつけられる。共同体が円滑に機能していくために、個人の自由の分け前は制限され、時には抑圧されることになるだろう。[19]

（6）そして最後に、フロベールが社会主義の構成因子と見なすのは、その宗教性である。サン＝シモンやフーリエは徹底したカトリックであるとされ、時にはボシュエと比較される。ボシュエは十七世紀フランスのカトリック思想家で、歴史の流れを神の摂理で説明する『世界史序説』（一六八一）を著わした。フロベールが指摘しているのは、フーリエが歴史の変化を世界に内在する原理に照らして解釈するのではなく、神の意志によって説明しようとすること、したがって彼の歴史哲学はボシュエのそれと同様に、超越的な摂理史観の圏域で形成されたということである。

この最後の論点は、少し補足が必要だろう。社会再編の理論と宗教性の遭遇は、十九世紀前半に練りあげられた社会ユートピアの本質的な特徴にほかならない。アメリカのフランス文学者ボウマンは、

『バリケードのキリスト、一七八九―一八四八年』（一九八七）という示唆的なタイトルの著作において、当時の代表的な社会主義者や、無名の民衆詩人や、社会改革者の興味深いテクストを数多く引用しながら、彼らが例外なく福音書とその寓話にかんする解釈を提出して、自分たちの政治的、哲学的メッセージを構築したことを示してくれた。[20] 一七八九年の革命家たちが古代ローマの共和政を範としたように、一八四八年の革命家たちはキリスト教の伝統と福音書の精神にもとづいて、みずからの思想を定式化した。そして彼らのうちの幾人かは、十九世紀社会が待望している救世主《メシア》を自任し、キリストは進歩の象徴であったとして、彼がやり残した福音の仕事を新たな歴史状況のなかで完遂することを、自分の使命と見なすにいたるだろう。

社会改良の思想と宗教精神のこのような相互浸透、進歩の媒体としての宗教性の復権をもっともよく証言しているのは、サン＝シモン主義である。サン＝シモンは理論構築の当初から科学と倫理、認識論と神秘主義を結びつけていたし、彼の最終的な目標は「新しいキリスト教」の確立にあった。人類のより良き未来への楽天的な信仰は、神秘的な歴史哲学と同居していたのである。フランスの十九世紀は脱宗教化の時代であり、カトリック勢力の教権から国家や、教育や、思想をできるかぎり引き離す「世俗化」の時代と言われる。大筋ではそれで正しいのだが、社会ユートピアの場合はそれほど事情が単純ではない。社会主義と宗教性は深く繋がっていたのである。一八四八年の革命が十九世紀に勃発したさまざまな革命のなかで唯一、反教権的《アンチクレリカル》でなかった革命だということを、あらためて想起しておきたい。

フロベールが社会主義者の著作を読んで、そこに俗権と教権の同盟関係を認めたのはけっして誤解ではなかった。それどころか、社会主義の本質的な一面に気づいたその慧眼さを認めてやるべきだろう。ただ、徹底した反教権主義者《アンチクレリカル》フロベールからすれば、両者の同盟関係は胡散臭い野合、あるいは許容しがたい時代錯誤にほかならなかったのである。

フロベールが社会主義思想にかんして、代表的な作家たちの著作を読んで定式化した見解は以上のとおりである。これらの見解は、彼が社会主義と社会主義者について抱懐する理念の核を形成し、『感情教育』における社会主義者の人物造型に資することになる。というのも、第八章で論じた物語中の社会主義者の相貌や言説は、本質的に書物の知にもとづく構築物だからだ。社会主義についてこのようにして構成された知は、フロベールの言説体系とイデオロギーの一部を成し、彼が小説を執筆する際に物語の与件に変わるだろう。フロベールはその知をフィクションのなかに投入し、現実効果を高める媒体にしていくのである。

知から物語へ

社会主義思想にかんしてフロベールが形成した知は、おもに作中人物のイデオロギー的な肖像および会話という二つの形式の下で、『感情教育』のなかに組みこまれる。その際、この知は単線的な説話空間を構成するのではなく、テクストの全体をつうじてさまざまな場面において、異なる作中人物の相貌と言説のなかに分散している。社会主義の言説がもっとも多く投資されているのはセネカル、デローリエ、ヴァトナだが、彼らの誰一人として特定の社会主義の潮流を代弁するわけではなく、複数の社会主義作家に共通した理念や傾向をモザイク的に形象化する。フロベールにおいて、読書から得られた知は、つねに多様な言表の干渉と均衡という過程を経た後に初めて小説の構造に統合される。その点では、バルザックや、ゴンクール兄弟や、ゾラに比較してフロベールの場合、資料が物語の素材に変換される効率が相対的に低いと言えるだろう。

『感情教育』のなかで社会主義の諸潮流を集約するセネカルの肖像については、前章で論じたとおりである。彼に見られる不寛容な教条主義、社会ユートピアから専制への地滑り的な変節などは、本章でたどったフロベールの読書作業によって得られた知を物語化したものにほかならない。

さらに、読書ノートにはもうひとつの側面が具わっている。知と情報を提示するだけでなく、それ自体ですでに作品の一部になっているということだ。読書ノートに記された文章や字句が、『感情教育』のテクストに移植されていくからである。作品の草稿を丹念に検討することによって、知が物語に変貌していくこのプロセスを明らかにできる。草稿の初期段階で、まずフロベールは自分の読書ノートの記述をしばしばそのまま転写する。その後、読書ノートと物語のあいだに距離を設け、資料調査の痕跡を抹消しようとするかのように、読書ノートの記述をしだいに改変して、最終的に小説のなかに組み入れていく。

一例を挙げよう。『感情教育』第二部第二章で、主人公フレデリックの転居祝いのため、友人たちが集う場面が描かれている。青年たちが同時代の政治と社会情勢をめぐって熱い議論を交わすこの場面では、フロベールが体系的な読書によって獲得した社会主義にかんする知が活用されている。フーリエは偉人だという画家ペルランにたいして、過激になったデローリエが次のように反駁する。

「やめてくれ」とデローリエが言った。「フーリエなんて老いぼれた愚か者さ。諸国家の顚覆のなかに神の復讐の結果を見ているんだからね。フランス革命を憎んでいるサン゠シモンとかいう男やその一派と同じようなものさ。カトリック教を再び押しつけようと考えているふざけた連中だよ」[21]。

デローリエの発言は二つの文節を含む。一方はフーリエに、他方はサン゠シモン主義に関する文節である。後者は、先に読書ノートの一ページを載せたが、サン゠シモンの『産業者の教理問答』にかんして、余白に作家が数度にわたって書きつけた註釈に依拠していることが分かる。前者は、ガティ・ド・ガモン夫人著『フーリエとその体系』――フロベールがフーリエの思想について主要な知識を得た著作――について取られた読書ノートの一文に由来する。そこでフロベールは、ガモン夫人が引用しているフーリエの主著『四運動の理論』の一節をそのまま書き写した後、次のような註釈を付加していた。

かくしてフーリエは、諸国家の革命のなかに神の復讐の結果しか見ない。それはボシュエのようなものだ。社会改革者は歴史の本質的な組織性を信じていない。[22]

『感情教育』の作家は、どちらも超越的な摂理史観を唱えているという意味でフーリエとボシュエを同列に置く。小説のテクストはこの考えを、読書ノートの註釈とほぼ同一の定式によって表現したものである。
「神の復讐の結果」という一句は、「結果」に相当するフランス語の単数形・複数形という違いはあるものの、フーリエの原著、ガモン夫人による引用、フロベールの註釈を通じて見出され、最終的に作品のなかに取りこまれる。明示的な参照と引用行為の痕跡は、七種類のヴァージョンが存在することの箇所の草稿においていっそう顕著に現われている。すべての草稿で、「ボシュエのようなものだ」という一句が書き加えられているが、これもまた読書ノートに記されている。決定稿で最終的にボシュエへの言及が削除されたのは、フロベールが自分の読書ノートにたいして距離を置こうとしたからだろう。いずれにしても、社会主義をめぐる挿話において、読書ノートの記述はすでに物語の言説、少なくともその萌芽を構成していた。社会主義にかんしては、読書作業と物語テクストの構築は並行していたのである。

読書ノートは短く反復的な定式を用いて、フロベールが参照した文献の思想を凝縮し、分類し、作品創作のために利用すべき知や情報を提供していた。同時に読書ノートは、時には『感情教育』のなかにそのままの形で取りこまれることになる章句を含んでいる。一見したところ単なる補助資料としか思われない読書ノートは、引用と註釈、知と創造が交錯する多元的な空間なのである。

『感情教育』から『ブヴァールとペキュシェ』へ

フロベールは、社会主義にかんする読書ノートを、遺作『ブヴァールとペキュシェ』のなかで再利用する。『感情教育』のセネカルが「荷車一台に積みきれぬほどの社会主義評論家」の著作を読破したように、未完の小説の第六章で二人の主人公は、同じ著作家たちの本を手にとって、フロベールが『感情教育』の準備のためにおこなった身ぶりを繰り返す。語り手はブヴァールとペキュシェの読書という物語装置を媒介して、おもな社会主義作家の断片的で、部分的な言表を作品のなかに散りばめていく。したがって、二つの作品に同一の章句や文節が少なからず見出されるのも偶然ではない。

しかし、両者のあいだの差異も無視できない。『感情教育』において、知は作中人物のイデオロギー的肖像と言説によって表象され、主題と物語の組み立てに貢献していた。他方『ブヴァールとペキュシェ』では、社会主義思想が作中人物の言動によって物語化されるのではなく、二人の主人公によるかなり皮相的な読書の対象として戯画的に列挙される。前者においては、知は作品の全篇にわたって分散的に組みこまれていたが、後者においては第六章の数ページに集中的に投入され、作品の言説は読書ノートの摘要という様相を呈するのである。その現象は『ブヴァールとペキュシェ』第二巻で、極限まで押し進められるだろう。草稿しか残っていないこの第二巻は、説話的構造を完全に放棄し、多様な項目の下に配列された引用の集合体を形成することになっていた。社会主義作家の著作からの引用の大部分は、「社会主義、神政主義者」、「絶対主義と社会主義の結合」という表題をもつ二つのセクションにまとめられるはずだった、ということを指摘しておこう。

フロベールにとって、社会主義の教説は宗教性と専制主義的な傾向によって特徴づけられていたことを、これらの項目はあらためて教えてくれる。そこでわれわれは、サン＝シモンおよびサン＝シモン主義者、フーリエ、プルードン、ルイ・ブラン、ルルー、ラムネなどの作品から抽出された言説、読書ノートのなかに抜き書きされていた引用文に再び遭遇するのだ。引用文をまとめた各セクションの冒頭には「百科全書派への憎悪」、「フランス革命への憎悪」あるいは「自由への憎悪」などの副題が付されていて、それはフロベールが読書ノートの余白に書き留めた註釈をそのまま再録したものにほかならない。読書ノートの空間で構築された資料的な知は、遺漏を含みながら断片化された言説として、主題も意匠も異なるフロベールの二作品に統合されていくが、社会主義についての彼の思索は一貫した輪郭を示し続けるのである。

あとがき

どのような学問分野であれ、大学教師であれば誰でも、学生や知人から、あるいは出版社の編集者から、「先生は何がきっかけで研究の道に進んだのですか」という質問を受けた経験を有しているだろう。私自身も、「先生はどうしてフランス文学を研究するようになったのですか？」と訊かれたことは、一度や二度ではない。それにたいして、いくらか含羞をこめて「じつは中学生の時に読んだある小説がきっかけで……」と、仏文科の教師や学生のみならず、多くの日本人がその名前を知っている十九世紀フランスのある作家と作品の名を挙げて、答えることにしていた。

そのこと自体は偽りではない。実際、中学二年の冬休みに姉がくれたその小説を手にした私は、十四歳になったばかりの少年にはいささか長尺物だったにもかかわらず、熱に浮かされたように読み耽り、主人公に一体化し、最後に訪れるその主人公の死があまりに悲劇的で理不尽なものに思われて、受け入れることができなかった。読み終えた後もしばらくの間、いわば未知の病原菌に感染したような興奮状態に陥り、なかなか日常性のなかに回帰できなかったことを懐かしく思い出す。それ以前から日本、外国のものを問わず文学にはそれなりの関心はあったのだが、いくらか誇張をまじえて言えば、その作品ほど私の人生観や世界観を根底から揺るがしたものはなかった。

もちろん、この体験があったから私がフランス文学の研究を志すようになった、と断言する気はない。人生の方向はさまざまな要素と、少なからぬ偶然によって決定づけられるものだ。一冊の書物との遭遇は、意義ある出来事にはちがいないが、それだけでその後の人生のすべてを説明できると考えるのは、あまりに無邪気というものだろう。いずれにしても十四歳の冬の体験が、私をフランス文学研究へといざなう契機のひとつだったことは否定できない。だからという訳でもないが、十九世紀フランスの文学、思想、歴史には格別の想い入れがある。

本書もまた、十九世紀を中心とした近代フランスをめぐる著作である。より具体的には、十八世紀後半から二十世紀初頭にかけての時代を対象にして、さまざまな文化の装置、感性の装置、政治の装置がどのような表象システムを生み出し、同時に、そうした装置がどのような表象システムに依拠しているかを問いかけた。個別の作家（シュー、ミシュレ、フロベール）を扱った章もあれば、複数の著者たちを横断的に論じた章も含まれる。また特定の作品（ミシュレの『フランス革命史』、フロベールの『感情教育』）を取りあげた場合はあるが、一般的には一定のジャンル（新聞小説）や主題（風景、音、革命）をめぐって、通時的にも共時的にも多くの作品に言及している。さらには、歴史社会学的な視座にもとづく解釈と、生成論（草稿研究）にもとづいたテクスト分析が並置されている。既出の論考をもとにした著作ではありがちなことだが、この多様性は、本書で扱われた対象そのものの多様性によって要請されたものでもある。

本書を構成する論考の初出と、初出時のタイトルは別掲のとおりである。いちいちお名前を記さないが、初出時にお世話になった編者と担当編集者の方々にはこの場を借りてあらためて謝意を表したい。なお、章によっては旧稿に大幅な手直しを加えた。とりわけ最後の二章は、今から四半世紀も前に書いた論考がベースで、さすがにそのままの形で収録するわけにはいかなかった。古い話になるが、私は留学先のパリ第四大学で一九八七年春、日本語に訳せば「フロベールの小説における歴史の組込み」と題される博士論文の審査を受けた。第八章はその博士論文の一部が母胎になっており、私が日本語で書いた最初の学術論文である。

フロベールの作品や、彼の読書ノートや、『感情教育』の草稿に取り組むかたわら、私は一八四八年の二月革命そのものに強い関心を抱くようになった。そしてそのイデオロギー的射程を見きわめようとして、十九世紀の歴史家（ギゾー、ティエリー、ミシュレ、ルナンなど）や思想家（サン＝シモン、フーリエ、プルードン、トクヴィル）を繙いた。ミシュレの情熱的な歴史叙述の迫力や、トクヴィルの静かで冷徹な慧眼や、青年期のルナンの昂揚ぶりに魅了されたのはその頃のことである。本書第八、九章の原稿を練り直しながら、彼らの著作を耽読していたときの興奮を想起した。

また博論と直接結びつきはしなかったが、歴史小説の思想と美学に関心を抱いたことから、レーモン・アロン、ポール・リクール、ミシェル・ド・セルトー、ポール・ヴェーヌ、フランソワ・フュレといった二十世紀の哲学者や歴史家たちの、歴史叙述をめぐる認識論にも多くを教えられた。これらの著者に本書で簡潔に言及しているのは、そうした背景があってのことである。フランス革命二百年祭（一九八九年）を間近にひかえていた一九八〇年代のパリでは、歴史をどう捉え、どのように叙述するかは確かに熱い議論の的になっていた。現在でも歴史学の成果として評判の高いピエール・ノラ監修『記憶の場』（全七巻）の刊行が始まったのも、この時代である。

この十年ほど、私はおもに身体、女性、パリ、自伝、恋愛文学について本を書き、アラン・コルバンやユルスナールの著作を翻訳し、ゾラ作品集の監修と翻訳にたずさわってきた。研究者としての出発点にあったのは、文学と歴史の繫がりにたいする興味であり、一九九七年に上梓した『歴史と表象――近代フランスの歴史小説を読む』（新曜社）は、その興味を具体化させた一冊だった。したがって本書は私にとって、こうした自分の古くからの知的好奇心の一面をあらためて確認する作業になった。

『革命と反動の図像学』というタイトルは、第Ⅲ部のテーマをもっとも忠実に反映している。第Ⅲ部では、一七八九年のフランス革命と、一八四八年の二月革命をめぐる歴史学と文学の言説をつうじて、十九世紀中葉のイデオロギー状況を読み解こうとした。そこで言及されているミシュレとトクヴィルは、現在では広く知られるようになった歴史家であり、サン＝シモンは著作集の立派な邦訳があり、フーリエについては石井洋二郎氏が見事な研究書を著わし（『科学から空想へ――よみがえるフーリエ』藤原書店、二〇〇九年）、プルードンの場合は著作が新訳されたり、研究書が復刊されたりしている。ラムネやルルーなどの思想家について言えば、日本の若い世代が精力的な読解を展開しつつある。その意味では、本書第Ⅲ部でフロベールの『感情教育』から出発して、社会主義思想家の言説を論じたことは、その論考を執筆した一九八〇年代とは異なる文脈で今日的な意義があると思う。昨今の内外の情勢と、日本におけるフランス研究の趨勢によって、私が四半世紀前に書いた文章が単行本に収められる幸運をかちえたのかもしれない。

さまざまな時期に、さまざまな媒体に発表された論文を今回このようなかたちで一書にまとめあげられたのは、ひとえに白水社編集部の竹園公一朗さんのおかげである。周囲の温度を二、三度上げてしまうようなエネルギッシュな竹園さんが、一連の拙論を読んで「これは本になります！」と言ってくれたことから、企画が立ちあがったのだった。竹園さんはオーギュスト・コントの新訳を仕掛けるなど、十九世紀フランスの社会と思想に関心の深い編集者であり、私は貴重な出会いに恵まれた。全体の構想、論考の配列などでも、竹園さんから有益な示唆をいただいた。深い感謝の念を表明するしだいである。

小倉孝誠

二〇一三年師走

初出一覧

序章　書き下ろし

Ⅰ　メディアと大衆

第一章　「メディアと一九世紀フランス」『岩波講座　文学2　メディアの力学』、岩波書店、二〇〇二年。

第二章　書き下ろし

第三章　「フランスの新聞小説と読者の手紙」『文学』、岩波書店、二〇〇九年十一――十二月号、特集「十九世紀の文学」。

Ⅱ　風景と音の表象

第四章　「自然の風景から都市の風景へ」『風景の研究』（柴田陽弘編著）、慶應義塾大学出版会、二〇〇六年。

第五章　書き下ろし

第六章　「フランス文学と音の風景」『身体のフランス文学』（吉田城・田口紀子編）、京都大学学術出版会、二〇〇六年。

Ⅲ　革命と反動――一七八九年から一八四八年へ

第七章　「ミシュレと歴史学の刷新」、ミシュレ『フランス革命史』（上・下巻、中公文庫、二〇〇六年）解説、下巻。

第八章　『感情教育』の中の二月革命―フロベールと同時代の作家たち」『仏語仏文学研究』（東京大学文学部）、第1号、一九八七年。

第九章　「フロベールにおける知の生成と変貌―『感情教育』と社会主義的言説」『文学』、岩波書店、一九八八年十二月号。

トクヴィルの憂鬱
フランス・ロマン主義と〈世代〉の誕生

髙山裕二

初めて〈世代〉が誕生するとともに、〈青年論〉が生まれた革命後のフランス。トクヴィルらロマン主義世代に寄り添うことで新しい時代を生きた若者の昂揚と煩悶を浮き彫りにする。サントリー学芸賞受賞作。

トクヴィルが見たアメリカ
現代デモクラシーの誕生

レオ・ダムロッシュ
永井大輔、髙山裕二訳

初めての大衆的な大統領ジャクソンの治世、西へと膨張を続ける一方、はやくも人種問題が顕在化して分裂の兆候を示すアメリカ。すべてが極端なこの地で、トクヴィルは何を見たのか？

コント・コレクション
ソシオロジーの起源へ

オーギュスト・コント
杉本隆司 訳
市野川容孝 解説

実証主義、社会学の祖であり、晩年には人類教を創始、実証主義をキリスト教に代わる宗教にまで高めたコントの営為を通じて浮かび上がる、科学と社会、宗教の姿とは？〈白水iクラシックス〉

コント・コレクション
科学＝宗教という地平

オーギュスト・コント
杉本隆司 訳・解説

果てしない分業と専門分化が進行する現代社会において、科学はいかなる相貌を帯びて現れるか？科学と社会が引き裂かれたポスト3・11を乗り越えるための基本図書！〈白水iクラシックス〉

革命宗教の起源

アルベール・マチエ
杉本隆司 訳
伊達聖伸 解説

理性の祭典や最高存在の祭典をはじめ異様な「祭り」に興じたフランス大革命。これらの出来事は狂信的なテロルとともに、輝かしい革命の「正史」からの逸脱として片付けていいのか？〈白水iクラシックス〉

白水社刊

著者略歴
小倉孝誠（おぐら・こうせい）
一九五六年生まれ。一九八七年、パリ・ソルボンヌ大学で文学博士号を取得。一九八八年、東京大学大学院博士課程中退。現在、慶應義塾大学文学部教授。専門は近代フランスの文学と文化史。著書に『歴史と表象』（新曜社）、『『感情教育』歴史・パリ・恋愛』（みすず書房）、『身体の文化史』（中央公論新社）、『パリとセーヌ川』（中公新書）、『犯罪者の自伝を読む』（平凡社新書）、『愛の情景』（中央公論新社）ほか。訳書にフロベール『紋切型辞典』（岩波文庫）、バルザック『あら皮』（藤原書店）、ユルスナール『北の古文書』（白水社）など。

革命と反動の図像学
一八四八年、メディアと風景

二〇一四年一月一五日 印刷
二〇一四年二月一〇日 発行

著　者 © 小　倉　孝　誠
発行者　及　川　直　志
印刷所　株式会社 理想社
発行所　株式会社 白水社
東京都千代田区神田小川町三の二四
電話 営業部〇三（三二九一）七八一一
　　 編集部〇三（三二九一）七八二一
振替 〇〇一九〇・五・三三二二八
郵便番号 一〇一・〇〇五二
http://www.hakusuisha.co.jp
乱丁・落丁本は、送料小社負担にてお取り替えいたします。

松岳社 株式会社 青木製本所

ISBN978-4-560-08345-1
Printed in Japan

人名索引

あ行

か行

さ行

た行

な行

は行

ま行

や行

ら行

わ行

註

序章

（1）Léon Daudet, *Le Stupide XIX*[e] *siècle*, Nouvelle Librairie Nationale, 1922, rééditon : Bibliobazaar, 2010, pp.7-8.

（2）*Ibid.*, pp.14-30, 305-306.

（3）*Ibid.*, p.24. 速度と加速化がヨーロッパ人の日常生活と世界観をどのように変えたかについては、次の著作が参考になる。Christophe Studeny, *L'Invention de la vitesse : France, XVIII*[e]*-XX*[e] *siècle*, Gallimard, 1995.

（4）Alain Corbin, *L'Homme* dans *le paysage*, Textuel, 2001. 邦訳はアラン・コルバン『風景と人間』小倉孝誠訳、藤原書店、2002 年、特に第一章。

第一章

（1）マクルーハン『メディア論』栗原裕・河本仲聖訳、みすず書房、1987 年。

（2）Balzac, *Illusions perdues,* dans *La Comédie humaine*, Gallimard, « Pléiade », t.V, 1977, p.114.

（3）Claude Bellanger (sous la direction de), *Histoire générale de la presse française*, PUF, t.2, 1969. Roger Chartier et Henri-Jean Martin (sous la direction de), *Histoire de l'édition française*, t.III, Fayard, 1990, pp.51-66. また、ローター・ミュラー『メディアとしての紙の文化史』三谷武司訳、東洋書林、2013 年、は製紙技術の発展を、ヨーロッパ全体を視野に収めて論じた近著である。特にその第 7 章を見よ。

（4）Max Milner, *Littérature française, Le Romantisme I 1820-1843*, Arthaud, 1973, p.32.

（5）Émile Zola, « L'Argent dans la littérature », *Le Roman expérimental* (1880), GF-Flammarion, 2006, p.192. 邦訳はエミール・ゾラ『文学論集　1865-1896』佐藤正年編訳、藤原書店、2007 年、p.156. 文学者や思想家は金銭的な利益にたいしては超然としているべきである、とするプラトンにまで遡る西洋の伝統に、このようなゾラの主張は真っ向から対立する。そのため、当時の多くの文学者や知識人の眉を顰めさせた。文学と金銭という古くからの問題をめぐっては、たとえば次の著作を参照していただきたい。Jean-Yves Mollier, *L'Argent et les lettres. Histoire du capitalisme d'édition 1880-1920*, Fayard, 1988; Marcel Hénaff, *Le Prix de la vérité*, Seuil, 2002. またゾラの論考に着想して、近代の日本作家と金銭の関わりを論じたのは次の著作である。山本芳明『カネと文学——日本近代文学の経済史』新潮選書、2013 年。

（6）行商人がフランス各地に流布させたいわゆる「青本叢書」については、

次の著作に詳しい。Lise Andries et Geneviève Bollème, *La Bibliothèque bleue : littérature de colportage*, Robert Laffont, 2003.

（7）Robert Mandrou, D*e la culture populaire aux 17e et 18e siècles*, Stock, 1975. 邦訳はロベール・マンドルー『民衆本の世界——17、18世紀フランスの民衆文化』二宮宏之・長谷川輝夫訳、人文書院、1988年。

（8）*L'Illustration*, N° 1, le 4 mars 1843, p.1.

（9）Sainte-Beuve, « De la littérature industrielle », *Revue des Deux Mondes*, 1er septembre 1839.　次の著作に収録されている。Sainte-Beuve, *Pour la critique*, Gallimard, « Folio-Essais », 1992, p.207.

（10）この問題については、次の著作を参照のこと。Marie-Ève Thérenty, *La Littérature au quotidien. Poétiques journalistiques au XIXe siècle*, Seuil, 2007, pp.18-25.

（11）Cf., Martyn Lyons, *Le Triomphe du livre*, Promodis, 1987, p.58; Roger Chartier, *op.cit.*, p.194. なおジャーナリズムが資本主義の市場を形成しつつあったロマン主義時代に、作家たちがどのような反応を示したかについては、次の三冊が有益である。鹿島茂『新聞王ジラルダン』筑摩書房、1991年。山田登世子『メディア都市パリ』青土社、1991年。宮下志朗『本を読むデモクラシー』刀水書房、2008年

（12）Jean-Paul Sartre, *L'Idiot de la famille*, 3vol., Gallimard, 1971-1972.　邦訳はサルトル『家の馬鹿息子』平井啓之ほか訳、人文書院、1982年～（3巻まで刊行されているが、未完） Pierre Bourdieu, *Les Règles de l'art*, Seuil, 1992. 邦訳はピエール・ブルデュー『芸術の規則』石井洋二郎訳、藤原書店、1996年。

（13）Émile Zola, « La Presse française », *Œuvres complètes*, Cercle du livre précieux, t.14, 1969, pp.278-279. 邦訳はエミール・ゾラ「フランスの新聞・雑誌」、『時代を読む　1870-1900』小倉孝誠・菅野賢治訳、藤原書店、2002年、pp.86-87.

（14）近年のフランスでは、文学とジャーナリズムの関係を新たな視点から再検討する研究が目立つ。作家のジャーナリスティックな著作を分析するだけでなく、19世紀に飛躍的な発展を遂げた新聞というメディアが、作家の創作スタイルに強い影響を及ぼし、文学の言説そのものを規定したのではないか、という問いかけが基底にある。その成果がたとえば次の書物である。Marie-Ève Thérenty, *op.cit.*; Dominique Kalifa et autres (sous la direction de), *La Civilisation du journal. Histoire culturelle et littéraire de la presse française au XIXe siècle*, Le Nouveau Monde, 2011. 特に後者は、多数の文学研究者と歴史家が集ってこの主題の多様な側面を論じた、1700頁を超える文字どおりの大著である。2012年、編者の一人ドミニク・カリファが来日した際に、この著作のエッセンスを伝える講演をし、その内容は日本語で読むことが

できる。ドミニク・カリファ「19世紀新聞史を再考する」梅澤礼訳、『日仏文化』第82号、日仏会館、2013年、pp.63-75.

(15) Émile Zola, « La Critique contemporaine », dans *Documents littéraires* (1881), *Œuvres complètes*, t.12, 1969, p.468.

第二章

(1) 本田康雄『新聞小説の誕生』、平凡社、1998年、p.156.

(2) アントニオ・グラムシ『グラムシ選集3』池田廉ほか訳、合同出版、1962年、p.165以下。

(3) Gaschon de Molènes, « Revue littéraire », *Revue des Deux Mondes*, 15 déc. 1841. Lise Dumasy (présentation), *La Querelle du roman-feuilleton*, Grenoble, ELLUG, 1999, p.157. この著作は、19世紀に新聞小説をめぐって引き起こされた論争を伝える興味深いテクストのアンソロジーである。

(4) Chapuys-Montlaville, « Discours à la Chambre des députés », 13 juin 1843. Lise Dumasy, *op.cit.*, p.81.

(5) Alfred Nettement, *Études critiques sur le feuilleton-roman*, 2vol., Lagny, 1845-1846, t.I, p.46.

(6) Maurice Talmeyr, « Le Roman-feuilleton et l'esprit populaire », *Revue des Deux Mondes*, sep.1903.

(7) 19世紀末のフランス人が犯罪の恐怖に怯えつつ、新聞に掲載される犯罪報道記事に熱中し、それを貪欲に消費していた点については、cf. Dominique Kalifa, *L'Encre et le sang. Récits de crimes et société à la Belle Époque*, Fayard, 1995.

(8) ロマン主義時代の文学者は政治や社会の問題に深い関心を抱き、「精神的権力」をになうことを標榜していた。「情念の解放」や「自然の発見」などは、ロマン主義の一面にすぎない。ロマン主義のこの重要な側面についてはポール・ベニシューの一連の著作、とりわけ次を参照のこと。Paul Bénichou, *Le Temps des prophètes*, Gallimard, 1977.

(9) グラムシ、前掲書、p.162以下。そしてUmberto Eco, *De Superman au surhomme*, Grasset, 1993.

(10) 文学における犯罪物語の系譜については、小倉孝誠『推理小説の源流 ガボリオからルブランへ』淡交社、2002年、第I章を参照いただきたい。また次の研究も示唆に富む。Christine Marcandier-Colard, *Crimes de sang et scènes capitales. Essai sur l'esthétique romantique de la violence*, PUF, 1998.

(11) ガボリオの文学史的な位置については、小倉孝誠、同上、第II章を見よ。

(12) Anne-Marie Thiesse, *Le Roman du quotidien. Lecteurs et lectures populaires à la Belle Époque*, Le Chemin Vert, 1984, p.79sqq.

第三章

(1) ベネディクト・アンダーソン『増補　想像の共同体』白石さや・白石隆訳、ＮＴＴ出版、1997 年、pp.50, 64.

(2) この点についての詳細については次の著作を参照していただきたい。小倉孝誠『『パリの秘密』の社会史』新曜社、2004 年、特に終章「大衆小説の射程」。

(3) マルクス、エンゲルス『聖家族』石堂清倫訳、岩波文庫、1953 年、第八章。

(4) Jean-Pierre Galvan, *Les Mystères de Paris. Eugène Sue et ses lecteurs*, L'Harmattan, 2vol., 1998. この著作の序論で、読者からの手紙が保存され、パリ市歴史図書館がそれを所蔵するにいたった歴史的経緯が説明されている。また次の著作には、オルレアン市立図書館に保存されているシュー宛の読者の手紙が一部収録されている。Judith Lyon-Caen, *La Lecture et la Vie. Les usages du roman au temps de Balzac*, Tallandier, 2006, pp.314-323.

(5) ルソーの読者からの手紙については次を参照のこと。ロバート・ダーントン『猫の大虐殺』、「読者がルソーに応える」、海保眞夫・鷲見洋一訳、岩波現代文庫、2007 年。

(6) 同書、p.295.

(7) この時代に作家の名声がどのように形成されたかについては、次の著作が参考になる。Georges Minois, *Histoire de la célébrité*, Perrin, 2012, p.278sqq.

(8) Galvin, *op.cit.*, t.1, pp.257-258. 以下シューの読者からの手紙はこの著作にもとづき、本文中で引用文の後に頁数を記す。

(9) Eugène Sue, *Les Mystères de Paris*, Robert Laffont, 1989, p.958.

(10) ユルゲン・ハーバーマス『公共性の構造転換』細谷貞雄訳、未来社、1973 年、特に第五章。

第四章

(1) マージョリー・ニコルソン『暗い山と栄光の山』目黒和子訳、国書刊行会、1989 年。

(2) エドマンド・バーク『崇高と美の観念の起原』中野好之訳、みすず書房、1999 年、第二編。カント『美と崇高の感情にかんする考察』久保光志訳、『カント全集２』、岩波書店、2000 年、特に第一章。

(3) シェリー「モン・ブラン」、『シェリー詩集』上田和夫訳、新潮文庫、1980 年、pp.28, 33.

(4) Rousseau, *La Nouvelle Héloise*, « Folio », t.1, 1993, pp.122-123. 邦訳はルソー『新エロイーズ』安士正夫訳、岩波文庫、全４巻。

(5) *Ibid.*, p.123.

(6) Senancour, *Obermann*, « Folio », 1984, pp.97-98.

(7) ヨーロッパの庭園の歴史的変遷については、ドミトリイ・リハチョフ『庭

園の詩学』（坂内知子訳、平凡社、1987 年）に詳しい。フランス式庭園の文化史的意義については小西嘉幸『テクストと表象』（水声社、1992 年）を見よ。イギリス文化と庭園の関係については、数多くの文献が存在するが、たとえば次の著作が参考になる。川崎寿彦『楽園と庭――イギリス市民社会の成立』中公新書、1984 年。安西信一『イギリス風景式庭園の美学』東京大学出版会、2000 年。

（8）Rousseau, *op.cit.*, t.2, pp.87-88.

（9）E・R・クルツィウス『ヨーロッパ文学とラテン中世』、南大路振一ほか訳、みすず書房、1971 年、第 10 章「理想的景観」を参照のこと。

（10）Emile Zola, *La Faute de l'abbé Mouret,* dans *Les Rougon-Macquart,* « Pléiade » , t.I, 1969, pp.1327-1328. 邦訳はゾラ『ムーレ神父のあやまち』清水正和訳、藤原書店、2003 年。

（11）パラドゥーの植物や樹木は、時として女性の身体のメタファーで描かれる。植物とエロティシズム、植物とセクシュアリティの関係はゾラ文学における重要なテーマだが、ここでは深く立ち入る余裕がない。

（12）19 世紀ブルジョワ社会の私生活において悪臭が追放され、花の香りが愛好されるようになった経緯については次の著作に詳しい。アラン・コルバン『においの歴史』山田登世子・鹿島茂訳、藤原書店、1988 年、特に第三部第三章。

（13）Emile Zola, *Une Page d'amour,* dans *Les Rougon-Macquart,* « Pléiade », t. Ⅱ , 1983, pp.879-880. 訳文はゾラ『愛の一ページ』、石井啓子訳、藤原書店、2003 年、による。

（14）オスマンによるパリ大改造に関する文献は数多いが、現在日本語で読めるものとしてもっとも体系的なのは次の著作である。松井道昭『フランス第二帝政下のパリ都市改造』、日本経済評論社、1997 年。

（15）Flaubert, *L'Education sentimentale,* Garnier, 1984, pp.64-65. 邦訳はフロベール『感情教育』生島遼一訳、筑摩書房および岩波文庫、山田𣝣訳、河出文庫、2009 年。

（16）筆者は『感情教育』におけるパリの表象について他のところで詳しく論じたことがあるので、参照していただきたい。小倉孝誠『『感情教育』歴史・パリ・恋愛』みすず書房、2005 年、第二章。

（17）Michel Serres, *Feux et signaux de brume, Zola,* Grasset, 1975. 邦訳はミシェル・セール『火、そして霧の中の信号――ゾラ』寺田光徳訳、法政大学出版局、1998 年。

（18）ゾラはすぐれた美術批評家であり、同時代の画家たちとの関係は決定的に重要な問題である。この点については稲賀繁美『絵画の黄昏』（名古屋大学出版会、1997 年）、清水正和『フランス近代芸術――絵画と文学の対話』（小沢書店、1999 年）、新関公子『セザンヌとゾラ――その芸術と友情』

（ブリュッケ、2000年）、吉田典子「ゾラの美術批評と印象派」（『近代』第106号、神戸大学、2012年）などで論じられている。

なおゾラの美術批評のテクストは邦訳がある。ゾラ『美術論集』三浦篤・藤原貞朗訳、藤原書店、2010年。

（19）Emile Zola, *L'Œuvre,* dans *Les Rougon-Macquart*, Gallimard, « Pléiade », t.IV, 1982, pp.212-213. 清水正和訳（岩波文庫）を一部改変。

（20）ジョルジュ・サンドの一連の「田園小説」におけるベリー地方、ユゴー作『海に働く人々』（1866年）に描かれている英仏海峡、フロベール作『感情教育』の第三部で語られているフォンテーヌブローの森のエピソード、そしてラマルチーヌの有名な詩「湖」（『瞑想詩集』、1820年、に所収）などがその例である。

第五章

（1）マルセル・モースが提唱した「身体技法」という概念を踏まえながら、鷲田清一はしばしば「感覚の技法」について語っている。一例として、「表象としての身体」、『叢書　身体と文化』第3巻、大修館書店、2005年、pp.8-28.

（2）エドワード・ホール『かくれた次元』日高敏隆・佐藤信行訳、みすず書房、1970年、pp.5-6.

（3）Robert Mandrou, *Introduction à la France moderne 1500-1640*, Albin Michel, 1974, pp.75-79.

（4）Georg Simmel, « Essai sur la sociologie des sens », dans *Sociologie et épistémologie*, PUF, 1981. この論考は邦訳がないようなので、仏訳にもとづく。

（5）ショーペンハウアー「騒音と雑音について」、『随感録』秋山英夫訳、白水社、1998年、pp.291-292.

（6）樋口覚『雑音考』、人文書院、2001年、第I章。

（7）クロード・レヴィ=ストロース『構造人類学』川田順造ほか訳、みすず書房、1972年。

（8）David Le Breton, *Du silence*, Métailié, 1997, pp.142-175. ル・ブルトンはまだ邦訳がないが、身体や感覚をめぐって数多くの刺激的な著作を発表してきた社会学者である。

（9）以下で註釈する本を列挙しておく。中村洪介『西洋の音、日本の耳——近代日本文学と西洋音楽』春秋社、1987年。田中優子『江戸の音』河出書房新社、1988年。上尾信也『歴史としての音』柏書房、1993年。山西龍郎『音のアルカディア——角笛の鳴り響くところ』ありな書房、1997年。

（10）James H.Johnson, *Listening in Paris. A Cultural History*, University of California Press, 1995.

（11）Laurence Tibi, *La Lyre désenchantée : l'instrument de musique et la voix*

humaine dans la littérature française du XIXe siècle, Champion, 2003.

(12) R・マリー・シェーファー『世界の調律——サウンドスケープとは何か』鳥越けい子ほか訳、平凡社、1986 年。サウンドスケープという概念は社会学、民俗学、歴史学、環境学などですでに市民権を得ている概念である。鳥越けい子『サウンドスケープ——その思想と実践』鹿島出版会、1997 年、山岸美穂・山岸健『音の風景とは何か——サウンドスケープの社会誌』日本放送出版協会、1999 年、などを参照のこと。

(13) Michel de Certeau, *La Culture au pluriel*, Christian Bourgois, 1980. 邦訳はミシェル・ド・セルトー『文化の政治学』山田登世子訳、岩波書店、1990 年。

(14) Jules Michelet, *Nos fils* (1869), Genève, Slatkine Reprints, 1980, pp.363-364.

(15) フランスにおける音の風景の変遷をたどった通史としては、次の著作が有益である。Jean-Pierre Gutton, *Bruits et sons dans notre histoire*, PUF, 2000. 特に 19 世紀に関しては pp.105-124.

(16) アラン・コルバンほか『感性の歴史』小倉孝誠・大久保康明・坂口哲啓訳、藤原書店、1997 年、pp.276-277.

(17) George Sand, *La Mare au diable*, Classiques Garnier, 1962, p.20. 邦訳はジョルジュ・サンド『魔の沼』持田明子訳、藤原書店、2005 年。

(18) *Ibid.*, p.21.

(19) Alain Corbin, *La Cloches de la terre. Paysage sonore et cultures sensibles dans les campagnes au XIXe siècle*, Albin Michel, 1994, IIe partie. 邦訳はアラン・コルバン『音の風景』小倉孝誠訳、藤原書店、1997 年。

第六章

(1) Jean-Louis Backès, *Musique et littérature. Essai de poétique comparée*, PUF, 1994.

(2) 島崎藤村『戦争と巴里』(1915)、『藤村全集』第 6 巻、筑摩書房、1967 年、p.402.。

(3) Stendhal, *Le Rouge et le Noir*, Classiques Garnier, 1973, pp.3-4.

(4) Joseph Mainzer, « Les cris de Paris », dans *Les Français peints par eux-mêmes*, Curmer, t.IV, 1841, pp.201-209.

(5) Marcel Proust, *À la recherche du temps perdu*, Gallimard, « Pléiade », t.III, 1988, p.623. 訳文は井上究一郎訳（ちくま文庫）による。吉川一義訳、岩波文庫版『失われた時を求めて』は現時点で第 6 巻まで刊行されている。

(6) Émile Zola, *L'Assommoir, Les Rougon-Macquart*, Gallimard, « Pléiade », t.II, 1961, pp.386-387.

(7) Maxime Du Camp, *Les Chants modernes*, Michel Lévy, 1855, « Préface », pp.34-39. 19 世紀半ばの「文学場」においてデュ・カンが占めていた位置

については、蓮實重彦『凡庸な芸術家の肖像――マクシム・デュ・カン論』青土社、1988年、を参照のこと。

(8) *Ibid.*, « La Vapeur », p.266.

(9) *Ibid.*, « La Locomotive », p.296.

(10) 19世紀文学における機械文明の表象にかんしては、次の研究に詳しい。Jacques Noiray, *Le Romancier et la machine : l'image de la machine dans le roman français (1850-1900)*, José Corti, 2vol, 1981. 主にゾラ、ジュール・ヴェルヌ、ヴィリエ・ド・リラダンを論じた2巻本の大著である。ワイリー・サイファー『文学とテクノロジー』野島秀勝訳、研究社、1972年（新装版は白水社、2012年）はヨーロッパ文学全体を論じているが、フランスに関するページが多い。

ヴェルヌと科学的想像力については、次の諸作が有益な示唆をもたらしてくれる。私市保彦『ネモ船長と青ひげ』晶文社、1978年、第II部。中島廣子『「驚異」の楽園――フランス世紀末文学の一断面』国書刊行会、1997年、第二章。コタルディエール監修『ジュール・ヴェルヌの世紀　科学・冒険・《驚異の旅》』私市保彦監訳、新島進・石橋正孝訳、東洋書林、2009年。

(11) Émile Zola, *La Bête humaine, Les Rougon-Macquart*, Gallimard, « Pléiade », t.IV, 1966, p.998. 邦訳はエミール・ゾラ『獣人』寺田光德訳、藤原書店、2004年。

(12) Émile Verhaeren, « Le Port », dans *Les Villes tentaculaires*, « Le Livre de poche », 1995, pp.33-34.

(13) *Ibid.*, « Les Usines », p.48.

(14) Apollinaire, « Zone », dans *Alcools, Œuvres poétiques*, « Pléiade », 1965, pp.39-40.

(15) R・マリー・シェーファー、前掲書、pp.120-123.

(16) Guy Thuillier, *Pour une histoire du quotidien au XIXe siècle en Nivernais*, Mouton, 1977, p.230.

(17) Justin Taylor, Charles Nodier, Alphonse de Cailleux, *Voyages pittoresques et romantiques dans l'ancienne France*, Gide fils, 1820-1863.

(18) Lamartine, « La Cloche », dans *Œuvres poétiques complètes*, Gallimard, « Pléiade », 1963, p.799.

(19) Baudelaire, « La Cloche fêlée », *Les Fleurs du Mal*. 引用は阿部良雄訳による。

(20) Marcel Proust, *op.cit.*, t.I, p.164.

(21) Georges Rodenbach, *Le Carillonneur*, Bruxelles, Ed. Les Eperonniers, 1987, p.11.

第七章

(1) ジュール・ミシュレ『フランス革命史』桑原武夫ほか訳、中央公論社、

1968年。

（2）大野一道『ミシュレ伝 1798-1874——自然と歴史への愛』藤原書店、1998年。坂口治子『ミシュレと生命科学』東京都立大学に提出された博士論文、2004年。真野倫平『死の歴史学——ミシュレ『フランス史』を読む』藤原書店、2008年。

（3）Mably, *De la manière d'écrire l'histoire* (1783), Fayard, 1988.

（4）Mably, *De l'étude de l'histoire* (1775), Fayard, 1988, Première partie.

（5）本文で言及した著作は次のとおり。Anne-Marie Thiesse, *La Création des identités nationales. Europe XVIIIe-XIXe siècle*, Seuil, 2001. 邦訳はアンヌ＝マリ・ティエス『国民アイデンティティの創造』斎藤かぐみ訳、勁草書房、2013年。Pierre Nora (sous la direction de), *Les Lieux de mémoire*, 7vol., Gallimard, 1984-1992. 邦訳はピエール・ノラ編『記憶の場』谷川稔監訳（抄訳）、全3巻、岩波書店、2003年。

国民国家の成立と歴史学の関係は大きな問題だが、ここで詳論する余裕はない。この点については次の研究を参照していただきたい。小倉孝誠『歴史と表象』新曜社、1997年、第1章。工藤庸子『ヨーロッパ文明批判序説』東京大学出版会、2003年、第II部。渡辺和行『近代フランスの歴史学と歴史家——クリオとナショナリズム』ミネルヴァ書房、2009年。

（6）Augustin Thierry, *Dix ans d'études historiques*, Garnier, s.d., p.302.

（7）Michelet, *Histoire de France*, « Préface » (1869), dans *Œuvres complètes*, Flammarion, t.IV, 1974, p.11.

（8）*Ibid.*, p.13.

（9）*Ibid.*, p.26.

（10）Cf. Alice Gérard, *La Révolution française, mythes et interprétations*, Flammarion, 1970; François Furet, *La Gauche et la Révolution au milieu du XIXe siècle*, Hachette, 1986.

（11）Joseph de Maistre, *Considérations sur la France* (1796), Éditions Complexe, 2006. この王党派の著作はわが国でほとんど読まれることはないが、最近貴重な研究書が出た。川上洋平『ジョゼフ・ド・メーストルの思想世界』創文社、2013年。

（12）ミシュレの後半生の伴侶として、そして彼の自然史的著作の霊感源として、アテナイスは決定的な位置を占める。この点については、大野一道、前掲書、第8章以降、および Isabelle Delamotte, *Le Roman d'Athénaïs : une vie avec Michelet*, Belfond, 2012. を参照のこと。

（13）Gabriel Monod, *La Vie et la pensée de Jules Michelet 1798-1852*, Champion, 2vol., 1923, t.II, p.224 sqq.

（14）François Furet, *Dictionnaire critique de la Révolution française*, Flammarion, 1988, « Michelet ». 邦訳はフランソワ・フュレ、モナ・オズーフ編『フラン

ス革命事典』河野健二監訳、みすず書房、全7巻、1998-2000年。

(15) Michelet, *Histoire de la Révolution française*, Gallimard, « Pléiade », 2vol., 1952, t.I, p.1170.

(16)「民衆」は19世紀フランスの歴史、政治、社会、文学を読み解くにあたってのキーワードのひとつである。民衆の役割とその表象をめぐっては、さまざまな論争が展開した。次章でフロベールの『感情教育』を論じる際に、再びこの問題に立ち戻る。なおこの点については次の諸著作を参照していただきたい。Louis Chevalier, *Classes laborieuses et classes dangereuses à Paris pendant la première moitié du XIXe siècle*, Plon, 1958; rééd. Hachette, 1984. 邦訳はルイ・シュヴァリエ『労働階級と危険な階級』喜安朗ほか訳、みすず書房、1993年。 Gérard Fritz, *L'Idée de peuple en France du XVIIe au XIXe siècle*, Presses universitaires de Strasbourg, 1988; Alain Pessin, *Le Mythe du peuple et la société française du XIXe siècle*, PUF, 1992. 喜安朗『パリの聖月曜日』平凡社、1982年。小倉孝誠『歴史と表象』、第5章「十九世紀文学における民衆」。大野一道『「民衆」の発見――ミシュレからペギーへ』藤原書店、2011年。

(17) Michelet, *Histoire de la Révolution française*, t.I, p.7.

(18) *Ibid.*, t.II, p.991. 邦訳はジュール・ミシュレ『フランス革命史』桑原武夫ほか訳、中公文庫、2006年、下巻pp.386-387。この邦訳は全体の五分の一ほどの抄訳である。以下『フランス革命史』からの引用で、邦訳で訳出されている部分についてはそれに依拠して引用ページを示すが、訳文は場合に応じて変えた。邦訳ページの指示がない引用文は拙訳である。

(19) *Ibid.*, t.I, p.282.

(20) *Ibid.*, t.I, pp.247-248. 邦訳は上巻、p.205。

(21) *Ibid.*, t.I, p.81. 邦訳は上巻、p.87。

(22) *Ibid.*, t.I, p.146. 邦訳は上巻、p.135。

(23) *Ibid.*, t.I, p.248. 邦訳は上巻、p.198。

(24) *Ibid.*, t.I, pp.279-280. 邦訳は上巻、p.204。

(25) *Ibid.*, t.I, p.652. 邦訳は上巻、p.319。

(26) Hayden White, *Metahistory*, The Johns Hopkins University Press, 1973; Paul Ricœur, *Temps et récit*, Seuil, 3vol., 1983-1985. 邦訳はポール・リクール『時間と物語』久米博訳、全3巻、新曜社、1987-1990年。歴史学と物語の言説上の類似は、英米系の分析哲学によってしばしば主張されているところで、ホワイトの著書はその代表である。それが「言語論的転回」を経て構築主義へといたるわけだが、それはまた別の問題である。わが国では野家啓一が『物語の哲学』(岩波現代文庫、2005年)、『歴史を哲学する』(岩波書店、2007年)において、この問題を精力的に論じている。

第八章

（1）Cf. Raymond Aron, *Les Étapes de la pensée sociologique*, Gallimard, coll. « TEL »,1975, p.275. 二月革命とその後に成立した第二共和政をめぐって、同時代人たちはさまざまな立場から解釈と展望を提出した。その思想的な豊かさと多様性は、当時を代表する新聞・雑誌の記事、そして論客の発言を集めた次の著作で窺い知ることができる。河野健二編『資料フランス初期社会主義——二月革命とその思想』平凡社、1979年。

（2）マルクス『ルイ・ボナパルトのブリュメール十八日』伊藤新一・北条元一訳、岩波文庫、1979年、p.17。

（3）同上、p.18。

（4）王政復古期から七月王政初期にかけてフランスの歴史学を牽引した自由主義派が、なぜ1848年の革命を理解できなかったという点については、次の書に詳しい。Pierre Rosanvallon, *Le Moment Guizot*, Gallimard, 1985, pp.320-322. また19世紀フランスにおける歴史哲学の見取り図としては、次の著作が有益である。飯塚勝久『フランス歴史哲学の発見』未來社、1999年。

（5）Balzac, *Correspondance*, Garnier, t.V, 1969, p.320. バルザックの手紙の邦訳としては、『バルザック全集』第26巻『書簡集』伊藤幸次・私市保彦訳、東京創元社、1976年、があるが、引用した手紙は訳されていない。

（6）Alfred de Vigny, *Correspondance*, La Renaissance du Livre, t.1, 1913, p.249. 1848年4月16日付の手紙。

（7）Maxime Du Camp, *Souvenirs de l'année 1848* (1876), Slatkine Reprints, 1979, pp.51-56.

（8）Flaubert, *Correspondance*, Gallimard, « Pléiade », t.I, 1973, pp.492-493. 1848年3月付、ルイーズ・コレ宛の手紙。コレはフロベール青年期の恋人で、数多くの手紙を受け取っている。特に『ボヴァリー夫人』執筆中にフロベールが彼女に送った手紙は、作家の美学や文学観を知るうえで貴重であり、すぐれた邦訳がある。『ボヴァリー夫人の手紙』工藤庸子編訳、筑摩書房、1986年。

（9）*Ibid.*, t. III, 1991, p.579. 1866年12月15日付、ジョルジュ・サンド宛の手紙。なお1860年代から70年代にかけて、フロベールとサンドの間では数多くの書簡が交わされており、両者の文学観や世界観を知るうえできわめて興味深い。邦訳がある。『往復書簡サンド＝フロベール』持田明子編訳、藤原書店、1998年。

（10）Baudelaire, *Le Salut public*, 27 février 1848, dans *Œuvres complètes*, Gallimard, « Pléiade », t.II, 1976, pp.1029, 1034. 訳文は、『ボードレール全集V』阿部良雄訳、筑摩書房、1989年、pp.369, 375による。『サリュ・ピュブリック』紙は三人の合作になるため、全体のうちどの箇所をボードレー

ルに帰すかが問題になるが、この点に関しては研究者の意見も一致していない。いずれにせよ、主にボードレールがこの新聞を編集していたことは確かなようである。また、後年ボードレールは『赤裸の心』で、「一八四八年の陶酔」を「復讐への嗜好」、「破壊という自然な悦び」そして「読書の思い出」が結合した結果として説明するが、ここでは1848年のボードレールが、フランス革命との比較対照において、二月革命に価値判断を下していることを確認すれば十分である。

(11) George Sand, *Questions politiques et sociales*, Calmann-Lévy, 1879, p.274. 引用文は、「社会主義」と題された1848年4月付の新聞記事の一節である。なお、サンドのいくつかの政治論文は次の著作に収められている。サンド『サンド——政治と論争』持田明子訳、藤原書店、2000年。

(12) Victor Hugo, *Choses vues 1847-1848*, Gallimard, « Folio », 1972, p.315. これはユゴーの日々の体験と思考を記録した死後出版の未定稿集である。現在は、有益な解題を付したその抄訳が存在する。ユゴー『私の見聞録』稲垣直樹編訳、潮出版社、1991年。

(13) Prosper Mérimée, *Correspondance générale*, Le Divan, t.V (1847-1849), 1946, p.270.

(14) Proudhon, *Correspondance*, A.Lacroix, t.II, 1875, p.280. 1848年2月25日付、モーリス宛の手紙。

(15) *Ibid.*, t.VI, appendice, p.370. 1848年4月10日付、ゴードン宛の手紙。プルードンは二月革命の模倣性を繰り返し指摘している。Cf. *Correspondance*, t.II, pp.284, 320, 332; Proudhon, *Carnets*, t.III, Marcel Rivière, 1968, p.12.

(16) Alexis de Tocqueville, *Souvenirs*, Gallimard, « Folio », 1978, pp.91-92. 邦訳はトクヴィル『フランス二月革命の日々——トクヴィル回想録』喜安朗訳、岩波文庫、1988年。

(17) Flaubert, *L'Éducation sentimentale*, Classiques Garnier, 1984, p.305. 訳文はフロベール『感情教育』生島遼一訳、筑摩書房、1966年、p.292。以下『感情教育』からの引用はこの訳書に拠るが、文脈によって訳し直した箇所もあることをお断りしておく。

(18) *Ibid.*, p.306. 同上、p.292。訳文で「ある者」となっている部分は、作品の草稿段階においてはっきり固有名詞が用いられている。「ルドリュ＝ロランはダントンを、ラスパイユはマラーを、ラマルチーヌはバイイを真似ていた」(Bibliothèque Nationale, N.A.F.17607 f° 39 verso)。草稿から決定稿にいたる段階で、歴史的人物の名前を抹消していくのは、一般に『感情教育』の執筆過程における意味深い特徴である。この点について筆者は他の場所で詳しく論じたことがある。小倉孝誠『歴史と表象』、前掲書、第六章。

(19) *Ibid.*, p.16. 同上、p.16。

(20) *Ibid.*, p.175. 同上、p.168。

(21) Proudhon, *Les Confessions d'un révolutionnaire* (1849), Marcel Rivière, 1929, p.292. 邦訳はプルードン『革命家の告白』山本光久訳、作品社、2003 年。

(22) Proudhon, *Idée générale de la révolution au XIXe siècle*, Marcel Rivière, 1923, passim.

(23) Victor Hugo, *op.cit.*, p.460.

(24) Tocqueville, *op.cit.*, p.129.

(25) *Ibid.*, pp.130, 172-173.

(26) Ernest Renan, *L'Avenir de la science,* dans *Œuvres complètes*, Calmann-Lévy, t.III, 1949, p.1020.『科学の未来』は、刊行されたのは 1890 年だが、執筆は 1848-49 年。引用文を含む第 18 章は、全節にわたって社会主義の諸問題を論じている。ちなみにルナンはここで、19 世紀前半にはフランス社会が「危機の時代」にあり、新たな「組織化の時代」の到来を待望している、というサン＝シモン主義者たちの歴史哲学を想起しているように思われる。

(27) Ernest Renan, *Œuvres complètes*, t.IX, 1960, p.1153.

(28) Émile Littré, *Conservation, révolution et positivisme*, Ladrange, 1852, p.93.

(29) *Ibid.*, p.94.

(30) *Ibid.*, p.326.

(31) Flaubert, *L'Éducation sentimentale*, p.137. 邦訳は p.130。

(32) *Ibid.*, p.197. 邦訳は p.190。

(33) *Ibid.*, p.310. 邦訳は p.297。

(34) *Ibid.*, p.376. 邦訳は p.362。

(35) *Ibid.*, p.302. 邦訳は p.289。興味深いことに、『感情教育』の 3 年前に刊行されたゴンクール兄弟の小説『マネット・サロモン』(1866) の主人公、画家アナトールも 1840 年代の社会主義思想の磁場のなかで、「人道的キリスト」という題の作品を描く。社会主義とカトリシズムを混在させるその作品の主題と、ペルランの絵の構想は驚くほど近似している。Cf., Edmond et Jules de Goncourt, *Manette Salomon*, 10/18, 1979, p.102.

(36) *Ibid.*, p.176. 邦訳は p.168。

(37) Flaubert, *Correspondance*, Gallimard, « Pléiade », t.III, 1991, pp.725, 770. 1868 年 1 月 24 日付、ルロワイエ・ド・シャントピ宛の手紙、および 1868 年 7 月 5 日付、ジョルジュ・サンド宛の手紙。

(38) この点に関しては、Paul Bénichou, *Le Temps des prophètes*, Gallimard, 1977. を参照のこと。19 世紀前半のフランスを代表する思想家たちの著作を丹念に読み解きながら、ロマン主義の思想風土を明らかにした大著である。ベニシューの著作は、文学史と思想史の接点でなされた見事な業績であり、本書を含む一連のロマン主義論の邦訳が準備中である。

付言するならば、政治・社会現象をめぐる考察のなかに宗教的要因を介

入させたのは、社会主義者たちに限らない。19 世紀フランスが社会的解体の危機に直面しているという意識を持っていたコント、ギゾー、トクヴィル、ラムネ、キネらは、しばしば宗教的なものに準拠してその危機を克服するための統一的原理を再構築しようとしたのである。cf. Claude Lefort, "Permanence du théologico-politique ? " dans *Essais sur le politique*, Seuil, 1986, pp.251-300.

またこの領域では、近年日本の若手研究者たちが政治史、宗教社会学などの観点から精力的に研究を進めており、学ぶことが多い。伊達聖伸『ライシテ、道徳、宗教学——もうひとつの 19 世紀フランス宗教史』勁草書房、2010 年。宇野重規、伊達聖伸、髙山裕二（編著）『社会統合と宗教的なもの——十九世紀フランスの経験』白水社、2011 年。さらに、フランス 19 世紀思想史において大きな位置をしめるオーギュスト・コントについては、最近重要なテクストの新訳が二冊刊行された。コント『ソシオロジーの起源へ』、『科学＝宗教という地平』杉本隆司訳、白水社、2012-2013 年。

（39）Flaubert, *Correspondance*, t.III, p.805. 1868 年 9 月 19 日付、ジョルジュ・サンド宛の手紙。

（40）George Sand, *Correspondance*, Garnier, t.VIII, 1971, p.330. 1848 年 3 月 8 日付、ポンシー宛の手紙。

（41）Louis Ménard, *Prologue d'une révolution*, Au Bureau du Peuple, 1849, pp.20-21, 150.

（42）Ernest Renan, *Œuvres complètes*, t.IX, 1960, p.1070. 1848 年 5 月 14 日付、母宛の手紙。

（43）*Ibid.*, p.1101. 1848 年 7 月 30 日付、姉アンリエット宛の手紙。

（44）Alfred de Vigny, *Mémoires inédits. Fragments et projets*, Gallimard, 1958, p.149.

（45）Flaubert, *L'Éducation sentimentale*, p.292. 邦訳は p.279。

（46）Louis Chevalier, *op.cit.*

（47）Cf. Daniel Stern, *Histoire de la Révolution de 1848*, Calmann-Lévy, t.I, 1896, pp.201-203（初版は 1850-53）; Garnier-Pagès, *Histoire de la Révolution de 1848*, Pagnerre, t.V, 1861, pp.209-212; Louis Tirel, *La République dans les carrosses du roi*, Garnier, 1850, p.82. フロベールがチュイルリー宮奪取の挿話を語るために参照した主な文献がこの三冊である。

（48）René Journet et Guy Robert, *Le Mythe du peuple dans « Les Misérables »*, Éditions sociales, 1964, P.106 からの引用。

（49）Flaubert, *Correspondance*, t.II, 1980, p.293. 1853 年 3 月 31 日付、ルイーズ・コレ宛の手紙。

（50）Flaubert, *Carnets de travail*, Balland, 1988, p.224.

第九章

（1）ゾラ、プルースト、ヴァレリーなどと並んで、フロベールは生成研究がもっとも体系的に進められてきた作家の一人である。生成研究の歴史、文学研究への寄与、そして現状について、日本語で読める文献には次のようなものがある。吉田城『「失われた時を求めて」草稿研究』平凡社、1993年、特に「序論」。松澤和宏『生成論の研究』名古屋大学出版会、2003年、第Ⅰ部。田口紀子・吉川一義編『文学作品が生まれるとき――生成のフランス文学』京都大学学術出版会、2010年。なお「アヴァン・テクスト」というのは、ベルマン＝ノエルが提出した概念である。Jean Bellemin-Noël, *Le Texte et l'avant-texte*, Larousse, 1972.

（2）Michel Foucault, « La Bibliothèque fantastique », *Cahiers Renaud-Barrault*, N° 59, 1967 (repris dans *Travail de Flaubert*, Seuil, 1983). 邦訳はミシェル・フーコー『幻想の図書館』工藤庸子訳、哲学書房、1991年。

（3）Flaubert, *L'Éducation sentimentale* (1845), dans *Œuvres de jeunesse*, Gallimard, « Pléiade », 2001, pp.1045-1046. 邦訳はフロベール『初稿感情教育』平井照敏訳、筑摩書房、『フロベール全集』第7巻、1967年、pp.396-397。なお1845年の『初稿感情教育』と、本章で議論の対象になっている1869年の『感情教育』は、青年と人妻の恋愛が語られ、友人である二人の青年の異なる軌跡が描かれるという共通点はあるが、時代背景の異なるまったく別の作品である。ただし原題は同じなので、1845年の作品を『初稿感情教育』と呼んで両者を区別している。

（4）*Les Extêmes, Œuvres complètes*, Club de l'Honnête Homme, t.VII, 1972, p.459.

（5）Flaubert, *Correspondance*, Gallimard, « Pléiade », t.III, p.400. 1864年7月19日付、アメリ・ボスケ宛の手紙。

（6）*Ibid.*, p.401. 1864年夏、ロジェ・デ・ジュネット宛の手紙。

（7）*Ibid.*, p.402. 1864年夏、ロジェ・デ・ジュネット宛の手紙。

（8）これらの資料の再利用が提起する複雑な問題については、cf. Claude Mouchard et Jacques Neefs, « Vers le second volume : *Bouvard et Pécuchet* », in *Flaubert à l'œuvre*, Flammarion, 1980, pp.172-176.

（9）Flaubert, *Carnets de travail*, Balland, 1988, pp.338-340. 手帳13は1865年から66年にかけて執筆された。フロベールの『作業手帳』は読書ノート、取材メモ、作品のプランや草案など多様な言説から成る集合体であり、判型と執筆年代の異なる20冊の手帳を含む。

（10）整理番号 Ms g 226^{7} f°s 205-206.

（11）Flaubert, *Correspondance*, t.III, p.402. 1864年夏、ロジェ・デ・ジュネット宛の手紙。

（12）Alberto Cento, *Il realismo documentario nell'« Éducation sentimentale »*, Napoli, Liguori, 1967. チェントはフロベールが参照した文献を同定したが、

『感情教育』の草稿は調査していない。

(13) フロベールがサン＝シモンの著作を原文通りに引用している部分については、次の邦訳を参照したが、訳文は適宜変えてある。『産業者の教理問答』坂本慶一訳、『世界の名著』第42巻『オウエン、サン＝シモン、フーリエ』、中央公論社、1980年。この著作は現在、森博訳で岩波文庫にも収められている。

(14) 作家によって読書ノートの様相と機能は微妙に異なる。たとえばゾラは『ジェルミナール』(1885) 執筆に際して、社会主義理論と労働問題にかんする著作を渉猟して読書ノートを作成した。ゾラの場合は要約や引用のほかに、同一のページ中にそれと並んで、『ジェルミナール』の作中人物をめぐる具体的な記述が現われる。読書行為と並行しながら、物語の挿話やテーマが同時的に練り上げられていくのである。読者としてのゾラと、語り手としてのゾラはつねに共存していた。Cf. Émile Zola, *La Fabrique de « Germinal »*, texte établi, présenté et annoté par Colette Becker, SEDES, 1986, pp.425-439.

(15) Flaubert, *Correspondance*, t.III, p.402. 1864年夏、ロジェ・デ・ジュネット宛の手紙。

(16) *Ibid.*, p.720. 1868年1月2日付、アメリ・ボスケ宛の手紙。

(17) *Ibid.*, p.629. 1867年4月8日付、姪カロリーヌ宛の手紙。

(18) 筆者はこの読書ノートの原文を註釈つきで発表したことがある。Kosei Ogura, « Proudhon jugé par Flaubert : note de lecture de Flaubert sur *Qu'est-ce que la propriété ?* », Kyoto, *Equinoxe*, No 1, 1987.

(19) 20世紀における社会主義国家の成立、1990年代におけるその崩壊を経験したわれわれには、時代状況が異なるとはいえ、フロベールが19世紀の社会主義思想について下した判断が筋違いのものとは見えない。20世紀の社会主義ユートピアにたいする反論としては、たとえば次の著作がある。シオラン『歴史とユートピア』出口裕弘訳、紀伊國屋書店、1967年。

(20) Frank Paul Bowman, *Le Christ des barricaes, 1789-1848*, Cerf, 1987, chap. VI-VIII.

(21) Flaubert, *L'Éducation sentimentale*, Classiques Garnier, 1984, p.139.

(22) 整理番号 Ms g 226^7 f° 205 recto. Cf. Mme Gatti de Gamont, *Fourier et son système*, Librairie sociale, 1839, p.51.